上海辞书出版社文学鉴赏辞典编纂中心 编

诗词文曲鉴赏

唐诗

上海辞书出版社

编 者 小 引

中国是诗的国度。

从《诗经》开始,群峰并峙,而唐诗是最高峰。

初唐的王、杨、卢、骆,在继承南朝诗人的基础上,极大地促成了审美趣味的转变。题材从宫廷扩展到市井,风格从柔弱纤卑变为清新明快。形式上完成了五、七言律诗,完善了七言古诗。与他们同时的陈子昂,更是从汉魏风骨中汲取营养,彻底摆脱了齐梁颓靡的诗风,开启了盛唐之音的洪钟巨响。

开元天宝年间前后半个世纪,通常称为盛唐。盛唐诗坛,群星璀璨。从王维、孟浩然的山水田园诗,到高适、岑参的边塞诗,再到光焰万丈的李杜,真是春兰秋菊,各擅胜场。李白的高蹈浪漫,蔑视现实;杜甫的悲天悯人,壮颜毅色,共同构建起一股强大的精神力量。盛唐诗人的这种精神力量,否定一切的蝇营狗苟,冲决一切的黑暗庸俗。

安史之乱是唐朝由盛转衰的界标,也是唐代文学的转折点。面对残酷的战争、苦难的环境,诗人们再也唱不出热烈高昂、悠游自在的歌了。这是韦应物、李益等大历诗人面对的现实。他们忧时伤世,空虚而敏感,但在体物的工致、抒情的深刻等方面,为后人所称赏。

诗到元和体变新。白居易的乐府诗,风格平易、流畅,粉丝众多。韩愈以文为诗,从意境到语言,创获颇多。他们都各具影响,形成了风格鲜明的诗派。

元和之后,是杜牧、李商隐的时代。杜诗咏史述怀,英发俊爽。李商隐语言瑰丽,风格沉郁。

这是对唐诗的一个极简概括。本书简而又简,所选都是代表性诗人的代表性作品,计一百二十多首,旨在介绍唐诗的精华,体现唐诗的风貌。特别值得一提的是,本书的鉴赏文字,都出自一流专家学者之手,或解释背景,或解析艺术特色,特别是能结合现代美学、文学理论,进行庖丁解牛式的分析,能使我们得到很多的艺术美感。艺术美感的获得过程,就是审美能力提升的过程,这也是我们阅读古典文学包括唐诗的主要价值和意义吧!

上海辞书出版社文学鉴赏辞典编纂中心

2020.10

目录

虞世南

蝉／1

王绩

野望／3

王勃

送杜少府之任蜀川／5

陈子昂

登幽州台歌／7

贺知章

咏柳／9

回乡偶书二首（其一）／11

张若虚

春江花月夜／13

张九龄

望月怀远／18

王之涣

登鹳雀楼／20

凉州词／22

孟浩然

望洞庭湖赠张丞相／24

过故人庄／26

春晓／29

宿建德江／31

王昌龄

从军行七首（其四）／33

出塞二首（其一）／35

采莲曲二首（其二）／37

芙蓉楼送辛渐／39

送柴侍御／41

王维

山居秋暝／43

汉江临泛／45

使至塞上／47

鹿柴／49

竹里馆／51

鸟鸣涧／53

相思／55

九月九日忆山东兄弟／57

送元二使安西／59

李 白

将进酒／62

行路难三首(其一)／66

古朗月行／69

清平调词三首／71

静夜思／74

峨眉山月歌／76

赠汪伦／78

闻王昌龄左迁龙标,遥有此寄／80

黄鹤楼送孟浩然之广陵／82

渡荆门送别／84

送友人／86

宣州谢朓楼饯别校书叔云／88

登金陵凤凰台／91

望庐山瀑布／93

与夏十二登岳阳楼／95

望天门山／97

早发白帝城／99

月下独酌四首(其一)／101

独坐敬亭山／103

春夜洛城闻笛／105

王 湾

次北固山下／107

崔 颢

黄鹤楼／109

王 翰

凉州词／112

高 适

别董大二首(其一)／114

刘长卿

逢雪宿芙蓉山主人／116

长沙过贾谊宅／118

杜 甫

望岳／121

后出塞五首(其二)／123

月夜／125

春望／127

石壕吏／129

秦州杂诗(其七)／133

蜀相／136

春夜喜雨／139

水槛遣心二首(其一) / 141

茅屋为秋风所破歌 / 143

江畔独步寻花七绝句(其六) / 147

闻官军收河南河北 / 149

绝句二首(其一) / 152

绝句二首(其二) / 154

绝句四首(其三) / 155

登高 / 157

登岳阳楼 / 160

江南逢李龟年 / 162

岑 参

白雪歌送武判官归京 / 165

行军九日思长安故园 / 169

逢入京使 / 171

张 继

枫桥夜泊 / 173

韩 翃

寒食 / 175

胡令能

小儿垂钓 / 177

韦应物

滁州西涧 / 179

卢 纶

塞下曲六首(其三) / 181

李 益

夜上受降城闻笛 / 183

孟 郊

游子吟 / 185

登科后 / 187

武元衡

春兴 / 189

崔 护

题都城南庄 / 191

常 建

题破山寺后禅院 / 193

王 建

十五夜望月 / 195

韩 愈

晚春 / 197

左迁至蓝关示侄孙湘 / 199

早春呈水部张十八员外二首(其一) / 201

3

刘禹锡

酬乐天扬州初逢席上见赠/ 203

竹枝词二首(其一)/ 205

秋词二首/ 207

乌衣巷/ 209

望洞庭/ 211

白居易

卖炭翁/ 213

长恨歌/ 216

琵琶行/ 222

赋得古原草送别/ 227

大林寺桃花/ 230

暮江吟/ 232

钱塘湖春行/ 234

李绅

悯农二首/ 237

柳宗元

江雪/ 239

元稹

离思五首(其四)/ 242

贾岛

忆江上吴处士/ 244

寻隐者不遇/ 246

李贺

雁门太守行/ 248

马诗二十三首(其四)/ 251

许浑

咸阳城西楼晚眺/ 253

杜牧

过华清宫绝句三首(其一)/ 256

江南春/ 258

赤壁/ 260

泊秦淮/ 263

寄扬州韩绰判官/ 265

山行/ 267

秋夕/ 269

清明/ 271

温庭筠

商山早行/ 274

李商隐

锦瑟/ 276

乐游原/ 280

夜雨寄北/ 282

无题/ 284

代赠二首(其一)/ 287

嫦娥/ 289

贾生/ 291

罗隐

蜂/ 294

无名氏

金缕衣/ 296

蝉

虞世南

垂緌饮清露，流响出疏桐。
居高声自远，非是藉秋风。

这首托物寓意的小诗，是唐人咏蝉诗中年代最早的一首，很为后世人称道。

首句"垂緌饮清露"，"緌"是古人结在颔下的帽带下垂部分，蝉的头部有伸出的触须，形状好像下垂的冠缨，故说"垂緌"。古人认为蝉生性高洁，栖高饮露，故说"饮清露"。这一句表面上是写蝉的形状与食性，实际上处处含比兴象征。"垂緌"暗示显宦身份（古代常以"冠缨"指代贵宦）。这显贵的身分地位在一般人心目中，是和"清"有矛盾甚至不相容的，但在作者笔下，却把它们统一在"垂緌饮清露"的形象中了。这"贵"与"清"的统一，正是为三、四两句的"清"无须藉"贵"作反铺垫，笔意颇为巧妙。

次句"流响出疏桐"写蝉声之远传。梧桐是高树，着一"疏"字，更见其枝干的高挺清拔，且与末句"秋风"相应。"流响"，状蝉声的长鸣不已，悦耳动听，着一"出"字，把蝉声传送的意态形象化了，仿佛使人感受到蝉声的响度与力度。这一句虽只写声，但读者从中却可想见人格化了的蝉那种清华隽朗的高标逸韵。有了这一句对蝉声远传的生动描写，三、四两句的发挥才字字有根。

"居高声自远，非是藉秋风"，这是全篇比兴寄托的点睛之笔。它是在上两句的基础上引发出来的诗的议论。蝉声远传，一般人往往以为是藉助于秋风的传送，诗人却别有会心，强调这是由于"居高"而自能致远。这种独特的感受蕴含一个真理：立身品格高洁的人，并不需要某种外在的凭借（例如权势地位、有力者的帮助等），自能声名远播，正像三国魏曹丕在《典论·论文》中所说的那样，"不假良史之辞，不托飞驰之势，而声名自传于后"。这里所突出强调的是人格的美，人格的力量。两句中的"自"字、"非"字，一正一反，相互呼应，表达出对人的内在品格的热情赞美和高度自信，表现出一种雍容不迫的风度气韵。唐太宗曾经屡次称赏虞世南的"五绝"（德行、忠直、博学、文词、书翰），诗人笔下的人格化的"蝉"，可能带有自况的意味吧。清沈德潜说："咏蝉者每咏其声，此独尊其品格。"（《唐诗别裁集》）这确是一语破的之论。

清施补华《岘佣说诗》云："三百篇比兴为多，唐人犹得此意。同一咏蝉，虞世南'居高声自远，端不藉秋风'，是清华人语；骆宾王'露重飞难进，风多响易沉'，是患难人语；李商隐'本以高难饱，徒劳恨费声'，是牢骚人语。比兴不同如此。"这三首诗都是唐代托咏蝉以寄意的名作，由于作者地位、遭际、气质的不同，虽同样工于比兴寄托，却呈现出殊异的面貌，构成富有个性特征的艺术形象，成为唐代文坛"咏蝉"诗的三绝。

（刘学锴）

野　望

王　绩

东皋薄暮望，徙倚欲何依。
树树皆秋色，山山唯落晖。
牧人驱犊返，猎马带禽归。
相顾无相识，长歌怀采薇。

赏　析

《野望》写的是山野秋景，在闲逸的情调中，带几分彷徨和苦闷，是王绩的代表作。

"东皋薄暮望，徙倚欲何依。"皋是水边地。东皋，指他家乡绛州龙门的一个地方。他归隐后常游北山、东皋，自号"东皋子"。"徙倚"，是徘徊的意思。"欲何依"，化用三国曹操《短歌行》中"月明星稀，乌鹊南飞，绕树三匝，何枝可依"的意思，表现了百无聊赖的彷徨心情。

下面四句写薄暮中所见景物："树树皆秋色，山山唯落晖。牧人驱犊返，猎马带禽归。"举目四望，到处是一片秋色，在夕阳的余晖中越发显得萧瑟。在这静谧的背景之上，牧人与猎马的特写，带着牧歌式的田园气氛，使整个画面活动了起来。这四句诗宛如一幅山家秋晚图，光与色，远景与近景，静态与动态，搭配得恰到好处。

然而，王绩还不能像晋陶渊明那样从田园中找到慰藉，所以最后说："相顾无相识，长歌怀采薇。"说自己在现实中孤独无依，只好长吟"采薇"之诗以寄意了。《诗经·召南·草虫》有云："陟彼南山，言采其薇。未见君子，我心伤悲。"他正是伤心缺少这种知音和知心啊！

　　读熟了唐诗的人，也许并不觉得这首诗有什么特别的好处。可是，如果沿着诗歌史的顺序，从南朝的宋、齐、梁、陈一路读下来，忽然读到这首《野望》，便会为它的朴素而叫好。南朝诗风大多华靡艳丽，好像浑身裹着绸缎的珠光宝气的贵妇。从贵妇堆里走出来，忽然遇见一位荆钗布裙的村姑，她那不施脂粉的朴素美就会产生特别的魅力。王绩的《野望》便有这样一种朴素的好处。

　　这首诗的体裁是五言律诗。自从南朝齐永明年间，沈约等人将声律的理论运用到诗歌创作当中，律诗这种新的体裁就已酝酿着了。到初唐的沈佺期、宋之问手里，律诗遂定型化，成为一种重要的诗歌体裁。而早于沈、宋六十余年的王绩，已经能写出《野望》这样成熟的律诗，说明他是一个勇于尝试新形式的人。这首诗首尾两联抒情言事，中间两联写景，经过情——景——情这一反复，诗的意思更深化了一层。这正符合律诗的一种基本章法。

（袁行霈）

送杜少府之任蜀川

王 勃

城阙辅三秦①，风烟望五津。
与君离别意，同是宦游人。
海内存知己，天涯若比邻。
无为在歧路，儿女共沾巾。

【注】

① 三秦：泛指当时长安附近的关中之地。古为秦国，秦亡后，项羽分其地为雍、塞、翟三国，故称"三秦"。

赏 析

这是一首送别诗。首联属"工对"中的"地名对"，极壮阔，极精整。第一句写长安的城垣、宫阙被辽阔的三秦之地所"辅"（护持、拱卫），气势雄伟，点送别之地。第二句里的"五津"指岷江的五大渡口白华津、万里津、江首津、涉头津、江南津，泛指"蜀川"，点杜少府即将宦游之地；而"风烟""望"，又把相隔千里的秦、蜀两地连在一起。自长安遥望蜀川，视线为迷蒙的风烟所遮，微露伤别之意，已摄下文"离别""天涯"之魂。

因首联已对仗工稳，为了避免板滞，故次联以散调承之，文情跌宕。"与君离别意"承首联写惜别之感，欲吐还吞。翻译一下，那就是："跟你离别的意绪啊！……"那意绪怎么样，没有说，立刻改口，来了个转折，用"同是宦游人"一句加以宽解。意思是：我和你同样远离故土，宦游他乡；这次离别，只不过是客中之别，又何必感伤！

三联推开一步,奇峰突起。从构思方面看,很可能受了三国魏曹植《赠白马王彪》"丈夫志四海,万里犹比邻;恩爱苟不亏,在远分日亲"的启发。但高度概括,自铸伟词,便成千古名句。

尾联紧接三联,以劝慰杜少府作结。"在歧路",点出题面上的那个"送"字。歧路者,岔路也。古人送行,常至大路分岔处分手,所以往往把临别称为"临歧"。作者在临别时劝慰杜少府说:只要彼此了解,心心相连,那么即使一在天涯,一在海角,远隔千山万水,而情感交流,不就是如比邻一样近吗?可不要在临别之时哭鼻子、抹眼泪,像一般小儿女那样。

南朝的著名文学家江淹在《别赋》里写了各种各样的离别,都不免使人"黯然销魂"。古代的许多送别诗,也大都表现了"黯然销魂"的情感。王勃的这一首,却一洗悲酸之态,意境开阔,音调爽朗,独标高格。

（霍松林）

登幽州台歌

陈子昂

前不见古人，　后不见来者。
念天地之悠悠，独怆然而涕下！

《登幽州台歌》这首短诗，由于深刻地表现了诗人怀才不遇、寂寞无聊的情绪，语言苍劲奔放，富有感染力，成为历来传诵的名篇。

陈子昂是一个具有政治见识和政治才能的文人。他直言敢谏，对武后朝的不少弊政，常常提出批评意见，不为武则天采纳，并曾一度因"逆党"株连而下狱。他的政治抱负不能实现，反而受到打击，这使他心情非常苦闷。

武则天万岁通天元年(696)，契丹李尽忠、孙万荣等攻陷营州。武则天委派武攸宜率军征讨，陈子昂在武攸宜幕府担任参谋，随同出征。武为人轻率，少谋略。次年兵败，情况紧急，陈子昂请求遣万人作前驱以击敌，武不允。稍后，陈子昂又向武进言，不听，反把他降为军曹。诗人接连受到挫折，眼看报国宏愿成为泡影，因此登上蓟北楼(即幽州台，遗址在今北京市)，慷慨悲吟，写下了《登幽州台歌》以及《蓟丘览古赠卢居士藏用七首》等诗篇。

"前不见古人，后不见来者。"这里的古人是指古代那些能够礼贤下士的贤明君主。《蓟丘览古赠卢居士藏用七首》与《登幽州台歌》是同时之作，其内容可资参证。《蓟丘览古》七首，对战国时代燕昭王礼遇乐毅、郭隗，燕太子丹礼遇田光等历史事迹，表示无限钦慕。但是，像燕昭王那样前代的贤君既不复可见，后来的贤明之主也来不及见到，自己真是生不逢时；当登台远眺时，只见茫茫宇宙，天长地久，不禁感到孤单寂寞，悲从中来，怆然流泪了。本篇以慷慨悲凉的调子,表现了诗人失意的境遇和寂寞苦闷的情怀。这种悲哀常常为旧社会许多怀才不遇的人士所共有,因而获得广泛的共鸣。

本篇在艺术表现上也很出色。上两句俯仰古今,写出时间绵长;第三句登楼眺望,写出空间辽阔。在广阔无垠的背景中,第四句描绘了诗人孤单寂寞、悲哀苦闷的情绪,两相映照,分外动人。念这首诗,我们会深刻地感受到一种苍凉悲壮的气氛,面前仿佛出现了一幅北方原野的苍茫广阔的图景,而在这个图景面前,兀立着一位胸怀大志却因报国无门而感到孤独悲伤的诗人形象,因而深深为之激动。

在用词造语方面,此诗深受《楚辞》特别是其中《远游》篇的影响。《远游》有云:"惟天地之无穷兮,哀人生之长勤。往者余弗及兮,来者吾不闻。"本篇语句即从此化出,然而意境却更苍茫遒劲。

同时,在句式方面,采取了长短参错的楚辞体句法。上两句每句五字,三个停顿,其式为:

前——不见——古人,后——不见——来者。

后两句每句六字,四个停顿,其式为:

念——天地——之——悠悠,独——怆然——而——涕下!

前两句音节比较急促,传达了诗人生不逢时、抑郁不平之气;后两句各增加了一个虚字("之"和"而"),多了一个停顿,音节就比较舒徐流畅,表现了他无可奈何、曼声长叹的情景。全篇前后句法长短不齐,音节抑扬变化,互相配合,增强了艺术感染力。

(王运熙)

咏 柳

贺知章

碧玉妆成一树高，万条垂下绿丝绦。
不知细叶谁裁出，二月春风似剪刀。

赏 析

这是一首咏物诗，写的是早春二月的杨柳。

写杨柳，该从哪儿着笔呢？毫无疑问，它的形象美是在于那曼长披拂的枝条。一年一度，它长出了嫩绿的新叶，丝丝下垂，在春风吹拂中，有着一种迷人的意态。这是谁都能欣赏的。古典诗词中，借用这种形象美来形容、比拟美人苗条的身段、婀娜的腰肢，也是我们所经常看到的。这诗别出新意，翻转过来。"碧玉妆成一树高"，一开始，杨柳就化身为美人而出现；"万条垂下绿丝绦"，这千条万缕的垂丝，也随之而变成了她的裙带。上句的"高"字，衬托出美人婷婷袅袅的风姿；下句的"垂"字，暗示出纤腰在风中款摆。诗中没有"杨柳"和"腰支"字样，然而这早春的垂柳以及柳树化身的美人，却给写活了。《南史》说刘悛之为益州刺史，献蜀柳数株，"条甚长，状若丝缕"。齐武帝把这些杨柳种植在太昌云和殿前，玩赏不置，说它"风流可爱"。这里把柳条说成"绿丝绦"，可能是暗用这个关于杨柳的著名典故。但这是化用，看不出一点痕迹的。

"碧玉妆成"引了了"绿丝绦"，"绿丝绦"引出了"谁裁出"，最后，那视之无形的不可捉摸的"春风"，也被用"似剪刀"形象化地描绘了出来。这"剪刀"裁制出嫩绿鲜红的花花草草，给大地换上了新妆，它正是自然活力的象征，是春给予人们美的启示。从"碧玉妆成"到"剪刀"，我们可以看出诗人一系列艺术构思的过程。诗歌里所出现的一连串的形象，是一环紧扣一环的。

也许有人会怀疑：我国古代有不少著名的美女，柳，为什么单单要用碧玉来比呢？这有两层意思：一是碧玉这名字和柳的颜色有关，"碧"和下句的"绿"是互相生发、互为补充的。二是碧玉这个人在人们头脑中永远留下年轻的印象。提起碧玉，人们就会联想到"碧玉破瓜时"这首广泛流传的乐府吴声歌曲古辞《碧玉歌》，还有"碧玉小家女"（南朝梁萧绎《采莲赋》）之类的诗句。碧玉在古代文学作品里，几乎成了年轻貌美的女子的泛称。用碧玉来比柳，人们就会想象到这美人还未到丰容盛鬋的年华；这柳也还是早春稚柳，没有到密叶藏鸦的时候；和下文的"细叶""二月春风"又是有联系的。

（马茂元）

回乡偶书二首
（其一）

贺知章

少小离家老大回，乡音无改鬓毛衰。
儿童相见不相识，笑问客从何处来。

　　贺知章在天宝三载（744），辞去朝廷官职，告老返回故乡越州永兴（今浙江杭州萧山区），时已八十六岁。这时，距他离乡已有五十多个年头了。人生易老，世事沧桑，心头有无限感慨。《回乡偶书》的"偶"字，不只是说诗作得之偶然，还泄露了诗情来自生活、发于心底的这一层意思。原诗二首，此选其一。

　　这首诗写于初来乍到之时，抒写久客伤老之情。在第一、二句中，诗人置身于故乡熟悉而又陌生的环境之中，一路迤逦行来，心情颇不平静：当年离家，风华正茂；今日返归，鬓毛疏落，不禁感慨系之。首句用"少小离家"与"老大回"的句中自对，概括写出数十年久客他乡的事实，暗寓自伤"老大"之情。次句以"鬓毛衰（cuī，疏落之意）"顶承上句，具体写出自己的"老大"之态，并以不变的"乡音"映衬变化了的"鬓毛"，言下大有"我不忘故乡，故乡可还认得我吗"之意，从而为唤起下两句儿童不相识而发问作好铺垫。

　　三、四句从充满感慨的一幅自画像，转而为富于戏剧性的儿童笑问的场面。"笑问客从何处来"，在儿童，这只是淡淡的一问，言尽而意止；在诗人，却成了重重的一击，引出了他的无穷感慨，自己的老迈衰颓与反主为宾的悲哀，尽都包含在这看似平淡的一问中了。全诗就在这有问无答处悄然作结，而弦外之音却如空谷传响，哀婉备至，久久不绝。

就全诗来看，一、二句尚属平平，三、四句却似峰回路转，别有境界。后两句的妙处在于背面敷粉，了无痕迹：虽写哀情，却借欢乐场面表现；虽为写己，却从儿童一面翻出。而所写儿童问话的场面又极富于生活的情趣，即使我们不为诗人久客伤老之情所感染，却也不能不被这一饶有趣味的生活场景所打动。

宋代陆游说过："文章本天成，妙手偶得之。"(《文章》)《回乡偶书》之成功，归根结底在于诗作展现的是一片化境。诗的感情自然、逼真，语言声韵仿佛自肺腑自然流出，朴实无华，毫不雕琢，读者在不知不觉之中被引入了诗的意境。像这样源于生活、发于心底的好诗，是十分难得的。

（陈志明）

春江花月夜

张若虚

春江潮水连海平，海上明月共潮生。
滟滟随波千万里，何处春江无月明。
江流宛转绕芳甸，月照花林皆似霰。
空里流霜不觉飞，汀上白沙看不见。
江天一色无纤尘，皎皎空中孤月轮。
江畔何人初见月？江月何年初照人？
人生代代无穷已，江月年年只相似。
不知江月待何人，但见长江送流水。
白云一片去悠悠，青枫浦上不胜愁。
谁家今夜扁舟子？何处相思明月楼？
可怜楼上月徘徊，应照离人妆镜台。
玉户帘中卷不去，捣衣砧上拂还来。
此时相望不相闻，愿逐月华流照君。
鸿雁长飞光不度，鱼龙潜跃水成文。
昨夜闲潭梦落花，可怜春半不还家。
江水流春去欲尽，江潭落月复西斜。
斜月沉沉藏海雾，碣石潇湘无限路。
不知乘月几人归，落月摇情满江树。

赏 析

被闻一多先生誉为"诗中的诗，顶峰上的顶峰"(《宫体诗的自赎》)的《春江花月夜》，一千多年来使无数读者为之倾倒。一生仅留下两首诗的张若虚，也因这一首诗，"孤篇横绝，竟为大家"。

诗篇题目就令人心驰神往。春、江、花、月、夜，这五种事物集中体现了人生最动人的良辰美景，构成了诱人探寻的奇妙的艺术境界。

诗人入手擒题，一开篇便就题生发，勾勒出一幅春江月夜的壮丽画面：江潮连海，月共潮生。这里的"海"是虚指。江潮浩瀚无垠，仿佛和大海连在一起，气势宏伟。这时一轮明月随潮涌生，景象壮观。一个"生"字，就赋予了明月与潮水以活泼泼的生命。月光闪耀千万里之遥，哪一处春江不在明月朗照之中！江水曲曲弯弯地绕过花草遍生的春之原野，月色泻在花树上，像撒上了一层洁白的雪。诗人真可谓是丹青妙手，轻轻挥洒一笔，便点染出春江月夜中的奇异之"花"。同时，又巧妙地缴足了"春江花月夜"的题面。诗人对月光的观察极其精微：月光荡涤了世间万物的五光十色，将大千世界浸染成梦幻一样的银辉。因而"流霜不觉飞"，"白沙看不见"，浑然只有皎洁明亮的月光存在。细腻的笔触，创造了一个神话般美妙的境界，使春江花月夜显得格外幽美恬静。这八句，由大到小，由远及近，笔墨逐渐凝聚在一轮孤月上了。

清明澄澈的天地宇宙，仿佛使人进入了一个纯净的世界，这就自然地引起了诗人的遐思冥想："江畔何人初见月？江月何年初照人？"诗人神思飞跃，但又紧紧联系着人生，探索着人生的哲理与宇宙的奥秘。这种探索，古人也已有之，如三国魏曹植《送应氏》"天地无终极，人命若朝霜"，阮籍《咏怀》"人生若尘露，天道邈悠悠"等等，但诗的主题多半是感慨宇宙永恒，人生短暂。张若虚在此处却别开生面，他的思想没有陷入前人窠臼，而是翻出了新意："人生代代无穷已，江月年年只相似。"个人的生命是短暂即逝的，而人类的存在则是绵延久长的，因之"代代无穷已"的人生就和"年年只相似"的明月得以共存。这是诗人从大自然的美景中感受到的一种欣慰。诗人虽有对人生短暂的感伤，但并不是颓废与绝望，而是缘于对人生的追求与热爱。全诗的基调是"哀而不伤"，使我们得以聆听到初盛唐时代之音的回响。

"不知江月待何人，但见长江送流水"，这是紧承上一句的"只相似"而来的。人生代代相继，江月年年如此。一轮孤月徘徊中天，像是等待着什么人似的,却又永远不能如愿。月光下,只有大江急流,奔腾远去。随着江水的流动,诗篇遂生波澜,将诗情推向更深远的境界。江月有恨,流水无情,诗人自然地把笔触由上半篇的大自然景色转到了人生图像,引出下半篇男女相思的离愁别恨。

"白云"四句总写在春江花月夜中思妇与游子的两地思念之情。"白云""青枫浦"托物寓情。白云飘忽,象征"扁舟子"的行踪不定。"青枫浦"为地名,但"枫""浦"在诗中又常用为感别的景物、处所。"谁家""何处"二句互文见义,正因不止一家、一处有离愁别恨,诗人才提出这样的设问。一种相思,牵出两地离愁,一往一复,诗情荡漾,曲折有致。

以下"可怜"八句承"何处"句,写思妇对离人的怀念。然而诗人不直说思妇的悲和泪,而是用"月"来烘托她的怀念之情,悲泪自出。诗篇把"月"拟人化,"徘徊"二字极其传神:一是浮云游动,故光影明灭不定;二是月光怀着对思妇的怜悯之情,在楼上徘徊不忍去。它要和思妇作伴,为她解愁,因而把柔和的清辉洒在妆镜台上、玉户帘上、捣衣砧上。岂料思妇触景生情,反而思念尤甚。她想赶走这恼人的月色,可是月色"卷不去","拂还来",真诚地依恋着她。这里"卷"和"拂"两个痴情的动作,生动地表现出思妇内心的惆怅和迷惘。月光引起的情思在深深地搅扰着她,此时此刻,月色不也照着远方的爱人吗?共望月光而无法相知,只好依托明月遥寄相思之情。望长空,鸿雁远飞,飞不出月的光影,飞也徒劳;看江面,鱼儿在深水里跃动,只是激起阵阵波纹,跃也无用。"尺素在鱼肠,寸心凭雁足"。向以传信为任的鱼雁,如今也无法传递音讯——该又平添几重愁苦!

最后八句写游子,诗人用落花、流水、残月来烘托他的思归之情。"扁舟子"连做梦也念念归家——花落幽潭,春光将老,人还远隔天涯,情何以堪!江水流春,流去的不仅是自然的春天,也是游子的青春、幸福和憧憬。江潭落月,更衬托出他凄苦的寞寞之情。沉沉的海雾隐遮了落月;碣石、潇湘,天各一方,道路是多么遥远。"沉沉"二字加重地渲染了他的孤寂;"无限路"也就无限地加深了他的乡思。他思忖:在这美好的春江花月之夜,不知有几人能乘月归回自己的家乡!他那无着无落的离情,伴着残月之光,洒满在江边的树林之上……

"落月摇情满江树",这结句的"摇情"——不绝如缕的思念之情,将月光之情、游子之情、诗人之情交织成一片,洒落在江树上,也洒落在读者心上,情韵袅袅,摇曳生姿,令人心醉神迷。

《春江花月夜》在思想与艺术上都超越了以前那些单纯模山范水的景物诗,"羡宇宙之无穷,哀吾生之须臾"的哲理诗,抒儿女别情离绪的爱情诗。诗人将这些屡见不鲜的传统题材,注入了新的含义,融诗情、画意、哲理为一体,凭借对春江花月夜的描绘,尽情赞叹大自然的奇丽景色,讴歌人间纯洁的爱情,把对游子思妇的同情心扩大开来,与对人生哲理的追求、对宇宙奥秘的探索结合起来,从而汇成一种情、景、理水乳交融的幽美而邈远的意境。诗人将深邃美丽的艺术世界特意隐藏在惝恍迷离的艺术氛围之中,整首诗篇仿佛笼罩在一片空灵而迷茫的月色里,吸引着读者去探寻其中美的真谛。

全诗紧扣春、江、花、月、夜的背景来写,而又以月为主体。"月"是诗中情景兼融之物,它跳动着诗人的脉搏,在全诗中犹如一条生命纽带,通贯上下,触处生神,诗情随着月轮的生落而起伏曲折。月在一夜之间经历了升起——高悬——西斜——落下的过程。在月的照耀下,江水、沙滩、天空、原野、枫树、花林、飞霜、白云、扁舟、高楼、镜台、砧石、长飞的鸿雁、潜跃的鱼龙、不眠的思妇以及漂泊的游子,组成了完整的诗歌形象,展现出一幅充满人生哲理与生活情趣的画卷。这幅画卷在色调上是以淡寓浓,虽用水墨勾勒点染,但"墨分五彩",从黑白相辅、虚实相生中显出绚烂多彩的艺术效果,宛如一幅淡雅的中国水墨画,体现出春江花月夜清幽的意境美。

诗的韵律节奏也饶有特色。诗人灌注在诗中的感情旋律极其悲慨激荡,但那旋律既不是哀丝豪竹,也不是急管繁弦,而是像小提琴奏出的小夜曲或梦幻曲,含蕴,隽永。诗的内在感情是那样热烈、深沉,看来却是自然的、平和的,犹如脉搏跳动那样有规律,有节奏,而诗的韵律也相应地扬抑回旋。全诗共三十六句,四句一换韵,共换九韵。以平声庚韵起首,中间为仄声霰韵,平声真韵,仄声纸韵,平声尤韵、灰韵、文韵、麻韵,最后以仄声遇韵结束。诗人把阳辙韵与阴辙韵交互杂沓,高低音相间,依次为洪亮级(庚、霰、真)——细微级

（纸）——柔和级（尤、灰）——洪亮级（文、麻）——细微级（遇）。全诗随着韵脚的转换变化，平仄的交错运用，一唱三叹，前呼后应，既回环反复，又层出不穷，音乐节奏感强烈而优美。这种语音与韵味的变化，又是切合着诗情的起伏，可谓声情与文情丝丝入扣，宛转谐美。

《春江花月夜》是乐府《清商曲辞·吴声歌曲》旧题。创制者是谁，说法不一。或说"未详所起"；或说陈后主所作；或说隋炀帝所作。今据宋郭茂倩《乐府诗集》所录，除张若虚这一首外，尚有隋炀帝二首，诸葛颖一首，张子容二首，温庭筠一首。它们或显得格局狭小，或显得脂粉气过浓，远不及张若虚此篇。这一旧题，到了张若虚手里，突发异彩，获得了不朽的艺术生命。时至今日，人们甚至不再去考索旧题的原始创制者究竟是谁，而把《春江花月夜》这一诗题的真正创制权归于张若虚了。

（吴翠芬）

望月怀远

张九龄

海上生明月，天涯共此时。
情人怨遥夜，竟夕起相思。
灭烛怜光满，披衣觉露滋。
不堪盈手赠，还寝梦佳期。

赏　析

　　这是一首月夜怀念远人的诗。起句"海上生明月"意境雄浑阔大，是千古佳句。它和南朝宋谢灵运的"池塘生春草"(《登池上楼》)、"明月照积雪"(《岁暮》)，南朝齐谢朓的"大江流日夜"(《暂使下都夜发新林》)以及作者自己的"孤鸿海上来"等名句一样，看起来平淡无奇，没有一个奇特的字眼，没有一分点染的色彩，脱口而出，却自然具有一种高华浑融的气象。这一句完全是景，点明题中的"望月"。第二句"天涯共此时"，即由景入情，转入"怀远"。前乎此的有南朝宋谢庄《月赋》中的"隔千里兮共明月"，后乎此的有宋苏轼《水调歌头》词中的"但愿人长久，千里共婵娟"，都是写月的名句，其旨意也大抵相同。但由于各人以不同的表现方法，表现在不同的体裁中，谢庄是赋，苏轼是词，张九龄是诗，相体裁衣，各极其妙。这两句把诗题的情景，一起就全部收摄，却又毫不费力，仍是张九龄作古诗时浑成自然的风格。

　　从月出东斗直到月落乌啼，是一段很长的时间，诗中说是"竟夕"，亦即通宵。这通宵的月色对一般人来说，可以说是漠不相关的，而远隔天涯的两个互相思念的友人，则在月下久不能寐，只觉得长夜漫漫，故而落出一个"怨"字。"情人"，中古指感情深厚的朋友。三、四两句，就以"怨"字为中心，以"情人"与

"相思"呼应,以"遥夜"与"竟夕"呼应,上承起首两句,一气呵成。这两句采用流水对,自然流畅,具有古诗气韵。

竟夕相思不能入睡,怪谁呢?是屋里烛光太耀眼吗?于是灭烛,披衣步出门庭,光线还是那么明亮。这天涯共对的一轮明月竟是这样撩人心绪,使人见到它那姣好圆满的光华,更难以入睡。夜已深了,气候更凉一些了,露水也沾湿了身上的衣裳。这里的"滋"字不仅是润湿,而且含滋生不已的意思。"露滋"二字写尽了"遥夜""竟夕"的精神。"灭烛怜光满,披衣觉露滋",两句细巧地写出了深夜对月不眠的实情实景。

相思不眠之际,有什么可以相赠呢?一无所有,只有满手的月光。这月光饱含我满腔的心意,可是又怎么赠送给你呢?还是睡罢!睡了也许能在梦中与你相聚。"不堪"两句,构思奇妙,意境幽清,没有深挚情感和切身体会,恐怕是写不出来的。这里诗人暗用晋陆机"照之有余辉,揽之不盈手"(《安寝北堂上》)两句诗意,翻古为新,悠悠托出不尽情思。诗至此戛然而止,只觉余韵袅袅,令人回味不已。

(沈熙乾)

19

登鹳雀楼①

王之涣

白日依山尽，黄河入海流。
欲穷千里目，更上一层楼。

【注】

① 此诗作者一作朱斌，题为《登楼》。

鹳雀楼，又名鹳鹊楼，据《清一统志》记载，楼的旧址在山西蒲州（今永济市，唐时为河中府）西南，黄河中高阜处，时有鹳雀栖其上，遂名。宋沈括在《梦溪笔谈》中记述："河中府鹳雀楼三层，前瞻中条，下瞰大河。唐人留诗者甚多。"王之涣的这首五绝是"唐人留诗"中的不朽之作。

诗的前两句"白日依山尽，黄河入海流"，写的是登楼望见的景色，写得景象壮阔，气势雄浑。这里，诗人运用极其朴素、极其浅显的语言，既高度形象又高度概括地把进入广大视野的万里河山收入短短十个字中；而我们在千载之下读到这十个字时，也如临其地，如见其景，感到胸襟为之一开。首句写遥望一轮落日向着楼前一望无际、连绵起伏的群山西沉，在视野的尽头冉冉而没。这是天空景、远方景、西望景。次句写目送流经楼前下方的黄河奔腾咆哮、滚滚南来，又在远处折而东向，流归大海。这是由地面望到天边，由近望到远，由西望到东。这两句诗合起来，就把上下、远近、东西的景物，全都容纳进诗笔之下，使画面显得特别宽广，特别辽远。就次句诗而言，诗人身在鹳雀楼上，不可能望见黄河入海，句中写的是诗人目送黄河远去天边而产生的意中景，是把当前景与意中景融合为一的写法。这样写,更增加了画面的广度和深度。杜甫在《戏题王宰画山水图歌》中有"尤工远势古莫比,咫尺应须论万里"两句,虽是论画,也可以用来论诗。王之涣的这两句写景诗就做到了缩万里于咫尺,使咫尺有万里之势。

诗笔到此,看似已经写尽了望中的景色,但不料诗人在后半首里,以"欲穷千里目,更上一层楼"这样两句即景生意的诗,把诗篇推引入更高的境界,向读者展示了更大的视野。这两句诗,既别翻新意,出人意表,又与前两句诗承接得十分自然、十分紧密;同时,在收尾处用一"楼"字,也起了点题作用,说明这是一首登楼诗。这里有诗人的向上进取的精神、高瞻远瞩的胸襟,也道出了要站得高才看得远的哲理。

就全诗而言,这首诗是日僧空海在《文镜秘府论》中所说的"景入理势"。有人说,诗忌说理。这应当只是说,诗歌不要生硬地、枯燥地、抽象地说理,而不是在诗歌中不能揭示和宣扬哲理。像这首诗,把道理与景物、情事融化得天衣无缝,使读者并不觉得它在说理,而理自在其中。这是根据诗歌特点、运用形象思维来显示生活哲理的典范。

这首诗在写法上还有一个特点:它是一首全篇用对仗的绝句。清沈德潜在《唐诗别裁集》中选录这首诗时曾指出:"四语皆对,读来不嫌其排,骨高故也。"绝句总共只有两联,而两联都用对仗,如果不是气势充沛,一意贯连,很容易雕琢呆板或支离破碎。这首诗,前一联用的是正名对,所谓"正正相对",语句极为工整,又厚重有力,就更显示出所写景象的雄大;后一联用的是流水对,虽两句相对,而没有对仗的痕迹。诗人运用对仗的技巧也是十分成熟的。

宋沈括《梦溪笔谈》中曾指出,唐人在鹳雀楼所留下的诗中,"惟李益、王之涣、畅当三篇,能状其景"。按:畅当为畅诸之误。李益的诗是一首七律;畅诸的诗是一首五律,也题作《登鹳雀楼》。诗境也很壮阔,不失为一首名作,但有王之涣的这首诗在前,比较之下,终输一等,不得不让王诗独步千古。

(陈邦炎)

凉州词

王之涣

黄河远上白云间，一片孤城万仞山。
羌笛何须怨杨柳，春风不度玉门关。

据唐人薛用弱《集异记》记载：开元间，王之涣与高适、王昌龄到酒店饮酒，遇梨园伶人唱曲宴乐，三人便私下约定以伶人演唱各人所作诗篇的情形定诗名高下。结果三人的诗都被唱到了，而诸伶中最美的一位女子所唱则为"黄河远上白云间"。王之涣甚为得意，这就是著名的"旗亭画壁"故事。此事未必实有。但表明王之涣这首《凉州词》在当时已成为广为传唱的名篇。

诗的首句抓住自下（游）向上（游）、由近及远眺望黄河的特殊感受，描绘出"黄河远上白云间"的动人画面：汹涌澎湃、波浪滔滔的黄河竟像一条丝带迤逦飞上云端。写得真是神思飞跃，气象开阔。诗人的另一名句"黄河入海流"，其观察角度与此正好相反，是自上而下的目送；而李白的"黄河之水天上来"（《将进酒》），虽也写观望上游，但视线运动却又由远及近，与此句不同。"黄河入海流"和"黄河之水天上来"，同是着意渲染黄河一泻千里的气派，表现的是动态美。而"黄河远上白云间"，方向与河的流向相反，意在突出其源远流长的闲远仪态，表现的是一种静态美；同时展示了边地广漠壮阔的风光，不愧为千古奇句。

次句"一片孤城万仞山"出现了塞上孤城，这是此诗主要意象之一，属于"画卷"的主体部分。"黄河远上白云间"是它远大的背景，"万仞山"是它靠近的背景。在远川高山的反衬下，益见此城地势险要、处境孤危。"一片"是唐诗习用语词，往往与"孤"连文（如"孤帆一片""一片孤云"等等），这里相当于"一座"，而在词采上多一层"单薄"的意思。这样一座漠北孤城，当然不是居民点，而是戍边的堡垒，同时暗示读者诗中有征夫在。"孤城"作为古典诗歌语汇，具有特定涵义。它往往与离人愁绪联结在一起，如"夔府孤城落日斜，每依北斗望京华"（杜甫《秋兴》）、"遥知汉使萧关外，愁见孤城落日边"（王维《送韦评事》）等等。第二句"孤城"意象先行引入，为下两句进一步刻画征夫的心理作好了准备。

　　诗起于写山川的雄阔苍凉，承以戍守者处境的孤危。第三句忽而一转，引入羌笛之声。羌笛所奏乃《折杨柳》曲调，这就不能不勾起征夫的离愁了。此句系化用乐府《横吹曲辞·折杨柳歌辞》"上马不捉鞭，反折杨柳枝。蹀座吹长笛，愁杀行客儿"的诗意。折柳赠别的风习在唐时最盛。"杨柳"与离别有更直接的关系。所以，人们不但见了杨柳会引起别愁，连听到《折杨柳》的笛曲也会触动离恨。而"羌笛"句不说"闻折柳"却说"怨杨柳"，造语尤妙。这就避免直接用曲调名，化板为活，且能引发更多的联想，深化诗意。玉门关外，春风不度，杨柳不青，离人想要折一枝杨柳寄情也不能，这就比折柳送别更为难堪。征人怀着这种心情听曲，似乎笛声也在"怨杨柳"，流露的怨情是强烈的，而以"何须怨"的宽解语委婉出之，深沉含蓄，耐人寻味。这第三句以问语转出了如此浓郁的诗意，末句"春风不度玉门关"也就水到渠成。用"玉门关"一语入诗也与征人离思有关。《后汉书·班超传》云："不敢望到酒泉郡，但愿生入玉门关。"所以末句正写边地苦寒，含蓄着无限的乡思离情。如果把这首《凉州词》与中唐以后的某些边塞诗（如张乔《河湟旧卒》）加以比较，就会发现，此诗虽极写戍边者不得还乡的怨情，但写得悲壮苍凉，没有衰飒颓唐的情调，表现出盛唐诗人广阔的心胸。即使写悲切的怨情，也是悲中有壮，悲凉而慷慨。"何须怨"三字不仅见其艺术手法的委婉蕴藉，还可看到当时边防将士在乡愁难禁时，也意识到卫国戍边责任的重大，方能如此自我宽解。也许正因为《凉州词》情调悲而不失其壮，所以能成为"唐音"的典型代表。

（周啸天）

望洞庭湖赠张丞相

孟浩然

八月湖水平，　涵虚混太清。
气蒸云梦泽①，　波撼岳阳城。
欲济无舟楫，　端居耻圣明。
坐观垂钓者，　徒有羡鱼情。

【注】

① 云梦：水泽名。古代云、梦二泽，长江之南为梦泽，长江之北为云泽，后淤积为陆地，并称为云梦泽，约为今洞庭湖北岸一带地区。

赏　析

　　这是一首干谒诗。唐玄宗开元二十一年(733)，孟浩然西游长安，写了这首诗赠当时在相位的张九龄，目的是想得到张的赏识和录用，只是为了保持一点身份，才写得那样委婉，极力泯灭那干谒的痕迹。

　　秋水盛涨，八月的洞庭湖涨得满满的，和岸上几乎平接。远远望去，水天一色，洞庭湖和天空接合成了完完整整的一块。开头两句，写得洞庭湖极开朗也极涵浑，汪洋浩阔，与天相接，润泽着广袤大地，容纳了大大小小的河流。

　　三、四句实写湖。"气蒸"句写出湖的丰厚的蓄积，仿佛广大的沼泽地带，都受到湖的滋养哺育，才显得那样草木繁茂，郁郁苍苍。而"波撼"两字放在"岳阳城"上，衬托湖的澎湃动荡，也极为有力。人们眼中的这一座湖滨城，好像瑟缩不安地匍匐在它的脚下，变得异常渺小了。这两句被称为描写洞庭湖的名句。但两句仍有区别：上句用宽广的平面衬托湖的浩阔，下句用窄小的立体来反映湖的声势。诗人笔下的洞庭湖不仅广大，而且还充满活力。

下面四句，转入抒情。"欲济无舟楫"，是从眼前景物触发出来的，诗人面对浩浩的湖水，想到自己还是在野之身，要找出路却没有人接引，正如想渡过湖去却没有船只一样。"端居耻圣明"，是说在这个"圣明"的太平盛世，自己不甘心闲居无事，要出来做一番事业。这两句是正式向张丞相表白心事，说明自己目前虽然是个隐士，可是并非本愿，出仕求官还是心焉向往的，不过还找不到门路而已。

于是下面再进一步，向张丞相发出呼吁。"垂钓者"暗指当朝执政的人物，其实是专就张丞相而言。这最后两句，意思是说：执政的张大人啊，您能出来主持国政，我是十分钦佩的，不过我是在野之身，不能追随左右，替你效力，只有徒然表示钦羡之情罢了。这几句话，诗人巧妙地运用了"临渊羡鱼，不如退而结网"（《淮南子·说林训》）的古语，另翻新意；而且"垂钓"也正好同"湖水"照应，因此不大露出痕迹，但是他要求援引的心情是不难体味的。

作为干谒诗，最重要的是要写得得体，称颂对方要有分寸，不失身份。措辞要不卑不亢，不露寒乞相，才是第一等文字。这首诗委婉含蓄，不落俗套，艺术上自有特色。

（刘逸生）

过故人庄

孟浩然

故人具鸡黍，邀我至田家。
绿树村边合，青山郭外斜。
开轩面场圃，把酒话桑麻。
待到重阳日，还来就菊花。

赏　析

　　清沈德潜称孟浩然的诗"语淡而味终不薄"（《唐诗别裁集》）。也就是说，读孟诗，应该透过它淡淡的外表，去体会内在的韵味。《过故人庄》在孟诗中虽不算是最淡的，但它用省净的语言，平平地叙述，几乎没有一个夸张的句子，没有一个使人兴奋的词语，也已经可算是"淡到看不见诗"（闻一多《孟浩然》）的程度了。它的诗味究竟表现在哪里呢？

　　"故人具鸡黍，邀我至田家。"这一开头似乎就像是日记本上的一则记事。故人"邀"而我"至"，文字上毫无渲染，招之即来，简单而随便。这正是不用客套的至交之间可能有的形式。而以"鸡黍"相邀，既显出田家特有风味，又见待客之简朴。正是这种不讲虚礼和排场的招待，朋友的心扉才往往更能为对方敞开。这个开头，不甚着力，平静而自然，但对于将要展开的生活内容来说，却是极好的导入，显示了气氛特征，又有待下文进一步丰富、发展。

　　"绿树村边合，青山郭外斜。"走进村里，顾盼之间竟是这样一种清新愉悦的感受。这两句上句漫收近景，绿树环抱，显得自成一统，别有天地；下句轻宕笔锋，郭外的青山依依相伴，则又让村庄不显得孤独，并展示了一片开阔的远景。这个村庄坐落平畴而又遥接青山，使人感到清淡幽静而绝不冷奥孤僻。

正是由于"故人庄"出现在这样的自然和社会环境中,所以宾主临窗举杯,"开轩面场圃,把酒话桑麻",才更显得畅快。这里"开轩"二字也似乎是很不经意地写入诗的,但上面两句写的是村庄的外景,此处叙述人在屋里饮酒交谈,轩窗一开,就让外景映入了户内,更给人以心旷神怡之感。对于这两句,人们比较注意"话桑麻",认为是"相见无杂言"(陶渊明《归田园居》),忘情在农事上了,诚然不错。但有了轩窗前的一片打谷场和菜圃,在绿荫环抱之中,又给人以宽敞、舒展的感觉。话桑麻,就更让你感到是田园。于是,我们不仅能领略到更强烈的农村风味、劳动生产的气息,甚至仿佛可以嗅到场圃上的泥土味,看到庄稼的成长和收获,乃至地区和季节的特征。有这两句和前两句的结合,绿树、青山、村舍、场圃、桑麻和谐地打成一片,构成一幅优美宁静的田园风景画,而宾主的欢笑和关于桑麻的话语,都仿佛萦绕在我们耳边。它不同于纯然幻想的桃花源,而是更富有盛唐社会的现实色彩。正是在这样一个天地里,这位曾经慨叹过"当路谁相假,知音世所稀"的诗人,不仅把政治追求中所遇到的挫折,把名利得失忘却了,就连隐居中孤独抑郁的情绪也丢开了。从他对青山绿树的顾盼,从他与朋友对酒而共话桑麻,似乎不难想见,他的思绪舒展了,甚至连他的举措也灵活自在了。农庄的环境和气氛,在这里显示了它的征服力,使得孟浩然似乎有几分皈依了。

"待到重阳日,还来就菊花。"孟浩然深深为农庄生活所吸引,于是临走时,向主人率真地表示将在秋高气爽的重阳节再来观赏菊花。淡淡两句诗,故人相待的热情,作客的愉快,主客之间的亲切融洽,都跃然纸上了。这不禁又使人联想起杜甫的《遭田父泥饮美严中丞》:"月出遮我留,仍嗔问升斗。"杜诗田父留人,情切语急;孟诗与故人再约,意舒词缓。杜之郁结与孟之恬淡之别,从这里或许可以窥见一些消息吧。

一个普通的农庄,一回鸡黍饭的普通款待,被表现得这样富有诗意。描写的是眼前景,使用的是口头语,描述的层次也是完全任其自然,笔笔都显得很轻松,连律诗的形式也似乎变得自由和灵便了。你只觉得这种淡淡的平易近人的风格,与他描写的对象——朴实的农家田园和谐一致,表现了形式对内容的高度适应,恬淡亲切却又不是平浅枯燥。它是在平淡中蕴藏着深厚的情味。

一方面固然是每个句子都几乎不见费力锤炼的痕迹,另一方面每个句子又都不曾显得薄弱。比如,诗的头两句只写友人邀请,却能显出朴实的农家气氛;三、四句只写绿树青山,却能见出一片天地;五、六句只写把酒闲话,却能表现心情与环境的惬意的契合;七、八句只说重阳再来,却自然流露对这个村庄和故人的依恋。这些句子平衡均匀,共同构成一个完整的意境,把恬静秀美的农村风光和淳朴诚挚的情谊融成一片。这是所谓"篇法之妙,不见句法"(清沈德潜《唐诗别裁集》)。"不钩奇抉异……若公输氏当巧而不巧者"(皮日休《郢州孟亭记》)。他把艺术美深深地融入整个诗作的血肉之中,显得自然天成。这种不炫奇猎异,不卖弄技巧,也不光靠一两个精心制作的句子去支撑门面,是艺术水平高超的表现。譬如一位美人,她的美是通体上下,整个儿的,不是由于某一部位特别动人。她并不靠搔首弄姿,而是由于一种天然的颜色和气韵使人惊叹。正是因为有真彩内映,所以出语洒落,浑然省净,使全诗从"淡抹"中显示了它的魅力,而不再需要"浓饰盛妆"了。

(余恕诚)

春　晓

孟浩然

春眠不觉晓，处处闻啼鸟。
夜来风雨声，花落知多少？

赏　析

《春晓》这首小诗，初读似觉平淡无奇，反复读之，便觉诗中别有天地。它的艺术魅力不在于华丽的辞藻，不在于奇绝的艺术手法，而在于它的韵味。整首诗的风格就像行云流水一样平易自然，然而悠远深厚，独臻妙境。千百年来，人们传诵它，探讨它，仿佛在这短短的四行诗里，蕴涵着开掘不完的艺术宝藏。

自然而无韵致，则流于浅薄；若无起伏，便失之平直。《春晓》既有优美的韵致，行文又起伏跌宕，所以诗味醇永。诗人要表现他喜爱春天的感情，却又不说尽，不说透，"迎风户半开"，让读者去捉摸、去猜想，处处表现得隐秀曲折。

"情在词外曰隐，状溢目前曰秀。"（宋张戒《岁寒堂诗话》引）写情，诗人选取了清晨睡起时刹那间的感情片段进行描写。这片段，正是诗人思想活动的起始阶段、萌芽阶段，是能够让人想象他感情发展的最富于生发性的顷刻。诗人抓住了这一刹那，却又并不铺展开去，他只是向读者透露出他的心迹，把读者引向他感情的轨道，就撒手不管了，剩下的，该由读者沿着诗人思维的方向去丰富和补充了。

写景，他又只选取了春天的一个侧面。春天，有迷人的色彩，有醉人的芬芳，诗人都不去写。他只是从听觉角度着笔，写春之声：那处处啼鸟，那潇潇风雨。鸟声婉转，悦耳动听，是美的。加上"处处"二字，啁啾起落，远近应和，就更使人有置身山阴道上,应接不暇之感。春风春雨,纷纷洒洒,但在静谧的春夜,这沙沙声响却也让人想见那如烟似梦般的凄迷意境,和微雨后的众卉新姿。这些都只是诗人在室内的耳闻,然而这阵阵春声却透露了无边春色,把读者引向了广阔的大自然,使读者自己去想象、去体味那莺啼花香的烂漫春光,这是用春声来渲染户外春意闹的美好景象。这些景物是活泼跳跃的,生机勃勃的。它写出了诗人的感受,表现了诗人内心的喜悦和对大自然的热爱。

宋人叶绍翁《游园不值》诗中的"春色满园关不住,一枝红杏出墙来",是古今传诵的名句。其实,在写法上是与《春晓》有共同之处的。叶诗是通过视觉形象,由伸出墙外的一枝红杏,把人引入墙内,让人想象墙内;孟诗则是通过听觉形象,由阵阵春声把人引出屋外,让人想象屋外。只用淡淡的几笔,就写出了晴方好、雨亦奇的繁盛春意。两诗都表明,那盎然的春意,自是阻挡不住的,你看,它不是冲破了围墙屋壁,展现在你的眼前、萦回在你的耳际了吗?

清施补华曰:"诗犹文也,忌直贵曲。"(《岘佣说诗》)这首小诗仅仅四行二十个字,写来却曲屈通幽,回环波折。首句破题,写春睡的香甜;也流露着对朝阳明媚的喜爱;次句即景,写悦耳的春声,也交代了醒来的原因;三句转为写回忆,末句又回到眼前,由喜春翻为惜春。爱极而惜,惜春即是爱春——那潇潇春雨也引起了诗人对花木的担忧。时间的跳跃,阴晴的交替,感情的微妙变化,都很富有情趣,能给人带来无穷兴味。

《春晓》的语言平易浅近,自然天成,一点也看不出人工雕琢的痕迹。而言浅意浓,景真情真,就像是从诗人心灵深处流出的一股泉水,晶莹透澈,灌注着诗人的生命,跳动着诗人的脉搏。读之,如饮醇醪,不觉自醉。诗人情与境会,觅得大自然的真趣,大自然的神髓。"文章本天成,妙手偶得之"(宋陆游《文章》),这是最自然的诗篇,是天籁。

（张燕瑾）

宿建德江

孟浩然

移舟泊烟渚，日暮客愁新。
野旷天低树，江清月近人。

赏　析

这是一首抒写羁旅之思的诗。建德江，指新安江流经建德（今属浙江）的一段江水。这首诗不以行人出发为背景，也不以船行途中为背景，而是以舟泊暮宿为背景。它虽然露出一个"愁"字，但立即又将笔触转到景物描写上去了。可见它在选材和表现上都是颇有特色的。

诗的起句"移舟泊烟渚"，"移舟"，就是移舟近岸的意思；"泊"，这里有停船宿夜的含意。行船停靠在江中的一个烟雾朦胧的小洲边，这一面是点题，另一面也就为下文的写景抒情作了准备。

第二句"日暮客愁新"，"日暮"显然和上句的"泊""烟"有联系，因为日暮，船需要停宿；也因为日落黄昏，江面上才水烟蒙蒙。同时"日暮"又是"客愁新"的原因。"客"是诗人自指。若按旧日作诗的所谓起、承、转、合的格式，这第二句就将承、转两重意思糅合在一句之中了，这也是少见的一格。为什么"日暮"会撩起"客愁新"呢？我们可以读一读《诗经》里的一段："君子于役，不知其期，曷至哉？鸡栖于埘，日之夕矣，羊牛下来，君子于役，如之何勿思？"（《王风·君子于役》）这里写一位妇女，每当到夕阳西下、鸡进笼舍、牛羊归栏的时刻，她就更加思念在外服役的丈夫。借此，我们不也正可以理解此时旅人的心情吗？本来行船停下来，应该静静地休息一夜，消除旅途的疲劳，谁知在这众鸟归林、牛羊下山的黄昏时刻，那羁旅之愁又蓦然而生。

接下去,诗人以一个对句铺写景物,似乎要将一颗愁心化入那空旷寂寥的天地之中。所以清沈德潜说:"下半写景,而客愁自见。"(《唐诗别裁集》)第三句写日暮时刻,苍苍茫茫,旷野无垠,放眼望去,远处的天空显得比近处的树木还要低。"低"和"旷"是相互依存、相互映衬的。第四句写夜已降临,高挂在天上的明月,映在澄清的江水中,和舟中的人是那么近。"近"和"清"也是相互依存、相互映衬的。"野旷天低树,江清月近人。"这种极富特色的景物,只有人在舟中才能领略得到的。诗的第二句就点出"客愁新",这三、四句好似诗人怀着愁心,在这广袤而宁静的宇宙之中,经过一番上下求索,终于发现了还有一轮孤月此刻和他是那么亲近!寂寞的愁心似乎寻得了慰藉,诗也就戛然而止了。

然而,言虽止,意未尽。试想,此刻那亲近的明月会在诗人的心中引起什么呢?似有一丝喜悦,一点慰藉,但终究驱散不了团团新愁。新愁知多少?"皇皇三十载,书剑两无成。山水寻吴越,风尘厌洛京。"(《自洛之越》)诗人曾带着多年的准备、多年的希望奔入长安,而今却只能怀着一腔被弃置的忧愤南寻吴越。此刻,他孑然一身,面对着这四野茫茫、江水悠悠、明月孤舟的景色,那羁旅的惆怅,故乡的思念,仕途的失意,理想的幻灭,人生的坎坷……千愁万绪,不禁纷至沓来,涌上心头。"江清月近人",这画面上让我们见到的是清澈平静的江水,以及水中的明月伴着船上的诗人;可那画面上见不到而应该体味到的,则是诗人的愁心已经随着江水流入思潮翻腾的海洋。这一隐一现,一虚一实,相互映衬,相互补充,正构成一个人宿建德江,心随明月去的意境。是的,这"宿"而"未宿",不正意味深长地表现出"日暮客愁新"吗?"人禀七情,应物斯感;感物吟志,莫非自然。"(南朝梁刘勰《文心雕龙·明诗》)孟浩然的这首小诗正是在这种情景相生、思与境谐的"自然流出"之中,显示出一种风韵天成、淡中有味、含而不露的艺术美。

(赵其钧)

从军行七首

（其四）

王昌龄

青海长云暗雪山，孤城遥望玉门关。
黄沙百战穿金甲，不破楼兰终不还。

赏　析

　　读唐代边塞诗，往往因为诗中所涉及的地名古今杂举、空间悬隔而感到困惑。怀疑作者不谙地理，因而不求甚解者有之，曲为之解者亦有之。这首诗就有这种情形。

　　前两句提到三个地名。雪山即河西走廊南面横亘延伸的祁连山脉。青海与玉关东西相距数千里，却同在一幅画面上出现，于是对这两句就有种种不同的解说。有的说，上句是向前极目，下句是回望故乡。这很奇怪。青海、雪山在前，玉关在后，则抒情主人公回望的故乡该是玉门关以西的西域，那不是汉兵，倒成胡兵了。另一说，次句即"孤城玉门关遥望"之倒文，而遥望的对象则是"青海长云暗雪山"，这里存在两种误解：一是把"遥望"解为"遥看"，二是把对西北边陲地区的概括描写误解为抒情主人公望中所见，而前一种误解即因后一种误解而生。一、二两句，不妨设想成次第展现的广阔地域的画面：青海湖上空，长云弥漫；湖的北面，横亘着绵延千里的隐隐的雪山；越过雪山，是矗立在河西走廊荒漠中的一座孤城；再往西，就是和孤城遥遥相对的军事要塞——玉门关。这幅集中了东西数千里广阔地域的长卷，就是当时西北边塞戍边将士生活、战斗的典型环境。它是对整个西北边陲的一个鸟瞰，一个概括。为什么特别提及青海与玉关呢？这跟当时民族之间战争的态势有关。唐代西、北方的强敌，一是吐蕃，一是突厥。河西节度使的任务是隔断吐蕃与突厥的交通，一镇兼顾西方、北方两个强敌，主要是防御吐蕃，守护河西走廊。"青海"地区，正是吐蕃与唐军多次作战的场所；而"玉门关"外，则是突厥的势力范围。所以这两句不仅描绘了整个西北边陲的景象，而且点出了"孤城"南拒吐蕃、西防突厥的极其重要的地理形势。这两个方向的强敌，正是戍守"孤城"的将士心之所系，宜乎在画面上出现青海与玉关。与其说，这是将士望中所见，不如说这是将士脑海中浮现出来的画面。这两句在写景的同时渗透丰富复杂的感情：戍边将士对边防形势的关注，对自己所担负的任务的自豪感、责任感，以及戍边生活的孤寂、艰苦之感，都融合在悲壮、开阔而又迷蒙暗淡的景色里。

三、四两句由情景交融的环境描写转为直接抒情。"黄沙百战穿金甲"，是概括力极强的诗句。戍边时间之漫长，战事之频繁，战斗之艰苦，敌军之强悍，边地之荒凉，都于此七字中概括无遗。"百战"是比较抽象的，冠以"黄沙"二字，就突出了西北战场的特征，令人宛见"日暮云沙古战场"的景象；"百战"而至"穿金甲"，更可想见战斗之艰苦激烈，也可想见这漫长的时间中有一系列"白骨掩蓬蒿"式的壮烈牺牲。但是，金甲尽管磨穿，将士的报国壮志却并没有消磨，而是在大漠风沙的磨炼中变得更加坚定。"不破楼兰终不还"，就是身经百战的将士豪壮的誓言。上一句把战斗之艰苦、战事之频繁越写得突出，这一句便越显得铿锵有力，掷地有声。一、二两句，境界阔大，感情悲壮，含蕴丰富；三、四两句之间，显然有转折，二句形成鲜明对照。"黄沙"句尽管写出了战争的艰苦，但整个形象给人的实际感受是雄壮有力，而不是低沉伤感的。因此末句并非嗟叹归家无日，而是在深深意识到战争的艰苦、长期的基础上所发出的更坚定、深沉的誓言。盛唐优秀边塞诗的一个重要的思想特色，就是在抒写戍边将士的豪情壮志的同时，并不回避战争的艰苦，本篇就是一个显例。可以说，三、四两句这种不是空洞肤浅的抒情，正需要有一、二两句那种含蕴丰富的大处落墨的环境描写。典型环境与人物感情高度统一，是王昌龄绝句的一个突出优点，这在本篇中也有明显的体现。

（刘学锴）

出塞二首

（其一）

王昌龄

秦时明月汉时关， 万里长征人未还。
但使龙城^①飞将在，不教胡马度阴山^②。

【注】

① 龙城：或解释为匈奴祭天之处，其故地在今蒙古国鄂尔浑河西侧的和硕柴达木湖附近；或解释为卢龙城，在今河北省喜峰口附近一带，为汉代右北平郡所在地。《史记·李将军传》说："广居右北平，匈奴闻之，号曰汉之飞将军，避之数岁，不敢入右北平。"后一解较合理。
② 阴山：在今内蒙古自治区中部。

赏　析

　　这是一首名作，明代诗人李攀龙曾经推奖它是唐人七绝的压卷之作。清沈德潜《说诗晬语》说："'秦时明月'一章，前人推奖之而未言其妙，盖言师劳力竭，而功不成，由将非其人之故；得飞将军备边，边烽自熄，即高常侍《燕歌行》归重'至今人说李将军'也。防边筑城，起于秦汉，明月属秦，关属汉，诗中互文。"他这段话批评李攀龙只知推奖此诗而未言其妙，可是他自己也只是说明了全诗的主旨，并没有点出作者的匠心。

　　沈氏归纳的全诗的主旨基本是对的，但这个主旨的思想是很平凡的。为什么这样平凡的思想竟能写成为一首压卷的绝作呢？

　　原来，这首诗里，有一句最美最耐人寻味的诗句，即开头第一句："秦时明月汉时关"。这句诗有什么妙处呢？得从诗题说起。此诗题名《出塞》，一望而知是一首乐府诗。乐府诗是要谱成乐章广泛传唱的，为入谱传唱的需要，诗中就往往有一些常见习用的词语。王昌龄这首诗也不例外。你看这开头一句中的"明月"和"关"两个词,正是有关边塞的乐府诗里很常见的词语。《乐府诗集·横吹曲辞》里不是就有《关山月》吗?《乐府解题》说:"关山月,伤离别也。"无论征人思家,思妇怀远,往往都离不了这"关"和"月"两个字。"关山三五月,客子忆秦川"(南朝陈徐陵《关山月》),"关山夜月明,秋色照孤城"(北周王褒《关山月》),"关山万里不可越,谁能坐对芳菲月"(隋卢思道《从军行》),"陇头明月迥临关,陇上行人夜吹笛"(王维《陇头吟》),例子举不胜举。看清这一点之后,你就明白这句诗的新鲜奇妙之处,就是在"明月"和"关"两个词之前增加了"秦""汉"两个时间性的限定词。这样从千年以前、万里之外下笔,自然形成一种雄浑苍茫的独特的意境,借用前代评诗惯用的词语来说,就是"发兴高远",使读者把眼前明月下的边关同秦代筑关备胡,汉代在关内外与胡人发生一系列战争的悠久历史自然联系起来。这样一来,"万里长征人未还",就不只是当代的人们,而是自秦汉以来世世代代的人们共同的悲剧;希望边境有"不教胡马度阴山"的"龙城飞将",也不只是汉代的人们,而是世世代代人们共同的愿望。平凡的悲剧,平凡的希望,都随着首句"秦""汉"这两个时间限定词的出现而显示出很不平凡的意义。这句诗声调高昂,气势雄浑,也足以统摄全篇。

　　诗歌之美,诗歌语言之美,往往就表现在似乎很平凡的字上,或者说,就表现在把似乎很平凡的字用在最确切最关键的地方。而这些地方,往往又最能体现诗人高超的艺术造诣。

(廖仲安)

采莲曲二首

（其二）

王昌龄

荷叶罗裙一色裁，芙蓉向脸两边开。
乱入池中看不见，闻歌始觉有人来。

赏　析

　　如果把这首诗看作一幅《采莲图》，画面的中心自然是采莲少女们。但作者却自始至终不让她们在这幅活动的画面上明显地出现，而是让她们夹杂在田田荷叶、艳艳荷花丛中，若隐若现，若有若无，使采莲少女与美丽的大自然融为一体，使全诗别具一种引人遐想的优美意境。这样的艺术构思，是独具匠心的。

　　一开头就巧妙地把采莲少女和周围的自然环境组成一个和谐统一的整体——"荷叶罗裙一色裁，芙蓉向脸两边开。"说女子的罗裙绿得像荷叶一样，不过是个普通的比喻；而这里写的是采莲少女，置身莲池，说荷叶与罗裙一色，那便是"本地风光"，是"赋"而不是"比"了，显得生动喜人，兼有素朴和美艳的风致。次句的芙蓉即荷花。说少女的脸庞红润艳丽如同出水的荷花，这样的比喻也不算新鲜。但"芙蓉向脸两边开"却又不单是比喻，而是描绘出一幅美丽的图景：采莲少女的脸庞正掩映在盛开的荷花中间，看上去好像鲜艳的荷花正朝着少女的脸庞开放。把这两句联成一体，读者仿佛看到，在那一片绿荷红莲丛中，采莲少女的绿罗裙已经融入田田荷叶之中，几乎分不清孰为荷叶，孰为罗裙；而少女的脸庞则与鲜艳的荷花相互照映，人花难辨。让人感到，这些采莲女子简直就是美丽的大自然的一部分，或者说竟是荷花的精灵。这描

37

写既具有真切的生活实感,又带有浓郁的童话色彩。

第三句"乱入池中看不见",紧承前两句而来。乱入,即杂入、混入之意。荷叶、罗裙,芙蓉、人面,本就恍若一体,难以分辨,只有在定睛细察时才勉强可辨;所以稍一错神,采莲少女又与绿荷红莲浑然为一,忽然不见踪影了。这一句所写的正是伫立凝望者在刹那间所产生的一种人花莫辨,是耶非耶的感觉,一种变幻莫测的惊奇与怅惘。这是通常所说"看花了眼"时常有的情形。然而,正当踟蹰怅惘、望而不见之际,莲塘中歌声四起,忽又恍然大悟,"看不见"的采莲女子仍在这田田荷叶、艳艳荷花之中。"始觉有人来"要和"闻歌"联在一起体味。本已"不见",忽而"闻歌",方知"有人";但人却又仍然掩映于荷叶荷花之中,故虽闻歌而不见她们的身姿面影。这真是所谓"菱歌唱不彻,知在此塘中"(崔国辅《小长干曲》)了。这一描写,更增加了画面的生动意趣和诗境的含蕴,令人宛见十亩莲塘,荷花盛开、菱歌四起的情景,和观望者闻歌神驰、伫立凝望的情状,而采莲少女们充满青春活力的欢乐情绪也洋溢在这闻歌而不见人的荷塘之中。直到最后,作者仍不让画的主角明显出现在画面上,那目的,除了把她们作为美丽的大自然的化身之外,还因为这样描写,才能留下悠然不尽的情味。

(刘学锴)

芙蓉楼送辛渐①

王昌龄

寒雨连江夜入吴，平明送客楚山孤。
洛阳亲友如相问，一片冰心在玉壶。

【注】

① 刘永济《唐人绝句精华》云："此昌龄方自龙标贬所归吴，次晨即于芙蓉楼饯别辛渐之作。"可资参考。

题中芙蓉楼原名西北楼，遗址在润州（今江苏镇江）西北，登临可以俯瞰长江，遥望江北。这首诗大约作于开元二十九年（741）以后。王昌龄当时为江宁（今江苏南京市）丞，辛渐是他的朋友，这次拟由润州渡江，取道扬州，北上洛阳。王昌龄可能陪他从江宁到润州，然后在此分手。这诗原题共两首，第二首说到头天晚上诗人在芙蓉楼为辛渐饯别，这一首写的是第二天早晨在江边离别的情景。

"寒雨连江夜入吴"，迷蒙的烟雨笼罩着吴地江天，织成了无边无际的愁网。夜雨增添了萧瑟的秋意，也渲染出离别的黯淡气氛。那寒意不仅弥漫在满江烟雨之中，更沁透在两个离人的心头。"连"字写出雨势之大，诗人因离情萦怀而一夜未眠的情景也自可想见。但是，这一幅水天相连、浩渺迷茫的长江夜雨图，不也展现了一种极其高远壮阔的境界吗？中晚唐诗和婉约派宋词往往将雨声写在窗下梧桐、檐前铁马、池中残荷等等琐物上，而王昌龄却并不实写如何感知秋雨来临的细节，他只是将听觉视觉和想象概括成连江的雨势，以大片淡墨染出满纸烟雨,这就用浩大的气魄烘托了"平明送客楚山孤"的开阔意境。

清晨,天色已明,辛渐即将登舟北归。诗人遥望江北的远山,想到行人不久便将隐没在楚山之外,孤寂之感油然而生。在辽阔的江面上,进入诗人视野的当然不止是孤峙的楚山,浩荡的江水本来是最易引起别情似水的联想的,唐人由此而得到的名句也多得不可胜数。然而王昌龄没有将别愁寄予随友人远去的江水,却将离情凝注在矗立于苍茫平野的楚山之上。因为友人回到洛阳,即可与亲友相聚,而留在吴地的诗人,却只能像这孤零零的楚山一样,伫立在江畔空望着流水逝去。一个"孤"字如同感情的引线,自然而然牵出了后两句临别叮咛之辞:"洛阳亲友如相问,一片冰心在玉壶。"

早在六朝刘宋时期,诗人鲍照就用"清如玉壶冰"(《代白头吟》)来比喻高洁清白的品格。自从开元宰相姚崇作《冰壶诫》以来,盛唐诗人如王维、崔颢、李白等都曾以冰壶自励,推崇光明磊落、表里澄澈的品格。王昌龄托辛渐给洛阳亲友带去的口信不是通常的平安竹报,而是传达自己依然冰清玉洁、坚持操守的信念,是大有深意的。据《唐才子传》和《河岳英灵集》载,王昌龄曾因不拘小节,"谤议沸腾,两窜遐荒",开元二十七年被贬岭南即是第一次,从岭南归来后,他被任为江宁丞,几年后再次被贬谪到更远的龙标,可见当时他正处于众口交毁的恶劣环境之中。诗人在这里以晶莹透明的冰心玉壶自喻,正是基于他与洛阳诗友亲朋之间的真正了解和相互信任,这决不是洗刷谗名的表白,而是蔑视谤议的自誉。因此诗人从清澈无瑕、澄空见底的玉壶中捧出一颗晶亮纯洁的冰心以告慰友人,这就比任何相思的言辞都更能表达他对洛阳亲友的深情。

即景生情,情蕴景中,本是盛唐诗的共同特点,而深厚有余,优柔舒缓,"尽谢炉锤之迹"(明胡应麟《诗薮》),又是王诗的独特风格。本诗那苍茫的江雨和孤峙的楚山,不仅烘托出诗人送别时的凄寒孤寂之情,更展现了诗人开朗的胸怀和坚强的性格。屹立在江天之中的孤山与冰心置于玉壶的比象之间又形成一种有意无意的照应,令人自然联想到诗人孤介傲岸、冰清玉洁的形象,使精巧的构思和深婉的用意融化在一片清空明澈的意境之中,所以浑然天成,不着痕迹,含蓄蕴藉,余韵无穷。

(葛晓音)

送柴侍御

王昌龄

流水通波接武冈，送君不觉有离伤。
青山一道同云雨，明月何曾是两乡。

赏　析

　　王昌龄是一位很重友情的诗人，单就他的绝句而论，写送别、留别的就不少，而且还都写得文情并茂，各具特色。

　　"离愁渐远渐无穷"，这句话不是没有道理的。因为"远"，就意味着空间距离之大，相见之难。所以不少送别一类的诗词就往往在这个"远"字上做文章。比如："荆南渭北难相见，莫惜衫襟着酒痕。"（岑参《奉送贾侍御使江外》）"雪晴云散北风寒，楚水吴山道路难。"（贾至《送李侍郎赴常州》）"平芜尽处是春山，行人更在春山外。"（宋欧阳修《踏莎行》）它们都是以不同的形象着意表现一个"远"字，而那别时之难、别后之思，便尽在不言之中了。然而，王昌龄的这首《送柴侍御》倒是别开蹊径的。

　　从诗的内容来看，这首诗大约是诗人贬龙标（今湖南黔阳县）尉时的作品。这位柴侍御可能是从龙标前往武冈（今属湖南），诗是王昌龄为他送行而写的。起句"流水通波接武冈"（一作"沅水通流接武冈"），点出了友人要去的地方，语调流畅而轻快。"流水"与"通波"蝉联而下，显得江河相连，道无艰阻，再加上一个"接"字，更给人一种两地比邻相近之感。这是为下一句作势。所以第二句便说"送君不觉有离伤"。"谁谓波澜才一水，已觉山川是两乡"（王勃《秋江送别二首》）。龙标、武冈虽然两地相"接"，但毕竟是隔山隔水的"两乡"。于是诗人再用两句申述其意，"青山一道同云雨，明月何曾是两乡"。笔法灵巧，一句肯定,一句反诘,反复致意,恳切感人。如果说诗的第一句意在表现两地相近,那么这两句更是云雨相同,明月共睹,"物因情变",两地竟成了"一乡"。这种迁想妙得的诗句,既富有浓郁的抒情韵味,又有它鲜明的个性。它固然不同于"今日送君须尽醉,明朝相忆路漫漫"(贾至《送李侍郎赴常州》)那种面临山川阻隔的远离之愁;但也不像"莫愁前路无知己,天下何人不识君"(高适《别董大》)那么豪爽、洒脱。它是用丰富的想象去创造各种形象,以化"远"为"近",使"两乡"为"一乡"。语意新颖,出人意料,然亦在情理之中,因为它蕴含的正是人分两地、情同一心的深情厚谊。而这种情谊不也就是别后相思的种子吗!又何况那青山云雨、明月之夜,更能撩起人们对友人的思念,"欲问吴江别来意,青山明月梦中看"(王昌龄《李仓曹宅夜饮》)。所以这三、四两句,一面是对朋友的宽慰,另一面已将深挚不渝的友情和别后的思念渗透在字里行间了。说到这里,我们便可以感到诗人未必没有"离伤",但是为了宽慰友人,也只有将它强压心底,不让它去触发、去感染对方。更可能是对方已经表现出"离伤"之情,才使得工于用意、善于言情的诗人,不得不用那些离而不远、别而未分,既乐观开朗又深情婉转的语言,以减轻对方的离愁。这不是更体贴、更感人的友情么?因此,"送君不觉有离伤",它既不会被柴侍御、也不会被读者误认为诗人寡情,恰恰相反,人们于此感到的倒是无比的亲切和难得的深情。这便是生活的辩证法,艺术的辩证法。这种"道是无情却有情"的抒情手法,比那一览无余的直说,不是更生动、更耐人寻味吗?

(赵其钧)

山居秋暝

王　维

空山新雨后，天气晚来秋。
明月松间照，清泉石上流。
竹喧归浣女，莲动下渔舟。
随意春芳歇，王孙自可留。

赏　析

　　这首山水名篇，于诗情画意之中寄托着诗人高洁的情怀和对理想境界的追求。

　　"空山新雨后，天气晚来秋。"诗中明明写有浣女渔舟，诗人怎下笔说是"空山"呢？原来山中树木繁茂，掩盖了人们活动的痕迹，正所谓"空山不见人，但闻人语响"（《鹿柴》）啊！又由于这里人迹罕到，"峡里谁知有人事，世中遥望空云山"（《桃源行》），一般人自然不知山中有人了。"空山"二字点出此处有如世外桃源。山雨初霁，万物为之一新，又是初秋的傍晚，空气之清新，景色之美妙，可以想见。

　　"明月松间照，清泉石上流。"天色已暝，却有皓月当空；群芳已谢，却有青松如盖。山泉清冽，淙淙流泻于山石之上，有如一条洁白无瑕的素练，在月光下闪闪发光，多么幽清明净的自然美啊！王维的《济上四贤咏》曾经称赞两位贤隐士的高尚情操，谓其"息阴无恶木，饮水必清源"。诗人自己也是这种心志高洁的人，他曾说："宁栖野树林，宁饮涧水流。不用坐粱肉，崎岖见王侯。"（《献始兴公》）这月下青松和石上清泉，不正是他所追求的理想境界吗？这两句写景如画，随意挥洒，毫不着力。像这样又动人又自然的写景，达到了艺术上炉火纯青的地步,非一般人所能学到。

"竹喧归浣女,莲动下渔舟。"竹林里传来了一阵阵的歌声笑语,那是一些天真无邪的姑娘们洗罢衣服笑逐着归来了;亭亭玉立的荷叶纷纷向两旁披分,掀翻了无数珍珠般晶莹的水珠,那是顺流而下的渔舟划破了荷塘月色的宁静。在这青松明月之下,在这翠竹青莲之中,生活着这样一群无忧无虑、勤劳善良的人们。这纯洁美好的生活图景,反映了诗人过安静纯朴生活的理想,同时也从反面衬托出他对污浊官场的厌恶。这两句写得很有技巧,而用笔不露痕迹,使人不觉其巧。诗人先写"竹喧""莲动",因为浣女隐在竹林之中,渔舟被莲叶遮蔽,起初未见,等到听到竹林喧声,看到莲叶纷披,才发现浣女、莲舟。这样写更富有真情实感,更富有诗意。

诗的中间两联同是写景,而各有侧重。颔联侧重写物,以物芳而明志洁;颈联侧重写人,以人和而望政通。同时,二者又互为补充,泉水、青松、翠竹、青莲,可以说都是诗人高尚情操的写照,都是诗人理想境界的环境烘托。

既然诗人是那样地高洁,而他在那貌似"空山"之中又找到了一个称心的世外桃源,所以就情不自禁地说:"随意春芳歇,王孙自可留"! 本来,《楚辞·招隐士》说:"王孙兮归来,山中兮不可久留!"诗人的体会恰好相反,他觉得"山中"比"朝中"好,洁净纯朴,可以远离官场而洁身自好,所以就决然归隐了。

这首诗一个重要的艺术手法,是以自然美来表现诗人的人格美和一种理想中的社会之美。表面看来,这首诗只是用"赋"的方法模山范水,对景物作细致感人的刻画,实际上通篇都是比兴。诗人通过对山水的描绘寄慨言志,含蕴丰富,耐人寻味。

(傅如一)

汉江临泛①

王 维

楚塞三湘②接，荆门九派③通。
江流天地外，山色有无中。
郡邑浮前浦，波澜动远空。
襄阳好风日，留醉与山翁。

【注】

① 元方回《瀛奎律髓》题作《汉江临眺》。汉江：即汉水。
② 楚塞：指古代楚国地界。三湘：湘水合漓水称漓湘，合蒸水称蒸湘，合潇水称潇湘，故又称三湘。
③ 荆门：在今湖北荆门南。九派：九条支流。《文选》郭璞《江赋》："流九派于浔阳。"李善注引应劭《汉书》注："江自庐江浔阳分为九。"

赏 析

这首《汉江临泛》可谓王维融画法入诗的力作。

"楚塞三湘接，荆门九派通"，语工形肖，一笔勾勒出汉江雄浑壮阔的景色，作为画幅的背景。泛舟江上，纵目远望，只见莽莽古楚之地和从湖南方面奔涌而来的"三湘"之水相连接，汹涌汉江入荆江而与长江九派汇聚合流。诗虽未点明汉江，但足已使人想象到汉江横卧楚塞而接"三湘"、通"九派"的浩渺水势。诗人将不可目击之景，予以概写总述，收漠漠平野于纸端，纳浩浩江流于画边，为整个画面渲染了气氛。

"江流天地外，山色有无中"，以水光山色作为画幅的远景。汉江滔滔远去，好像一直涌流到天地之外去了，两岸重重青山，迷迷蒙蒙，时隐时现，若有若无。前句写出江水的流长邈远,后句又以苍茫山色烘托出江势的浩瀚空阔。诗人着墨极淡,却给人以伟丽新奇之感,其效果远胜于重彩浓抹的油画和色调浓丽的水彩。而其"胜",就在于画面的气韵生动。难怪王世贞说:"江流天地外,山色有无中,是诗家俊语,却入画三昧。"说得很中肯。首联写众水交流,密不间发,此联开阔空白,疏可走马,画面上疏密相间,错综有致。

接着,诗人的笔墨从"天地外"收拢,写出眼前波澜壮阔之景:"郡邑浮前浦,波澜动远空。"这里,诗人笔法飘逸流动。明明是所乘之舟上下波动,却说是前面的城郭在水面上浮动;明明是波涛汹涌,浪拍云天,却说成天空也为之摇荡起来。诗人故意用这种动与静的错觉,进一步渲染了磅礴水势。"浮""动"两个动词下得极妙,使诗人笔下之景都动起来了。

"襄阳好风日,留醉与山翁。"山翁,即山简,晋人。《晋书·山简传》说他曾任征南将军,镇守襄阳。当地习氏的园林,风景很好,山简常到习家池上大醉而归。诗人要与山简共谋一醉,流露出对襄阳风物的热爱之情。此情也融合在前面的景色描绘之中,充满了积极乐观的情绪。

这首诗给我们展现了一幅色彩素雅、格调清新、意境优美的水墨山水画。画面布局,远近相映,疏密相间,加之以简驭繁,以形写意,轻笔淡墨,又融情于景,情绪乐观,这就给人以美的享受。王维同时代的殷璠在《河岳英灵集》中说:"维诗词秀调雅,意新理惬,在泉为珠,着壁成绘。"此诗很能体现这一特色。

(徐应佩 周溶泉)

使至塞上

王　维

单车欲问边，属国①过居延。
征蓬出汉塞，归雁入胡天。
大漠孤烟直②，长河落日圆。
萧关逢候骑③，都护在燕然④。

【注】
① 属国：典属国的简称。本为秦汉时官名，这里代指使臣，是王维自指。
② 孤烟直：直上的燧烟。宋陆佃《埤雅》："古之烽火用狼粪，取其烟直而聚，虽风吹之不斜。"
③ 萧关：在今宁夏回族自治区固原县东南。候骑(jì)：骑马的侦察兵。
④ 都护：当时边疆重镇都护府的长官，这里指河西节度使。燕(yān)然：即杭爱山，在今蒙古国境内。后汉车骑将军窦宪大破匈奴北单于，曾登燕然山刻石记功。这里借指最前线，并非实指。

赏　析

　　开元二十五年(737)河西节度副大使崔希逸战胜吐蕃，唐玄宗命王维以监察御史的身份出塞宣慰，察访军情。这实际是将王维排挤出朝廷。这首诗作于赴边途中。

　　"单车欲问边"，轻车前往，向哪里去呢？"属国过居延"，居延在今甘肃张掖西北，远在西北边塞，在这里并非实指，只是用来泛指边疆之地。

　　"征蓬出汉塞，归雁入胡天"，诗人以"蓬""雁"自比，说自己像随风而去的蓬草一样出临"汉塞"，像振翮北飞的"归雁"一样进入"胡天"。古诗中多用飞蓬比喻漂流在外的游子，这里却是比喻一个负有朝廷使命的大臣，正是暗写诗人内心的激愤和抑郁。与首句的"单车"相呼应。万里行程只用了十个字轻轻带过。

然后抓住沙漠中的典型景物进行刻画:"大漠孤烟直,长河落日圆。"最后两句写到达边塞:"萧关逢候骑,都护在燕然。"到了边塞,却没有遇到将官,侦察兵告诉使臣:首将正在燕然前线。

诗人把笔墨重点用在了他最擅胜场的方面——写景。作者出使,恰在春天。途中见数行归雁北翔,诗人即景设喻,用归雁自比,既叙事,又写景,一笔两到,贴切自然。尤其是"大漠孤烟直,长河落日圆"一联,写进入边塞后所看到的塞外奇特壮丽的风光,画面开阔,意境雄浑,近代王国维称之为"千古壮观"的名句。边疆沙漠,浩瀚无边,所以用了"大漠"的"大"字。边塞荒凉,没有什么奇观异景,烽火台燃起的那一股浓烟就显得格外醒目,因此称作"孤烟"。一个"孤"字写出了景物的单调,紧接一个"直"字,却又表现了它的劲拔、坚毅之美。沙漠上没有山峦林木,那横贯其间的黄河,就非用一个"长"字不能表达诗人的感觉。落日,本来容易给人以感伤的印象,这里用一"圆"字,却给人以亲切温暖而又苍茫的感觉。一个"圆"字,一个"直"字,不仅准确地描绘了沙漠的景象,而且表现了作者的深切的感受。诗人把自己的孤寂情绪巧妙地溶化在广阔的自然景象的描绘中。《红楼梦》第四十八回里香菱谈诗说:"'大漠孤烟直,长河落日圆。'想来'烟'如何'直'?'日'自然是'圆'的。这'直'字似无理,'圆'字似太俗。合上书一想,倒像是见了这景的。要说再找两个字换这两个,竟再找不出两个字来。"这就是"诗的好处,有口里说不出来的意思,想去却是逼真的;又似乎无理的,想去竟是有理有情的"。可谓道出了这两句诗高超的艺术境界。

(张燕瑾)

鹿　柴

王　维

空山不见人，但闻人语响。
返景入深林，复照青苔上。

这是王维后期的山水诗代表作——五绝组诗《辋川集》二十首中的第四首。鹿柴(zhài)，是辋川的地名。

诗里描绘的是鹿柴附近的空山深林在傍晚时分的幽静景色。第一句"空山不见人"，先正面描写空山的杳无人迹。王维似乎特别喜欢用"空山"这个词语，但在不同的诗里，它所表现的境界却有区别。"空山新雨后，天气晚来秋"（《山居秋暝》），侧重于表现雨后秋山的空明洁净；"人闲桂花落，夜静春山空"（《鸟鸣涧》），侧重于表现夜间春山的宁静幽美；而"空山不见人"，则侧重于表现山的空寂清冷。由于杳无人迹，这并不真空的山在诗人的感觉中竟显得空廓虚无，宛如太古之境了。"不见人"，把"空山"的意蕴具体化了。

如果只读第一句，也许会觉得它比较平常，但在"空山不见人"之后紧接"但闻人语响"，却境界顿出。"但闻"二字颇可玩味。通常情况下，寂静的空山尽管"不见人"，却非一片静默死寂。啾啾鸟语，唧唧虫鸣，瑟瑟风声，潺潺水响，相互交织，大自然的声音其实是非常丰富多彩的。然而，现在这一切都杳无声息，只是偶尔传来一阵人语声，却看不到人影（由于山深林密）。这"人语响"，似乎是破"寂"的，实际上是以局部的、暂时的"响"反衬出全局的、长久的空寂。空谷传音，愈见空谷之空；空山人语，愈见空山之寂。人语响过，空山复归于万籁俱寂的境界；而且由于刚才那一阵人语响，这时的空寂感就更加突出。

　　三、四句由上幅的描写空山传语进而描写深林返照,由声而色。深林,本来就幽暗,林间树下的青苔,更突出了深林的不见阳光。寂静与幽暗,虽分别诉之于听觉与视觉,但它们在人们总的印象中,却常属于一类,因此幽与静往往连类而及。按照常情,写深林的幽暗,应该着力描绘它不见阳光,这两句却特意写返景射入深林,照映在青苔上。猛然一看,会觉得这一抹斜晖,给幽暗的深林带来一线光亮,给林间青苔带来一丝暖意,或者说给整个深林带来一点生意。但细加体味,就会感到,无论就作者的主观意图或作品的客观效果来看,都恰与此相反。一味的幽暗有时反倒使人不觉其幽暗,而当一抹余晖射入幽暗的深林,斑斑驳驳的树影照映在树下的青苔上时,那一小片光影和大片的无边的幽暗所构成的强烈对比,反而使深林的幽暗更加突出。特别是这“返景”,不仅微弱,而且短暂,一抹余晖转瞬逝去之后,接踵而来的便是漫长的幽暗。如果说,一、二句是以有声反衬空寂;那么,三、四句便是以光亮反衬幽暗。整首诗就像是在绝大部分用冷色的画面上掺进了一点暖色,结果反而使冷色给人的印象更加突出。

　　静美和壮美,是大自然的千姿百态的美的两种类型,其间本无轩轾之分。但静而近于空无,幽而略带冷寂,则多少表现了作者美学趣味中不健康的一面。同样写到“空山”,同样侧重于表现静美,《山居秋暝》色调明朗,在幽静的基调上浮动着安恬的气息,蕴含着活泼的生机;《鸟鸣涧》虽极写春山的静谧,但整个意境并不幽冷空寂,素月的清辉,桂花的芬芳,山鸟的啼鸣,都带有春的气息和夜的安恬;而《鹿柴》则不免带有幽冷空寂的色彩,尽管还不至于幽森枯寂。

　　王维是诗人、画家兼音乐家。这首诗正体现出诗、画、乐的结合。无声的静寂,无光的幽暗,一般人都易于觉察;但有声的静寂,有光的幽暗,则较少为人所注意。诗人正是以他特有的画家、音乐家对色彩、声音的敏感,才把握住了空山人语响和深林入返照的一刹那间所显示的特有的幽静境界。而这种敏感,又和他对大自然的细致观察、潜心默会分不开。

（刘学锴）

竹里馆

王　维

独坐幽篁里，弹琴复长啸。
深林人不知，明月来相照。

赏　析

　　这首小诗总共四句。拆开来看，既无动人的景语，也无动人的情语；既找不到哪个字是诗眼，也很难说哪一句是警策。

　　诗中写到景物，只用六个字组成三个词，就是："幽篁""深林""明月"。对普照大地的月亮，用一个"明"字来形容其皎洁，并无新意巧思可言，是人人惯用的陈词。至于第一句的"篁"与第三句的"林"，其实是一回事，是重复写诗人置身其间的竹林，而在竹林前加"幽""深"两字，不过说明其既非北周庾信《小园赋》所说的"三竿两竿之竹"，也非柳宗元《青水驿丛竹》诗所说的"檐下疏篁十二茎"，而是一片既幽且深的茂密的竹林。这里，像是随意写出了眼前景物，没有费什么气力去刻画和涂饰。

　　诗中写人物活动，也只用六个字组成三个词，就是："独坐""弹琴""长啸"。对人物，既没有描绘其弹奏舒啸之状，也没有表达其喜怒哀乐之情；对琴音与啸声，更没有花任何笔墨写出其音调与声情。

　　表面看来，四句诗的用字造语都是平平无奇的。但四句诗合起来，却妙谛自成，境界自出，蕴含着一种特殊的艺术魅力。作为王维《辋川集》中的一首名作，它的妙处在于其所显示的是那样一个令人自然而然为之吸引的意境。它不以字句取胜，而从整体见美。它的美在神不在貌，领略和欣赏它的美，也应当遗貌取神，而其神是包孕在意境之中的。就意境而言，它不仅如清施补华所说,给人以"清幽绝俗"(《岘傭说诗》)的感受,而且使人感到,这一月夜幽林之景是如此空明澄净,在其间弹琴长啸之人是如此安闲自得,尘虑皆空,外景与内情是抿合无间、融为一体的。而在语言上则从自然中见至味,从平淡中见高韵。它的以自然、平淡为特征的风格美又与它的意境美起了相辅相成的作用。

可以想见,诗人是在意兴清幽、心灵澄净的状态下与竹林、明月本身所具有的清幽澄净的属性悠然相会,而命笔成篇的。诗的意境的形成,全赖人物心性和所写景物的内在素质相一致,而不必借助于外在的色相。因此,诗人在我与物会、情与景合之际,就可以如司空图《诗品·自然》中所说,"俯拾即是,不取诸邻。俱道适往,著手成春",进入"薄言情悟,悠悠天钧"的艺术天地。当然,这里说"俯拾即是",并不是说诗人在取材上就一无选择,信手拈来;这里说"著手成春",也不是说诗人在握管时就一无安排,信笔所之。诗中描写周围景色,选择了竹林与明月,是取其与所要显示的那一清幽澄净的环境原本一致;诗中抒写自我情怀,选择了弹琴与长啸,则取其与所要表现的那一清幽澄净的心境互为表里。这既是即景即事,而其所以写此景,写此事,自有其酝酿成熟的诗思。更从全诗的组合看,诗人在写月夜幽林的同时,又写了弹琴、长啸,则是以声响托出静境。至于诗的末句写到月来照,不仅与上句的"人不知"有对照之妙,也起了点破暗夜的作用。这些音响与寂静以及光影明暗的衬映,在安排上既是妙手天成,又是有匠心运用其间的。

(陈邦炎)

鸟鸣涧

王　维

人闲桂花落，夜静春山空。
月出惊山鸟，时鸣春涧中。

赏　析

　　关于这首诗中的桂花，颇有些分歧意见。一种解释是桂花有春花、秋花、四季花等不同种类，此处所写的当是春日开花的一种。另一种意见认为文艺创作不一定要照搬生活，传说王维画的《袁安卧雪图》，在雪中还有碧绿的芭蕉，现实生活中不可能同时出现的事物，在文艺创作中是允许的。不过，这首诗是王维题友人所居的《皇甫岳云溪杂题五首》之一。五首诗每一首写一处风景，接近于风景写生，而不同于一般的写意画，因此，以解释为山中此时实有的春桂为妥。

　　桂树枝叶繁茂，而花瓣细小，花落，尤其是在夜间，并不容易觉察。因此，开头"人闲"二字不能轻易看过。"人闲"说明周围没有人事的烦扰，说明诗人内心的闲静。有此作为前提，细微的桂花从枝上落下，才被觉察到了。诗人能发现这种"落"，或仅凭花落在衣襟上所引起的触觉，或凭声响，或凭花瓣飘坠时所发出的一丝丝芬芳。总之，"落"所能影响于人的因素是很细微的。而当这种细微的因素，竟能被从周围世界中明显地感觉出来的时候，诗人则又不禁要为这夜晚的静谧和由静谧格外显示出来的空寂而惊叹了。这里，诗人的心境和春山的环境气氛，是互相契合而又互相作用的。

　　在这春山中，万籁都陶醉在那种夜的色调、夜的宁静里了。因此，当月亮升起，给这夜幕笼罩的空谷，带来皎洁银辉的时候，竟使山鸟惊觉起来。鸟惊，当然是由于它们已习惯于山谷的静默,似乎连月出也带有新的刺激。但月光之明亮,使幽谷前后景象顿时发生变化,亦可想见。所谓"月明星稀,乌鹊南飞"(三国曹操《短歌行》)是可以供我们联想的。但王维所处的是盛唐时期,不同于建安时代的兵荒马乱,连鸟兽也不免惶惶之感。王维的"月出惊山鸟",大背景是安定统一的盛唐社会,鸟虽惊,但决不是"绕树三匝,无枝可依"。它们并不飞离春涧,甚至根本没有起飞,只是在林木间偶尔发出叫声。"时鸣春涧中",它们与其说是"惊",不如说是对月出感到新鲜。因而,如果对照曹操的《短歌行》,我们在王维这首诗中,倒不仅可以看到春山由明月、落花、鸟鸣所点缀的那样一种迷人的环境,而且还能感受到盛唐时代和平安定的社会气氛。

王维在他的山水诗里,喜欢创造静谧的意境,这首诗也是这样。但诗中所写的却是花落、月出、鸟鸣,这些动的景物,既使诗显得富有生机而不枯寂,同时又通过动,更加突出地显示了春涧的幽静。动的景物反而能取得静的效果,这是因为事物矛盾着的双方,总是互相依存的。在一定条件下,动之所以能够发生,或者能够为人们所注意,正是以静为前提。"鸟鸣山更幽",这里面是包含着艺术辩证法的。

(余恕诚)

相　思

王　维

红豆生南国，春来①发几枝？
愿君多采撷，此物最相思。

【注】

① 春来：《王右丞集》作"秋来"。

赏　析

　　唐代绝句名篇经乐工谱曲而广为流传者为数甚多。王维《相思》就是梨园弟子爱唱的歌词之一。据说天宝之乱后，著名歌者李龟年流落江南，经常为人演唱它，听者无不动容。

　　红豆产于南方，结实鲜红浑圆，晶莹如珊瑚，南方人常用以镶嵌饰物。传说古代有一位女子，因丈夫死在边地，哭于树下而死，化为红豆，于是人们又称呼它为"相思子"。唐诗中常用它来关合相思之情。而"相思"不限于男女情爱范围，朋友之间也有相思的，如旧题《李少卿与苏武诗》（其三）"行人难久留，各言长相思"即著例。此诗题一作《江上赠李龟年》，可见诗中抒写的是眷念朋友的情绪。

　　"南国"（南方）既是红豆产地，又是朋友所在之地。首句以"红豆生南国"起兴，暗逗后文的相思之情。语极单纯，而又富于形象。次句"春来发几枝"轻声一问，承得自然，寄语设问的口吻显得分外亲切。然而单问红豆春来发几枝，是意味深长的，这是选择富于情味的事物来寄托情思。"来日绮窗前，寒梅著花未？"（王维《杂诗》）对于梅树的记忆，反映出了客子深厚的乡情。同样，这里的红豆是赤诚友爱的一种象征。这样写来，便觉语近情遥，令人神远。

第三句紧接着寄意对方"多采撷"红豆，仍是言在此而意在彼。以采撷植物来寄托怀思的情绪，是古典诗歌中常见手法，如汉代《古诗十九首》之一："涉江采芙蓉，兰泽多芳草。采之欲遗谁？所思在远道"即著例。"愿君多采撷"似乎是说："看见红豆，想起我的一切吧。"暗示远方的友人珍重友谊，语言恳挚动人。这里只用相思嘱人，而自己的相思则见于言外。用这种方式透露情怀，婉曲动人，语意高妙。宋人洪迈编《万首唐人绝句》，此句"多"字作"休"。用"休"字反衬离情之苦，因相思转怕相思，当然也是某种境况下的人情状态。其辞虽异，情同一怀。"多采撷"犹言"勿忘我"，"休采撷"犹言"忘记我"，表达的都是相思的深情，手法各有千秋。末句点题，"相思"与首句"红豆"呼应，既是切"相思子"之名，又关合相思之情，有双关的妙用。"此物最相思"就像说：只有这红豆才最惹人喜爱，最叫人忘不了呢。这是补充解释何以"愿君多采撷"的理由。而读者从话中可以体味到更多的东西。诗人真正不能忘怀的，不言自明。一个副词"最"，意味极深长，更增加了双关语中的含蕴。

全诗洋溢着少年的热情、青春的气息，满腹情思始终未曾直接表白，句句话儿不离红豆，而又"超以象外，得其圜中"，把相思之情表达得入木三分。它"一气呵成，亦须一气读下"，极为明快，却又委婉含蓄。在生活中，最情深的话往往朴素无华，自然入妙。王维很善于提炼这种素朴而典型的语言来表达深厚的思想感情。所以此诗语浅情深，当时就成为流行名歌是毫不奇怪的。

（周啸天）

九月九日忆山东兄弟

王　维

独在异乡为异客，每逢佳节倍思亲。
遥知兄弟登高处，遍插茱萸少一人。

赏　析

　　王维是一位早熟的作家，少年时期就创作了不少优秀的诗篇。这首诗就是他十七岁时的作品。和他后来那些富于画意、构图设色非常讲究的山水诗不同，这首抒情小诗写得非常朴素。但千百年来，人们在作客他乡的情况下读这首诗，却都强烈地感受到了它的艺术力量。这种艺术力量，首先来自它的朴质、深厚和高度的艺术概括。

　　诗因重阳节思念家乡的亲人而作。王维家居蒲州(今山西永济)，在华山之东，所以题称"忆山东兄弟"。写这首诗时，他大概正在长安谋取功名。繁华的帝都对当时热衷仕进的年轻士子虽有很大吸引力，但对一个少年游子来说，毕竟是举目无亲的"异乡"；而且越是繁华热闹，在茫茫人海中的游子就越显得孤孑无亲。第一句用了一个"独"字，两个"异"字，分量下得很足。对亲人的思念，对自己孤孑处境的感受，都凝聚在这个"独"字里面。"异乡为异客"，不过说他乡作客，但两个"异"字所造成的艺术效果，却比一般地叙说他乡作客要强烈得多。在自然经济占主要地位的封建时代，不同地域之间的风土、人情、语言、生活习惯差别很大，离开多年生活的故乡到异地去，会感到一切都陌生、不习惯，感到自己是漂浮在异地生活中的一叶浮萍。"异乡""异客"，正是朴质而真切地道出了这种感受。作客他乡者的思乡怀亲之情，在平日自然也是存在的，不过有时不一定是显露的，但一旦遇到某种触媒——最常见的是"佳

57

节"——就很容易爆发出来,甚至一发而不可抑止。这就是所谓"每逢佳节倍思亲"。佳节,往往是家人团聚的日子,而且往往和对家乡风物的许多美好记忆联结在一起,所以"每逢佳节倍思亲"就是十分自然的了。这种体验,可以说人人都有,但在王维之前,却没有任何诗人用这样朴素无华而又高度概括的诗句成功地表达过。而一经诗人道出,它就成了最能表现客中思乡感情的格言式的警句。

前两句,可以说是艺术创作的"直接法"——几乎不经任何迂回,而是直插核心,迅即形成高潮,出现警句。但这种写法往往使后两句难以为继,造成后劲不足。这首诗的后两句,如果顺着"佳节倍思亲"作直线式的延伸,就不免蛇足;转出新意而再形成新的高潮,也很难办到。作者采取另一种方式:紧接着感情的激流,出现一泓微波荡漾的湖面,看似平静,实则更加深沉。

重阳节有登高的风俗,登高时佩戴茱萸囊,据说可以避灾。茱萸,一名越椒,一种有香气的植物。三、四两句,如果只是一般化地遥想兄弟如何在重阳日登高,佩上茱萸,而自己独在异乡,不能参与,虽然也写出了佳节思亲之情,但会显得平直,缺乏新意与深情。诗人遥想的却是:"遍插茱萸少一人"。意思是说,远在故乡的兄弟们今天登高时身上都佩上了茱萸,却发现少了一位兄弟——自己不在内。好像遗憾的不是自己未能和故乡的兄弟共度佳节,反倒是兄弟们佳节未能完全团聚;似乎自己独在异乡为异客的处境并不值得诉说,反倒是兄弟们的缺憾更须体贴。这就曲折有致,出乎常情。而这种出乎常情之处,正是它的深厚处、新警处。杜甫的《月夜》"遥怜小儿女,未解忆长安",和这两句异曲同工,而王诗似乎更不着力。

(刘学锴)

送元二使安西

王 维

渭城朝雨浥轻尘，客舍青青柳色新。
劝君更尽一杯酒，西出阳关无故人。

赏 析

　　这是一首送朋友去西北边疆的诗。安西，是唐中央政府为统辖西域地区而设的安西都护府的简称，治所在龟兹城（今新疆库车）。这位姓元的友人是奉朝廷的使命前往安西的。唐代从长安往西去的，多在渭城送别。渭城即秦都咸阳故城，在长安西北，渭水北岸。

　　前两句写送别的时间、地点、环境气氛。清晨，渭城客舍，自东向西一直延伸、不见尽头的驿道，客舍周围、驿道两旁的柳树。这一切，都仿佛是极平常的眼前景，读来却风光如画，抒情气氛浓郁。"朝雨"在这里扮演了一个重要的角色。早晨的雨下得不久，刚刚润湿尘土就停了。从长安西去的大道上，平日车马交驰，尘土飞扬，而现在，朝雨乍停，天气清朗，道路显得洁净、清爽。"浥轻尘"的"浥"字是湿润的意思，在这里用得很有分寸，显出这雨澄尘而不湿路，恰到好处，仿佛天从人愿，特意为远行的人安排一条轻尘不扬的道路。客舍，本是羁旅者的伴侣；杨柳，更是离别的象征。选取这两件事物，自然有意关合送别。它们通常总是和羁愁别恨联结在一起而呈现出黯然销魂的情调。而今天，却因一场朝雨的洒洗而别具明朗清新的风貌——"客舍青青柳色新"。平日路尘飞扬，路旁柳色不免笼罩着灰蒙蒙的尘雾，一场朝雨，才重新洗出它那青翠的本色，所以说"新"，又因柳色之新，映照出客舍青青来。总之，从清朗的天宇到洁净的道路，从青青的客舍到翠绿的杨柳，构成了一

59

幅色调清新明朗的图景,为这场送别提供了典型的自然环境。这是一场深情的离别,但却不是黯然销魂的离别。相反地,倒是透露出一种轻快而富于希望的情调。"轻尘""青青""新"等词语,声韵轻柔明快,加强了读者的这种感受。

绝句在篇幅上受到严格限制。这首诗,对如何设宴饯别,宴席上如何频频举杯、殷勤话别,以及启程时如何依依不舍,登程后如何瞩目遥望,等等,一概舍去,只剪取饯行宴席即将结束时主人的劝酒辞:再干了这一杯吧,出了阳关,可就再也见不到老朋友了。诗人像高明的摄影师,摄下了最富表现力的镜头。宴席已经进行了很长一段时间,酿满别情的酒已经喝过多巡,殷勤告别的话已经重复过多次,朋友上路的时刻终于不能不到来,主客双方的惜别之情在这一瞬间都到达了顶点。主人的这句似乎脱口而出的劝酒辞就是此刻强烈、深挚的惜别之情的集中表现。

三、四两句是一个整体。要深切理解这临行劝酒中蕴含的深情,就不能不涉及"西出阳关"。处于河西走廊尽头处的阳关,和它北面的玉门关相对,从汉代以来,一直是内地出向西域的通道。唐代国势强盛,内地与西域往来频繁,从军或出使阳关之外,在盛唐人心目中是令人向往的壮举。但当时阳关以西还是穷荒绝域,风物与内地大不相同。朋友"西出阳关",虽是壮举,却又不免经历万里长途的跋涉,备尝独行穷荒的艰辛寂寞。因此,这临行之际"劝君更尽一杯酒",就像是浸透了诗人全部丰富深挚情谊的一杯浓郁的感情琼浆。这里面,不仅有依依惜别的情谊,而且包含着对远行者处境、心情的深情体贴,包含着前路珍重的殷勤祝愿。对于送行者来说,劝对方"更尽一杯酒",不只是让朋友多带走自己的一分情谊,而且有意无意地延宕分手的时间,好让对方再多留一刻。"西出阳关无故人"之感,又何尝只属于行者呢?临别依依,要说的话很多,但千头万绪,一时竟不知从何说起。这种场合,往往会出现无言相对的沉默,"劝君更尽一杯酒",就是不自觉地打破这种沉默的方式,也是表达此刻丰富复杂感情的方式。诗人没有说出的比已经说出的要丰富得多。总之,三、四两句所剪取的虽然只是一刹那的情景,却是蕴含极其丰富的一刹那。

这首诗所描写的是一种最有普遍性的离别。它没有特殊的背景,而自有深挚的惜别之情,这就使它适合于绝大多数离筵别席演唱,后来编入乐府,成为唐代最流行、传唱最久的歌曲。

（刘学锴）

将进酒

李 白

君不见黄河之水天上来，奔流到海不复回。
君不见高堂明镜悲白发，朝如青丝暮成雪。
人生得意须尽欢，莫使金樽空对月。
天生我材必有用，千金散尽还复来。
烹羊宰牛且为乐，会须一饮三百杯。
岑夫子，丹丘生，将进酒，杯莫停。
与君歌一曲，请君为我倾耳听。
钟鼓馔玉不足贵，但愿长醉不复醒。
古来圣贤皆寂寞，惟有饮者留其名。
陈王昔时宴平乐，斗酒十千恣欢谑。
主人何为言少钱，径须沽取对君酌。
五花马，千金裘，呼儿将出换美酒，与尔同销万古愁。

赏 析

李白咏酒的诗篇极能表现他的个性，这类诗固然数长安放还以后所作思想内容更为深沉，艺术表现更为成熟。《将进酒》即其代表作。

《将进酒》原是汉乐府短箫铙歌的曲调，"将（qiāng）"意为"愿""请"，题目意译即"劝酒歌"，故古词有"将进酒，乘大白"云。作者这首"填之以申己意"（萧士赟《分类补注李太白诗》）的名篇，旧说均以为作于天宝间去朝之后（约752）。据今人考证，李白曾两入长安，此诗当为开元间一入长安以后（约736）所作。他当时与友人岑勋在嵩山另一好友元丹丘的颍阳山居为客，三人尝登高饮宴。人生快事莫若置酒会友,作者又正值"抱用世之才而不遇合"(萧士赟)之际,于是满腔不合时宜借酒兴诗情,来了一次淋漓尽致的发抒。

诗篇发端就是两组排比长句,如挟天风海雨迎面扑来。"君不见黄河之水天上来,奔流到海不复回",颍阳去黄河不远,登高纵目,故借以起兴。黄河源远流长,落差极大,如从天而降,一泻千里,东奔大海。上句写大河之来,势不可挡;下句写大河之去,势不可回。一涨一消,形成舒卷往复的咏叹味,是短促的单句(如"黄河落天走东海")所没有的。紧接着,"君不见高堂明镜悲白发,朝如青丝暮成雪",恰似一波未平、一波又起。如果说前二句为空间范畴的夸张,这二句则是时间范畴的夸张。悲叹人生短促,而不直言自伤老大,却说"高堂明镜悲白发",一种搔首顾影、徒呼奈何的情态宛如画出。将人生由青春至衰老的全过程说成"朝""暮"间事,把本来短暂的说得更短暂,与前两句把本来壮浪的说得更壮浪,是"反向"的夸张。于是,开篇的这组排比长句既有比意——以河水一去不返喻人生易逝,又有反衬作用——以黄河的伟大永恒形出生命的渺小脆弱。这个开端可谓悲感已极,却不堕纤弱,可说是巨人式的感伤,具有惊心动魄的艺术力量,同时也是由长句排比开篇的气势感造成的。这种开篇的手法作者常用,清沈德潜说:"此种格调,太白从心化出。"(《唐诗别裁集》)可见其颇具创造性。此诗两作"君不见"的呼告,又使诗句感情色彩大大增强。诗有所谓大开大阖者,此可谓大开。

在李白看来,只要"人生得意"便无所遗憾,当纵情欢乐。五、六两句便是一个逆转,由"悲"而翻作"欢""乐"。从此直到"杯莫停",诗情渐趋狂放。但句中未直写杯中之物,而用"金樽""对月"的形象语言出之,不特生动,更将饮酒诗意化了;未直写应该痛饮狂欢,而以"莫使""空"的双重否定句式代替直陈,语气更为强调。"人生得意须尽欢",这似乎是宣扬及时行乐的思想,然而只不过是表象而已。诗人又用乐观好强的口吻肯定人生,肯定自我:"天生我材必有用"。这是一个令人击节赞叹的句子。"有用"而"必",一何自信!简直像是人的价值宣言,而这个人——"我"——是须大写的。于此,从貌似消极的现象中露出了深藏其内的一种怀才不遇而又渴望用世的积极的本质内容来。正是"长风破浪会有时",为什么不为这样的未来痛饮高歌呢!破费又算得了什么——"千金散尽还复来"！这又是一个高度自信的惊人之句，能驱使金钱而不为金钱所使，真足令一切凡夫俗子们咋舌。诗如其人，想诗人"曩者游维扬，不逾一年，散金三十余万"（《上安州裴长史书》），是何等豪举。故此句深蕴在骨子里的豪情，绝非装腔作势者可得其万一。与此气派相当，作者描绘了一场盛筵，那决不是"菜要一碟乎，两碟乎？酒要一壶乎，两壶乎"，而是整头整头地"烹羊宰牛"，不喝上"三百杯"决不甘休。多痛快的筵宴，又是多么豪壮的诗句！

至此，狂放之情趋于高潮，诗的旋律加快。诗人那眼花耳热的醉态跃然纸上，恍惚使人如闻其高声劝酒："岑夫子，丹丘生，将进酒，杯莫停！"几个短句忽然加入，不但使诗歌节奏富于变化，而且写来逼肖席上声口。既是生逢知己，又是酒逢对手，不但"忘形到尔汝"，诗人甚而忘却是在写诗，笔下之诗似乎还原为生活，他还要"与君歌一曲，请君为我倾耳听"。以下八句就是诗中之歌了。这着想奇之又奇，纯系神来之笔。

"钟鼓馔玉"意即富贵生活（富贵人家吃饭时鸣钟列鼎，食物精美如玉），可诗人以为"不足贵"，并放言"但愿长醉不复醒"。诗情至此，便分明由狂放转而为愤激。这里不仅是酒后吐狂言，而且是酒后吐真言了。以"我"天生有用之才，本当位至卿相，飞黄腾达，然而"大道如青天，我独不得出"（《行路难》）。说富贵"不足贵"，乃出于愤慨。以下"古来圣贤皆寂寞"二句亦属愤语。诗人曾喟叹"自言管葛竟谁许"，所以说古人"寂寞"，也表现出自己"寂寞"，因此才愿长醉不醒了。这里，诗人已是用古人酒杯，浇自己块垒了。说到"惟有饮者留其名"，便举出"陈王"曹植作代表。并化用其《名都篇》"归来宴平乐，美酒斗十千"之句。古来酒徒历历，何以偏举"陈王"？这与李白一向自命不凡分不开，他心目中树为榜样的是谢安之类高级人物，而这类人物中，"陈王"与酒联系较多。这样写便有气派，与前文极度自信的口吻一贯。再者，"陈王"曹植于丕、叡两朝备受猜忌，有志难展，亦激起诗人的同情。一提"古来圣贤"，二提"陈王"曹植，满纸不平之气。此诗开始似只涉人生感慨，而不染政治色彩，其实全篇饱含一种深广的忧愤和对自我的信念。诗情所以悲而不伤，悲而能壮，即根源于此。

刚露一点深衷，又回到说酒了，而且看起来酒兴更高。以下诗情再入狂放，而且愈来愈狂。"主人何为言少钱"，既照应"千金散尽"句，又故作跌宕，引出最后一番豪言壮语：即便千金散尽，也当不惜将出名贵宝物——"五花马"（毛色作五花纹的良马）、"千金裘"来换取美酒，图个一醉方休。这结尾之妙，不仅在于"呼儿""与尔"，口气甚大；而且具有一种作者一时可能觉察不到的将宾作主的任诞情态。须知诗人不过是被友招饮的客人，此刻他却高踞一席，气使颐指，提议典裘当马，几令人不知谁是"主人"。浪漫色彩极浓。快人快语，非不拘形迹的豪迈知交断不能出此。诗情至此狂放至极，令人嗟叹咏歌，直欲"手之舞之，足之蹈之"。情犹未已，诗已告终，突然又迸出一句"与尔同销万古愁"，与开篇之"悲"关合，而"万古愁"的含义更其深沉。这"白云从空，随风变灭"的结尾，显见诗人奔涌跌宕的感情激流。通观全篇，真是大起大落，非如椽巨笔不办。

《将进酒》篇幅不算长，却五音繁会，气象不凡。它笔酣墨饱，情极悲愤而作狂放，语极豪纵而又沉着。诗篇具有震动古今的气势与力量，这诚然与夸张手法不无关系，比如诗中屡用巨额数目字（"千金""三百杯""斗酒十千""千金裘""万古愁"等等）表现豪迈诗情，同时，又不给人空洞浮夸感，其根源就在于它那充实深厚的内在感情，那潜在酒话底下如波涛汹涌的郁怒情绪。此外，全篇大起大落，诗情忽擒忽张，由悲转乐，转狂放，转愤激，再转狂放，最后结穴于"万古愁"，回应篇首，如大河奔流，有气势，亦有曲折，纵横捭阖，力能扛鼎。通篇以七言为主，而以三、五、十言句"破"之，极参差错综之致；诗句以散行为主，又以短小的对仗语点染，节奏疾徐尽变，奔放而不流易。清沈德潜《唐诗别裁集》谓"读李诗者于雄快之中，得其深远宕逸之神，才是谪仙人面目"，此篇足以当之。

（周啸天）

行路难三首
（其一）

李 白

金樽清酒斗十千，玉盘珍羞直万钱。
停杯投箸不能食，拔剑四顾心茫然。
欲渡黄河冰塞川，将登太行雪满山。
闲来垂钓碧溪上，忽复乘舟梦日边。
行路难，行路难， 多歧路，今安在？
长风破浪会有时，直挂云帆济沧海！

赏 析

　　这是李白所写的三首《行路难》的第一首。这组诗从内容看，应该是写在天宝三载(744)李白离开长安的时候。

　　诗的前四句写朋友出于对李白的深厚友情，出于对这样一位天才被弃置的惋惜，不惜金钱，设下盛宴为之饯行。"嗜酒见天真"的李白，要是在平时，因为这美酒佳肴，再加上朋友的一片盛情，肯定是会"一饮三百杯"的。然而，这一次他端起酒杯，却又把酒杯推开了；拿起筷子，却又把筷子撂下了。他离开座席，拔下宝剑，举目四顾，心绪茫然。"停""投""拔""顾"四个连续的动作，形象地显示了内心的苦闷抑郁，感情的激荡变化。

　　接着两句紧承"心茫然"，正面写"行路难"。诗人用"冰塞川""雪满山"象征人生道路上的艰难险阻，具有比兴的意味。一个怀有伟大政治抱负的人物，在受诏入京、有幸接近皇帝的时候，皇帝却不能任用，被"赐金还山"，变相撵出了长安，这不正像遇到冰塞黄河、雪拥太行吗！但是，李白并不是那种软弱的性格,从"拔剑四顾"开始,就表示着不甘消沉,而要继续追求。"闲来垂钓碧溪上,忽复乘舟梦日边。"诗人在心境茫然之中,忽然想到两位开始在政治上并不顺利,而最后终于大有作为的人物:一位是吕尚,九十岁在磻溪钓鱼,得遇文王;一位是伊尹,在受汤聘前曾梦见自己乘舟绕日月而过。想到这两位历史人物的经历,又给诗人增加了信心。

"行路难,行路难,多歧路,今安在?"吕尚、伊尹的遇合,固然增加了对未来的信心,但当他的思路回到眼前现实中来的时候,又再一次感到人生道路的艰难。离筵上瞻望前程,只觉前路崎岖,歧途甚多,要走的路,究竟在哪里呢? 这是感情在尖锐复杂的矛盾中再一次回旋。但是倔强而又自信的李白,决不愿在离筵上表现自己的气馁。他那种积极用世的强烈要求,终于使他再次摆脱了歧路彷徨的苦闷,唱出了充满信心与展望的强音:"乘风破浪会有时,直挂云帆济沧海!"他相信尽管前路障碍重重,但仍将会有一天要像刘宋时宗悫所说的那样,乘长风破万里浪,挂上云帆,横渡沧海,到达理想的彼岸。

这首诗一共十四句,八十二个字,在七言歌行中只能算是短篇,但它跳荡纵横,具有长篇的气势格局。其重要的原因之一,就在于它百步九折地揭示了诗人感情的激荡起伏、复杂变化。诗的一开头,"金樽清酒""玉盘珍羞",让人感觉似乎是一个欢乐的宴会,但紧接着"停杯投箸""拔剑四顾"两个细节,就显示了感情波涛的强烈冲击。中间四句,刚刚慨叹"冰塞川""雪满山",又恍然神游千载之上,仿佛看到了吕尚、伊尹由微贱而忽然得到君主重用。诗人心理上的失望与希望、抑郁与追求,急遽变化交替。"行路难,行路难,多歧路,今安在?"四句节奏短促、跳跃,完全是急切不安状态下的内心独白,逼肖地传达出进退失据而又要继续探索追求的复杂心理。结尾二句,经过前面的反复回旋以后,境界顿开,唱出了高昂乐观的调子,相信自己的理想抱负总有实现的一天。通过这样层层叠叠的感情起伏变化,既充分显示了黑暗污浊的政治现实对诗人的宏大理想抱负的阻遏,反映了由此而引起的诗人内心的强烈苦闷、愤郁和不平,同时又突出表现了诗人的倔强、自信和他对理想的执着追求,展示了诗人力图从苦闷中挣脱出来的强大精神力量。

这首诗在题材、表现手法上都受到鲍照《拟行路难》的影响,但却青出于蓝而胜于蓝。两人的诗,都在一定程度上反映了封建统治者对人才的压抑,而由于时代和诗人精神气质方面的原因,李诗则揭示得更加深刻强烈,同时还表现了一种积极的追求、乐观的自信和顽强地坚持理想的品格。因而,和鲍作相比,李诗的思想境界就显得更高。

(余恕诚)

古朗月行

李　白

小时不识月，呼作白玉盘。

又疑瑶台镜，飞在青云端。

仙人垂两足，桂树何团团。

白兔捣药成，问言与谁餐？

蟾蜍蚀圆影，大明夜已残。

羿昔落九乌，天人清且安。

阴精此沦惑，去去不足观。

忧来其如何？凄怆摧心肝。

这是一首乐府诗。"朗月行"是乐府古题，属《杂曲歌辞》。南朝宋鲍照有《朗月行》，写佳人对月弦歌。李白采用这个题目，故称《古朗月行》，但没有因袭旧的内容。

诗人运用浪漫主义的创作方法，通过丰富的想象，神话传说的巧妙加工，以及强烈的抒情，构成瑰丽神奇而含义深蕴的艺术形象。诗中先写儿童时期对月亮稚气的认识："小时不识月，呼作白玉盘。又疑瑶台镜，飞在青云端。"以"白玉盘""瑶台镜"作比，生动地表现出月亮的形状和月光的皎洁可爱，使人感到非常新颖有趣。"呼""疑"这两个动词，传达出儿童的天真烂漫之态。这四句诗，看似信手写来，却是情采俱佳。然后，又写月亮的升起："仙人垂两足，桂树何团团。白兔捣药成，问言与谁餐？"古代神话说，月中有仙人、桂树、白兔。当月亮初生的时候，先看见仙人的两只脚，而后逐渐看见仙人和桂树的全形，看见一轮圆月,看见月中白兔在捣药。诗人运用这一神话传说,写出了月亮初生时逐渐明朗和宛若仙境般的景致。然而好景不长,月亮渐渐地由圆而蚀:"蟾蜍蚀圆影,大明夜已残。"蟾蜍,俗称癞蛤蟆;"大明",指月亮。传说月蚀就是蟾蜍食月所造成,月亮被蟾蜍所啮食而残损,变得晦暗不明。"羿昔落九乌,天人清且安",表现出诗人的感慨和希望。古代善射的后羿,射落了九个太阳,只留下一个,使天、人都免除了灾难。诗人为什么在这里引出这样的英雄来呢? 也许是为现实中缺少这样的英雄而感慨,也许是希望有这样的英雄来扫除天下灾难吧! 然而,现实毕竟是现实,诗人深感失望:"阴精此沦惑,去去不足观"。月亮既然已经沦没而迷惑不清,还有什么可看的呢! 不如趁早走开吧。这显然是无可奈何的办法,心中的忧愤不仅没有解除,反而加深了:"忧来其如何? 凄怆摧心肝"。诗人不忍一走了之,内心矛盾重重,忧心如焚。

这首诗,大概是李白针对当时朝政黑暗而发的。唐玄宗晚年沉湎声色,宠幸杨贵妃,权奸、宦官、边将擅权,把国家搞得乌烟瘴气。诗中"蟾蜍蚀圆影,大明夜已残"似是刺这一昏暗局面。清沈德潜说,这是"暗指贵妃能惑主听"(《唐诗别裁集》)。然而诗人的主旨却不明说,而是通篇作隐语,化现实为幻景,以蟾蜍蚀月影射现实,说得十分深婉曲折。诗中一个又一个新颖奇妙的想象,展现出诗人起伏不平的感情,文辞如行云流水,富有魅力,发人深思,体现出李白诗歌的雄奇奔放、清新俊逸的风格。

(郑国铨)

清平调词三首

李白

云想衣裳花想容，春风拂槛露华浓。
若非群玉山头见，会向瑶台月下逢。

一枝红艳露凝香，云雨巫山枉断肠。
借问汉宫谁得似？可怜飞燕倚新妆。

名花倾国两相欢，长得君王带笑看。
解释春风无限恨，沉香亭北倚阑干。

赏　析

　　这三首诗是李白在长安供奉翰林时所作。一日，玄宗和杨妃在宫中观牡丹花，因命李白写新乐章，李白奉诏而作。在三首诗中，把木芍药（牡丹）和杨妃交互在一起写，花即是人，人即是花，把人面花光浑融一片，同蒙唐玄宗的恩泽。从篇章结构上说，第一首从空间来写，把读者引入蟾宫阆苑；第二首从时间来写，把读者引入楚襄王的阳台、汉成帝的宫廷；第三首归到目前的现实，点明唐宫中的沉香亭北。诗笔不仅挥洒自如，而且相互钩带。第一首中的"春风"和第三首中的"春风"，前后遥相呼应。

　　第一首，一起七字："云想衣裳花想容。"把杨妃的衣服，写成真如霓裳羽衣一般，簇拥着她那丰满的玉容。"想"字有正反两面的理解，可以说是见云而想到衣裳，见花而想到容貌，也可以说把衣裳想象为云，把容貌想象为花。这样交互参差，七字之中就给人以花团锦簇之感。接下去"春风拂槛露华浓"，进一步以"露华浓"来点染花容,美丽的牡丹花在晶莹的露水中显得更加艳冶,这就使上句更为酣满,同时也以风露暗喻君王的恩泽,使花容人面倍见精神。下面,诗人的想象忽又升腾到天堂西王母所居的群玉山、瑶台。"若非""会向",诗人故作选择,意实肯定:这样超绝人寰的花容,恐怕只有在上天仙境才能见到!玉山、瑶台、月色,一色素淡的字眼,映衬花容人面,使人自然联想到白玉般的人儿,又像一朵温馨的白牡丹花。与此同时,诗人又不露痕迹,把杨妃比作天女下凡,真是精妙至极。

第二首,起句"一枝红艳露凝香",不但写色,而且写香;不但写天然的美,而且写含露的美,比上首的"露华浓"更进一层。"云雨巫山枉断肠"用楚襄王的故事,把上句的花,加以人化,指出楚王为神女而断肠,其实梦中的神女,哪里及得到当前的花容人面!再算下来,汉成帝的皇后赵飞燕,可算得绝代美人了,可是赵飞燕还得倚仗新妆,哪里及得眼前花容月貌般的杨妃,不须脂粉,便是天然绝色。这一首以压低神女和飞燕,来抬高杨妃,借古喻今,亦是尊题之法。相传赵飞燕体态轻盈,能站在宫人手托的水晶盘中歌舞,而杨妃则比较丰肥,固有"环肥燕瘦"之语(杨贵妃名玉环)。后人据此就编造事实,说杨妃极喜此三诗,时常吟哦,高力士因李白曾命之脱靴,认为大辱,就向杨妃进谗,说李白以飞燕之瘦,讥杨妃之肥,以飞燕之私通赤凤,讥杨妃之宫闱不检。李白诗中果有此意,首先就瞒不过博学能文的玄宗,而且杨妃也不是毫无文化修养的人。据原诗来看,很明显是抑古尊今,好事之徒,强加曲解,其实是不可通的。

第三首从仙境古人返回到现实。起首二句:"名花倾国两相欢,长得君王带笑看。""倾国"美人,当然指杨妃,诗到此处才正面点出,并用"两相欢"把牡丹和"倾国"合为一提,"带笑看"三字再来一统,使牡丹、杨妃、玄宗三位一体,融合在一起了。由于第二句的"笑",逗起了第三句的"解释春风无限恨","春风"两字即君王之代词。这一句,把牡丹美人动人的姿色写得情趣盎然,君王既带笑,当然"无恨","恨"都为之消释了。末句点明玄宗杨妃赏花地点——"沉香亭北"。花在阑外,人倚阑干,多么优雅风流。

这三首诗,语语浓艳,字字流葩;而最突出的是将花与人浑融在一起写,如"云想衣裳花想容",又似在写花光,又似在写人面。"一枝红艳露凝香",也都是人、物交融，言在此而意在彼。读这三首诗，如觉春风满纸，花光满眼，人面迷离，不待什么刻画，而自然使人觉得这是牡丹，这是美人玉色，而不是别的。无怪这三首诗当时就深为唐玄宗所赞赏。

（沈熙乾）

静夜思

李 白

床前明月光①，疑是地上霜。
举头望明月②，低头思故乡。

【注】
① 明月光：一作"看月光"。　② 望明月：一作"望山月"。

赏 析

明胡应麟说："太白诸绝句，信口而成，所谓无意于工而无不工者。"(《诗薮·内编》卷六)明王世懋认为："(绝句)盛唐惟青莲(李白)、龙标(王昌龄)二家诣极。李更自然，故居王上。"(《艺圃撷余》)怎样才算"自然"，才是"无意于工而无不工"呢？ 这首《静夜思》就是个榜样。所以胡氏特地把它提出来，说是"妙绝古今"。

这首小诗，既没有奇特新颖的想象，更没有精工华美的辞藻；它只是用叙述的语气，写远客思乡之情，然而它却意味深长，耐人寻绎，千百年来，如此广泛地吸引着读者。

一个作客他乡的人，大概都会有这样的感觉吧：白天倒还罢了，到了夜深人静的时候，思乡的情绪，就难免一阵阵地在心头泛起波澜；何况是月明之夜，更何况是明月如霜的秋夜！

月白霜清，是清秋夜景；以霜色形容月光，也是古典诗歌中所经常看到的。例如梁简文帝萧纲《玄圃纳凉》诗中就有"夜月似秋霜"之句；而稍早于李白的唐代诗人张若虚在《春江花月夜》里，用"空里流霜不觉飞"来写空明澄澈的月光,给人以立体感,尤见构思之妙。可是这些都是作为一种修辞的手段而在诗中出现的。这诗的"疑是地上霜",是叙述,而非摹形拟象的状物之辞,是诗人在特定环境中一刹那间所产生的错觉。为什么会有这样的错觉呢?不难想象,这两句所描写的是客中深夜不能成眠、短梦初回的情景。这时庭院是寂寥的,透过窗户的皎洁月光射到床前,带来了冷森森的秋宵寒意。诗人朦胧地乍一望去,在迷离恍惚的心情中,真好像是地上铺了一层白皑皑的浓霜;可是再定神一看,四周围的环境告诉他,这不是霜痕而是月色。月色不免吸引着他抬头一看,一轮娟娟素魄正挂在窗前,秋夜的太空是如此的明净!这时,他完全清醒了。

秋月是分外光明的,然而它又是清冷的。对孤身远客来说,最容易触动旅思秋怀,使人感到客况萧条,年华易逝。凝望着月亮,也最容易使人产生遐想,想到故乡的一切,想到家里的亲人。想着,想着,头渐渐地低了下去,完全浸入于沉思之中。

从"疑"到"举头",从"举头"到"低头",形象地揭示了诗人内心活动,鲜明地勾勒出一幅生动形象的月夜思乡图。

短短四句诗,写得清新朴素,明白如话。它的内容是单纯的,但同时却又是丰富的。它是容易理解的,却又是体味不尽的。诗人所没有说的比他已经说出来的要多得多。它的构思是细致而深曲的,但却又是脱口吟成、浑然无迹的。从这里,我们不难领会到李白绝句的"自然""无意于工而无不工"的妙境。

(马茂元)

峨眉山月歌

李 白

峨眉山月半轮秋，影入平羌江水流。
夜发清溪向三峡，思君①不见下渝州。

【注】

① 一说"君"即指峨眉山月。清沈德潜《唐诗别裁集》："月在清溪、三峡之间，半轮亦不复见矣。'君'字即指月。"一说"君"指同住峨眉山的友人，则诗中山月兼为友情之象征。

赏 析

这首诗是年轻的李白初离蜀地时的作品，意境明朗，语言浅近，音韵流畅。

诗从"峨眉山月"写起，点出了远游的时令是在秋天。"秋"字因入韵关系倒置句末。秋高气爽，月色特明（晋代民间歌谣《四时咏》："秋月扬明辉"）。以"秋"字又形容月色之美，信手拈来，自然入妙。月只"半轮"，使人联想到青山吐月的优美意境。在峨眉山的东北有平羌江，即今青衣江，源出于四川芦山县，流至乐山市入岷江。次句"影"指月影，"入"和"流"两个动词构成连动式，意言月影映入江水，又随江水流去。生活经验告诉我们，定位观水中月影，任凭江水怎样流，月影却是不动的。"月亮走，我也走"，只有观者顺流而下，才会看到"影入江水流"的妙景。所以此句不仅写出了月映清江的美景，同时暗点秋夜行船之事。意境可谓空灵入妙。

次句境中有人，第三句中人已露面：他正连夜从清溪驿出发进入岷江，向三峡驶去。"仗剑去国，辞亲远游"的青年，乍离乡土，对故国故人不免恋恋不舍。江行见月，如见故人。然明月毕竟不是故人，于是只能"仰头看明月，寄情千里光"了。末句"思君不见下渝州"依依惜别的无限情思,可谓语短情长。

峨眉山——平羌江——清溪——渝州——三峡,诗境就这样渐次为读者展开了一幅千里蜀江行旅图。除"峨眉山月"而外,诗中几乎没有更具体的景物描写;除"思君"二字,也没有更多的抒情。然而"峨眉山月"这一集中的艺术形象贯串整个诗境,成为诗情的触媒。由它引发的意蕴相当丰富:山月与人万里相随,夜夜可见,使"思君不见"的感慨愈加深沉。明月可亲而不可近,可望而不可接,更是思友之情的象征。凡咏月处,皆抒发江行思友之情,令人陶醉。

本来,短小的绝句在表现时空变化上颇受限制,因此一般写法是不同时超越时空,而此诗所表现的时间与空间跨度真到了驰骋自由的境地。二十八字中地名凡五见,共十二字,这在万首唐人绝句中是仅见的。它"四句入地名者五,古今目为绝唱,殊不厌重"(明王世懋《艺圃撷余》),其原因在于:诗境中无处不渗透着诗人江行体验和思友之情,无处不贯串着山月这一具有象征意义的艺术形象,这就把广阔的空间和较长的时间统一起来。其次,地名的处理也富于变化。"峨眉山月""平羌江水"是地名附加于景物,是虚用;"发清溪""向三峡""下渝州"则是实用,而在句中位置亦有不同。读起来也就觉不着痕迹,妙入化工。

(周啸天)

赠汪伦

李 白

李白乘舟将欲行，忽闻岸上踏歌声。
桃花潭水深千尺，不及汪伦送我情！

赏 析

　　天宝十四载(755)，李白从秋浦(今安徽贵池)前往泾县(今属安徽)游桃花潭，当地人汪伦常酿美酒款待他。临走时，汪伦又来送行，李白作了这首诗留别。

　　诗的前半是叙事：先写要离去者，继写送行者，展示一幅离别的画面。起句"乘舟"表明是循水道；"将欲行"表明是在轻舟待发之时。这句使我们仿佛见到李白在正要离岸的小船上向人们告别的情景。

　　送行者是谁呢？次句却不像首句那样直叙，而用了曲笔，只说听见歌声。一群村人踏地为节拍，边走边唱前来送行了。这似出乎李白的意料，所以说"忽闻"而不用"遥闻"。这句诗虽说得比较含蓄，只闻其声，不见其人，但人已呼之欲出。

　　诗的后半是抒情。第三句遥接起句，进一步说明放船地点在桃花潭。"深千尺"既描绘了潭的特点，又为结句预伏一笔。

　　桃花潭水是那样的深湛，更触动了离人的情怀，难忘汪伦的深情厚谊，水深情深自然地联系起来。结句迸出"不及汪伦送我情"，以比物手法形象地表达了真挚纯洁的深情。潭水已"深千尺"，那么汪伦送李白的情谊更有多深呢？耐人寻味。清沈德潜很欣赏这一句，他说："若说汪伦之情比于潭水千尺，便是凡语。妙境只在一转换间。"(《唐诗别裁集》)显然，妙就妙在"不及"二字，好就好在不用比喻而采用比物手法，变无形的情谊为生动的形象，空灵而有余味，自然而又情真。

这首小诗，深为后人赞赏，"桃花潭水"就成为后人抒写别情的常用语。由于这首诗，使桃花潭一带留下许多优美的传说和供旅游访问的遗迹，如东岸题有"踏歌古岸"门额的踏歌岸阁，西岸彩虹冈石壁下的钓隐台等等。

（宛敏灏　宛新彬）

闻王昌龄左迁龙标，遥有此寄

李　白

杨花落尽子规啼，闻道龙标过五溪①。
我寄愁心与明月，随风直到夜郎西。

【注】

① 五溪：雄溪、樠溪、酉溪、沅溪、辰溪之总称，均在今湖南省西部。

赏　析

《新唐书·文艺传》载王昌龄左迁(古人尚右，故称贬官为左迁)龙标(今湖南省洪江市)尉，是因为"不护细行"，也就是说，他的得罪贬官，并不是由于什么重大问题，而只是由于生活小节不够检点。在《芙蓉楼送辛渐》中，王昌龄也对他的好友说："洛阳亲友如相问，一片冰心在玉壶。"即沿用南朝宋鲍照《白头吟》中"清如玉壶冰"的比喻，来表明自己的纯洁无辜。李白在听到他不幸的遭遇以后，写了这一首充满同情和关切的诗篇，从远道寄给他，是完全可以理解的。

首句写景兼点时令，而于景物独取漂泊无定的杨花，啼叫着"不如归去"的子规，即含有飘零之感、离别之恨在内，切合当时情事，也就融情入景。因此句已于景中见情，所以次句便直叙其事。"闻道"，表示惊惜。"过五溪"，见迁谪之荒远，道路之艰难。不着悲痛之语，而悲痛之意自见。

后两句抒情。人隔两地，难以相从，而月照中天，千里可共，所以要将自己的愁心寄与明月，随风飘到龙标。这里的夜郎，并不是指位于今贵州省桐梓县的古夜郎国，而是指位于今湖南省沅陵县的夜郎县。沅陵正在黔阳的南方而略偏西。有人由于将夜郎的位置弄错了,所以定此诗为李白流夜郎时所作,那是不对的。

这两句诗所表现的意境,已见于此前的一些名作中。如南朝宋谢庄《月赋》:"美人迈兮音尘缺,隔千里兮共明月。临风叹兮将焉歇,川路长兮不可越。"三国魏曹植《杂诗》:"愿为南流景,驰光见我君。"张若虚《春江花月夜》:"此时相望不相闻,愿逐月华流照君。"都与之相近。而细加分析,则两句之中,又有三层意思:一是说自己心中充满了愁思,无可告诉,无人理解,只有将这种愁心托之于明月;二是说惟有明月分照两地,自己和朋友都能看见她;三是说,因此,也只有依靠她才能将愁心寄与,别无他法。

通过诗人丰富的想象,本来无知无情的明月,竟变成了一个了解自己、富于同情的知心人,她能够而且愿意接受自己的要求,将自己对朋友的怀念和同情带到辽远的夜郎之西,交给那不幸的迁谪者。她,是多么地多情啊!

这种将自己的感情赋予客观事物,使之同样具有感情,也就是使之人格化,乃是形象思维所形成的巨大的特点之一和优点之一。当诗人们需要表现强烈或深厚的情感时,常常用这样一种手段来获得预期的效果。

(沈祖棻)

黄鹤楼送孟浩然之广陵

李 白

故人西辞黄鹤楼，烟花三月下扬州。
孤帆远影碧空尽，唯见长江天际流。

 赏 析

这首送别诗有它自己特殊的情味。它不同于王勃《送杜少府之任蜀川》那种少年刚肠的离别，也不同于王维《渭城曲》那种深情体贴的离别。这首诗，可以说是表现一种充满诗意的离别。其所以如此，是因为这是两位风流潇洒的诗人的离别。还因为这次离别跟一个繁华的时代、繁华的季节、繁华的地区相联系，在愉快的分手中还带着诗人李白的向往，这就使得这次离别有着无比的诗意。

李白与孟浩然的交往，是在他刚出四川不久，正当年轻快意的时候，他眼里的世界，还几乎像黄金一般美好。比李白大十多岁的孟浩然，这时已经诗名满天下。他给李白的印象是陶醉在山水之间，自由而愉快，所以李白在《赠孟浩然》诗中说："吾爱孟夫子，风流天下闻。红颜弃轩冕，白首卧松云。"再说这次离别正是开元盛世，太平而又繁荣，季节是烟花三月、春意最浓的时候，从黄鹤楼到扬州，这一路都是繁花似锦。而扬州呢？更是当时整个东南地区最繁华的都会。李白是那样一个浪漫、爱好游览的人，所以这次离别完全是在很浓郁的畅想曲和抒情诗的气氛里进行的。李白心里没有什么忧伤和不愉快，相反地认为孟浩然这趟旅行快乐得很，他向往扬州，又向往孟浩然，所以一边送别，一边心也就跟着飞翔，胸中有无穷的诗意随着江水荡漾。

"故人西辞黄鹤楼"，这一句不光是为了点题，更因为黄鹤楼乃天下名胜，可能是两位诗人经常流连聚会之所。因此一提到黄鹤楼，就带出种种与此处有关的富于诗意的生活内容。而黄鹤楼本身呢？又是传说仙人飞上天空去的地方，这和李白心目中这次孟浩然愉快地去扬州，又构成一种联想，增加了那种愉快的、畅想曲的气氛。

"烟花三月下扬州"，在"三月"上加"烟花"二字，把送别环境中那种诗的气氛涂抹得尤为浓郁。烟花者，烟雾迷蒙，繁花似锦也；给人的感觉决不是一片地、一朵花，而是看不尽、看不透的大片阳春烟景。三月，固然是烟花之时，而开元时代繁华的长江下游，又何尝不是烟花之地呢？"烟花三月"，不仅再现了那暮春时节、繁华之地的迷人景色，而且也透露了时代气氛。此句意境优美，文字绮丽，清人孙洙誉为"千古丽句"(《唐诗三百首》)。

"孤帆远影碧空尽，唯见长江天际流。"诗的后两句看起来似乎是写景，但在写景中包含着一个充满诗意的细节。李白一直把朋友送上船，船已经扬帆而去，而他还在江边目送远去的风帆。李白的目光望着帆影，一直看到帆影逐渐模糊，消失在碧空的尽头，可见目送时间之长。帆影已经消逝了，然而李白还在翘首凝望，这才注意到一江春水，在浩浩荡荡地流向远远的水天交接之处。"唯见长江天际流"，是眼前景象，可是谁又能说是单纯写景呢？李白对朋友的一片深情，李白的向往，不正体现在这富有诗意的神驰目注之中吗？诗人的心潮起伏，不正像浩荡东去的一江春水吗？

总之，这一场极富诗意的、两位风流潇洒的诗人的离别，对李白来说，又是带着一片向往之情的离别，被诗人用绚烂的阳春三月的景色，用放舟长江的宽阔画面，用目送孤帆远影的细节，极为传神地表现出来了。

（余恕诚）

渡荆门送别

李白

渡远荆门外，来从楚国游。
山随平野尽，江入大荒流。
月下飞天镜，云生结海楼。
仍怜故乡水，万里送行舟。

赏 析

这首诗是李白出蜀时所作。荆门，即荆门山，位于今湖北宜都西北，长江南岸，与北岸虎牙山隔江对峙，形势险要，自古即有楚蜀咽喉之称。

李白这次出蜀，由水路乘船远行，经巴渝，出三峡，直向荆门山之外驶去，目的是到湖北、湖南一带楚国故地游览。"渡远荆门外，来从楚国游"，指的就是这一壮游。这时候的青年诗人，兴致勃勃，坐在船上沿途纵情观赏巫山两岸高耸云霄的峻岭。一路看来，眼前景色逐渐变化，船过荆门一带，已是平原旷野，视域顿然开阔，别是一番景色：

　　山随平野尽，江入大荒流。

前句形象地描绘了船出三峡、渡过荆门山后长江两岸的特有景色：山逐渐消失了，眼前是一望无际的低平的原野。它好比用电影镜头摄下的一组活动画面，给人以流动感与空间感，将静止的山岭摹状出活动的趋向来。

"江入大荒流"，写出江水奔腾直泻的气势，从荆门往远处望去，仿佛流入荒漠辽远的原野，显得天空寥廓，境界高远。后句着一"入"字，力透纸背，用语贴切。景中蕴藏着诗人喜悦开朗的心情和青春的蓬勃朝气。

写完山势与流水，诗人又以移步换景手法，从不同角度描绘长江的近景与远景：

　　　　月下飞天镜，云生结海楼。

　　长江流过荆门以下，河道迂曲，流速减缓。晚上，江面平静时，俯视月亮在水中的倒影，好像天上飞来一面明镜似的；日间，仰望天空，云彩兴起，变幻无穷，结成了海市蜃楼般的奇景。这正是从荆门一带广阔平原的高空中和平静的江面上所观赏到的奇妙美景。如在崇山峻岭的三峡中，自非亭午夜分，不见曦月，夏水襄陵，江面水流湍急汹涌，那就很难有机会看到"月下飞天镜"的水中影像；在隐天蔽日的三峡空间，也无从望见"云生结海楼"的奇景。这一联以水中月明如圆镜反衬江水的平静，以天上云彩构成海市蜃楼衬托江岸的辽阔，天空的高远，艺术效果十分强烈。颔颈两联，把生活在蜀中的人，初次出峡，见到广大平原时的新鲜感受极其真切地写了出来。李白在欣赏荆门一带风光的时候，面对那流经故乡的滔滔江水，不禁起了思乡之情：

　　　　仍怜故乡水，万里送行舟。

　　诗人从"五岁诵六甲"起，直至二十五岁远渡荆门，一向在四川生活，读书于戴天山上，游览峨眉，隐居青城，对蜀中的山山水水怀有深挚的感情。江水流过的蜀地也就是曾经养育过他的故乡，初次离别，他怎能不无限留恋，依依难舍呢？但诗人不说自己思念故乡，而说故乡之水恋恋不舍地一路送我远行，怀着深情厚谊，万里送行舟，从对面写来，越发显出自己思乡深情。诗以浓重的怀念惜别之情结尾，言有尽而情无穷。诗题中的"送别"应是告别故乡而不是送别朋友，诗中并无送别朋友的离情别绪。清沈德潜认为"诗中无送别意，题中二字可删"（《唐诗别裁集》），这并不是没有道理的。

　　这首诗意境高远，风格雄健，形象奇伟，想象瑰丽。"山随平野尽，江入大荒流"，写得逼真如画，有如一幅长江出峡渡荆门长轴山水图，成为脍炙人口的佳句。如果说优秀的山水画"咫尺应须论万里"，那么，这首形象壮美瑰玮的五律也可以说能以小见大，以一当十，容量丰富，包涵长江中游数万里山势与水流的景色，具有高度集中的艺术概括力。

　　　　　　　　　　　　　　　　　　　　　　　　　　　　（何国治）

送友人

李 白

青山横北郭，白水绕东城。
此地一为别，孤蓬①万里征。
浮云游子意，落日故人情。
挥手自兹去，萧萧班马鸣。

【注】
① 孤蓬：飞蓬，枯后根易折，随风飞旋，诗里借喻远行的朋友。

赏 析

　　这是一首充满诗情画意的送别诗，诗人与友人策马辞行，情意绵绵，动人肺腑。

　　首联"青山横北郭，白水绕东城"，点出告别的地点。诗人已经送友人来到了城外，然而两人仍然并肩缓辔，不愿分离。只见远处，青翠的山峦横亘在外城的北面，波光粼粼的流水绕城东潺潺而过。这两句，"青山"对"白水"，"北郭"对"东城"，首联即写成工丽的对偶句，确是别开生面；而且"青""白"相间，色彩明丽。"横"字勾勒青山的静姿，"绕"字描画白水的动态。诗笔挥洒自如，描摹出一幅寥廓秀丽的图景。

　　中间两联切题，写离别的深情。颔联"此地一为别，孤蓬万里征"。此地一别，离人就要像蓬草那样随风飞转，到万里之外去了。此二句表达了对朋友漂泊生涯的深切关怀。落笔如行云流水，舒畅自然，不拘泥于对仗，别具一格。颈联"浮云游子意，落日故人情"，却又写得十分工整，"浮云"对"落日"，"游子意"对"故人情"。同时,诗人又巧妙地用"浮云""落日"作比,来表明心意。天空中一抹白云,随风飘浮,象征着友人行踪不定,任意东西;远处一轮红彤彤的夕阳徐徐而下,似乎不忍遽然离开大地,隐喻诗人对朋友依依惜别的心情。在这山明水秀、红日西照的背景下送别,特别令人留恋而感到难舍难分。这里既有景,又有情,情景交融,扣人心弦。

尾联两句,情意更切。"挥手自兹去,萧萧班马鸣。"送君千里,终须一别。"挥手",是写分离时的动作,那么内心的感觉如何呢?诗人没有直说,只写了"萧萧班马鸣"的动人场景。这一句出自《诗经·车攻》"萧萧马鸣"。班马,离群的马。诗人和友人马上挥手告别,频频致意。那两匹马仿佛懂得主人心情,也不愿脱离同伴,临别时禁不住萧萧长鸣,似有无限深情。马犹如此,人何以堪!李白化用古典诗句,著一"班"字,便翻出新意,烘托出缠绵情谊,可谓鬼斧神工。

这首送别诗写得新颖别致,不落俗套。诗中青翠的山岭,清澈的流水,火红的落日,洁白的浮云,相互映衬,色彩璀璨。班马长鸣,形象新鲜活泼。自然美与人情美交织在一起,写得有声有色,气韵生动。诗的节奏明快,感情真挚热诚而又豁达乐观,毫无缠绵悱恻的哀伤情调。这正是评家深为赞赏的李白送别诗的特色。

(何国治)

宣州谢朓楼饯别校书叔云

李 白

弃我去者昨日之日不可留，

乱我心者今日之日多烦忧。

长风万里送秋雁，对此可以酣高楼。

蓬莱文章建安骨，中间小谢又清发。

俱怀逸兴壮思飞，欲上青天揽明月。

抽刀断水水更流，举杯销愁愁更愁。

人生在世不称意，明朝散发弄扁舟。

赏 析

　　这是天宝末年李白在宣城期间饯别秘书省校书郎李云之作。谢朓楼，系南齐著名诗人谢朓任宣城太守时所创建，又称北楼、谢公楼。诗题一作《陪侍御叔华登楼歌》。

　　发端既不写楼，更不叙别，而是陡起壁立，直抒郁结。"昨日之日"与"今日之日"，是指许许多多个弃我而去的"昨日"和接踵而至的"今日"。也就是说，每一天都深感日月不居，时光难驻，心烦意乱，忧愤郁悒。他的"烦忧"既不自"今日"始，他所"烦忧"者也非止一端。不妨说，这是对他长期以来政治遭遇和政治感受的一个艺术概括。忧愤之深广、强烈，正反映出天宝以来朝政的愈趋腐败和李白个人遭遇的愈趋困窘。理想与现实的尖锐矛盾所引起的强烈精神苦闷，在这里找到了适合的表现形式。破空而来的发端，重叠复沓的语言，以及一气鼓荡的句式，都极生动形象地显示出诗人郁结之深、忧愤之烈、心绪之乱，以及一触即发、发则不可抑止的感情状态。

三、四两句突作转折：面对着寥廓明净的秋空，遥望万里长风吹送鸿雁的壮美景色，不由得激起酣饮高楼的豪情逸兴。这两句在读者面前展现出一幅壮阔明朗的万里秋空画图，也展示出诗人豪迈阔大的胸襟。从极端苦闷忽然转到朗爽壮阔的境界，仿佛变化无端，不可思议。但这正是李白之所以为李白。正因为他素怀远大的理想抱负，又长期为黑暗污浊的环境所压抑，所以时刻都向往着广大的可以自由驰骋的空间。目接"长风万里送秋雁"之境，不觉精神为之一爽，烦忧为之一扫，感到一种心、境契合的舒畅，"酣饮高楼"的豪情逸兴也就油然而生了。

　　下两句承高楼饯别写纵酒高谈的内容。东汉时学者称东观（政府的藏书机构）为道家蓬莱山，这里用"蓬莱文章"借指汉代文章。建安骨，指刚健遒劲的"建安风骨"，其文章风格刚健，下句则提及"小谢"（即谢朓）诗清新秀发的风格。李白非常推崇谢朓，在谢朓楼谈到谢朓正是"本地风光"。这两句自然地关合了题目中的谢朓楼。

　　七、八两句就"酣高楼"进一步渲染双方的意兴，说彼此都怀有豪情逸兴、雄心壮志，酒酣兴发，更是飘然欲飞，想登上青天揽取明月。豪放与天真，在这里得到了和谐的统一。这正是李白的性格。上天揽月，固然是一时兴到之语，未必有所寓托，但这飞动健举的形象却让我们分明感觉到诗人对高洁理想境界的向往追求。这两句笔酣墨饱，淋漓尽致，把面对"长风万里送秋雁"的境界所激起的昂扬情绪推向最高潮，仿佛现实中一切黑暗污浊都已一扫而光，心头的一切烦忧都已丢到了九霄云外。

　　然而诗人的精神尽管可以在幻想中遨游驰骋，诗人的身体却始终被羁束在污浊的现实之中。现实中并不存在"长风万里送秋雁"这种可以自由飞翔的天地。因此，当他从幻想中回到现实里，就更强烈地感到了理想与现实的矛盾不可调和，更加重了内心的烦忧苦闷。"抽刀断水水更流，举杯销愁愁更愁"，这一落千丈的又一大转折，正是在这种情况下必然出现的。"抽刀断水水更流"的比喻是奇特而富于独创性的，同时又是自然贴切而富于生活气息的。谢朓楼前，就是终年长流的宛溪水，不尽的流水与无穷的烦忧之间本就极易产生联想，因而很自然地由排遣烦忧的强烈愿望中引发出"抽刀断水"的意念。由于比喻和眼前景的联系密切,从而使它多少具有"兴"的意味,读来便感到自然天成。尽管内心的苦闷无法排遣,但"抽刀断水"这个细节却生动地显示出诗人力图摆脱精神苦闷的要求,这就和沉溺于苦闷而不能自拔者有明显区别。

"人生在世不称意,明朝散发弄扁舟。"李白的进步理想与黑暗现实的矛盾,在当时历史条件下,是无法解决的,因此,他总是陷于"不称意"的苦闷中,而且只能找到"散发弄扁舟"这样一条摆脱苦闷的出路。

李白的可贵之处在于,尽管他精神上经受着苦闷的重压,但并没有因此放弃对进步理想的追求。诗中仍然贯注豪迈慷慨的情怀。"长风"二句,"俱怀"二句,更像是在悲怆的乐曲中奏出高昂乐观的音调,在黑暗的云层中露出灿烂明丽的霞光。"抽刀"二句,也在抒写强烈苦闷的同时表现出倔强的性格。因此,整首诗给人的感觉不是阴郁绝望,而是忧愤苦闷中显现出豪迈雄放的气概。这说明诗人既不屈服于环境的压抑,也不屈服于内心的重压。

思想感情的瞬息万变,波澜迭起,和艺术结构的腾挪跌宕,跳跃发展,在这首诗里被完美地统一起来了。诗一开头就平地突起波澜,揭示出郁积已久的强烈精神苦闷;紧接着却完全撇开"烦忧",放眼万里秋空,从"酣高楼"的豪兴到"揽明月"的壮举,扶摇直上九霄,然后却又迅即从九霄跌入苦闷的深渊。直起直落,大开大合,没有任何承转过渡的痕迹。这种起落无端、断续无迹的结构,最适宜于表现诗人因理想与现实的尖锐矛盾而产生的急遽变化的感情。

自然与豪放和谐结合的语言风格,在这首诗里也表现得相当突出。必须有李白那样阔大的胸襟抱负、豪放坦率的性格,又有高度驾驭语言的能力,才能达到豪放与自然和谐统一的境界。这首诗开头两句,简直像散文的语言,但其间却流注着豪放健举的气势。"长风"二句,境界壮阔,气概豪放,语言则高华明朗,仿佛脱口而出。这种自然豪放的语言风格,也是这首诗虽极写烦忧苦闷,却并不阴郁低沉的一个原因。

(刘学锴)

登金陵凤凰台

李 白

凤凰台上凤凰游，凤去台空江自流。
吴宫花草埋幽径，晋代衣冠成古丘。
三山半落青天外，一水中分白鹭洲①。
总为浮云能蔽日，长安不见使人愁。

【注】
① 此句一作"二水中分白鹭洲"。

赏 析

李白很少写律诗，而《登金陵凤凰台》却是唐代律诗中脍炙人口的杰作。此诗是作者流放夜郎遇赦返回后所作，一说是作者天宝年间，被排挤离开长安（今陕西西安），南游金陵（今江苏南京）时所作。

开头两句写凤凰台的传说，十四字中连用了三个"凤"字，却不嫌重复，音节流转明快，极其优美。"凤凰台"在金陵凤凰山上，相传南朝刘宋永嘉年间有凤凰集于此山，乃筑台，山和台也由此得名。在封建时代，凤凰是一种祥瑞。当年凤凰来游象征着王朝的兴盛；如今凤去台空，六朝的繁华也一去不复返了，只有长江的水仍然不停地流着，大自然才是永恒的存在！

三、四句就"凤去台空"这一层意思进一步发挥。三国时的吴和后来的东晋都建都于金陵。诗人感慨万分地说，吴国昔日繁华的宫廷已经荒芜，东晋的一代风流人物也早已进入坟墓。那一时的烜赫，又在历史上留下了什么有价值的东西呢？

诗人没有让自己的感情沉浸在对历史的凭吊之中,他把目光又投向大自然,投向那不尽的江水:"三山半落青天外,一水中分白鹭洲。""三山"在金陵西南长江边上,三峰并列,南北相连。宋陆游《入蜀记》云:"三山,自石头及凤凰山望之,杳杳有无中耳。及过其下,距金陵才五十馀里。"陆游所说的"杳杳有无中"正好注释"半落青天外"。李白把三山半隐半现、若隐若现的景象写得恰到好处。"白鹭洲",在金陵西长江中,把长江分割成两道,所以说"一水中分白鹭洲"。这两句诗气象壮丽,对仗工整,是难得的佳句。

李白毕竟是关心现实的,他想看得更远些,从六朝的帝都金陵看到唐的都城长安。但是,"总为浮云能蔽日,长安不见使人愁",这两句诗寄寓着深意。长安是朝廷的所在,日是帝王的象征。汉陆贾《新语·慎微篇》曰:"邪臣之蔽贤,犹浮云之障日月也。"李白这两句诗暗示皇帝被奸邪包围,而自己报国无门,心情是十分沉痛的。"不见长安"暗点诗题的"登"字,触境生愁,意寓言外,饶有余味。相传李白很欣赏崔颢《黄鹤楼》诗,欲拟之较胜负,乃作《登金陵凤凰台》诗。宋胡仔《苕溪渔隐丛话》、宋计有功《唐诗纪事》都有类似的记载,或许可信。此诗与崔诗工力悉敌,正如元方回《瀛奎律髓》所说:"格律气势,未易甲乙。"在用韵上,二诗都是意到其间,天然成韵。语言也流畅自然,不事雕饰,潇洒清丽。作为登临吊古之作,李诗更有自己的特点,它写出了自己独特的感受,把历史的典故、眼前的景物和诗人自己的感受,交织在一起,抒发了忧国伤时的怀抱,意旨尤为深远。

(袁行霈)

望庐山瀑布

李　白

日照香炉生紫烟，遥看瀑布挂前川。
飞流直下三千尺，疑是银河落九天。

香炉，指庐山香炉峰，"在庐山西北，其峰尖圆，烟云聚散，如博山香炉之状"（宋乐史《太平寰宇记》）。可是，到了诗人李白的笔下，便成了另一番景象：一座顶天立地的香炉，冉冉地升起了团团白烟，缥缈于青山蓝天之间，在红日的照射下化成一片紫色的云霞。这不仅把香炉峰渲染得更美，而且富有浪漫主义色彩，为不寻常的瀑布创造了不寻常的背景。接着诗人才把视线移向山壁上的瀑布。"遥看瀑布挂前川"，前四字是点题；"挂前川"，这是"望"的第一眼形象，瀑布像是一条巨大的白练高挂于山川之间。"挂"字很妙，它化动为静，惟妙惟肖地表现出倾泻的瀑布在"遥看"中的形象。谁能将这巨物"挂"起来呢？"壮哉造化功"（《望庐山瀑布水二首》其一）！所以这"挂"字也包含着诗人对大自然的神奇伟力的赞颂。

第三句又极写瀑布的动态。"飞流直下三千尺"，一笔挥洒，字字铿锵有力。"飞"字，把瀑布喷涌而出的景象描绘得极为生动；"直下"，既写出山之高峻陡峭，又可以见出水流之急，那高空直落，势不可挡之状如在眼前。然而，诗人犹嫌未足，接着又写上一句"疑是银河落九天"，真是想落天外，惊人魂魄。"疑是"值得细味，诗人明明说得恍恍惚惚，而读者也明知不是，但是又都觉得只有这样写，才更为生动、逼真，其奥妙就在于诗人前面的描写中已经孕育了这一形象。你看！巍巍香炉峰藏在云烟雾霭之中，遥望瀑布就如从云端飞流直下,临空而落,这就自然地联想到像是一条银河从天而降。可见,"疑是银河落九天"这一比喻,虽是奇特,但在诗中并不是凭空而来,而是在形象的刻画中自然地生发出来的。它夸张而又自然,新奇而又真切,从而振起全篇,使得整个形象变得更为丰富多彩,雄奇瑰丽,既给人留下了深刻的印象,又给人以想象的余地,显示出李白那种"万里一泻,末势犹壮"的艺术风格。

宋人魏庆之说:"七言诗第五字要响。……所谓响者,致力处也。"(《诗人玉屑》)这个看法在这首诗里似乎特别有说服力。比如一个"生"字,不仅把香炉峰写"活"了,也隐隐地把山间的烟云冉冉上升、袅袅浮游的景象表现出来了。"挂"字前面已经提到了。那个"落"字也很精彩,它活画出高空突兀、巨流倾泻的磅礴气势。很难设想换掉这三个字,这首诗将会变成什么样子。

中唐诗人徐凝也写了一首《庐山瀑布》。诗云:"虚空落泉千仞直,雷奔入江不暂息。千古长如白练飞,一条界破青山色。"场景虽也不小,但还是给人局促之感,原因大概是它转来转去都是瀑布、瀑布,显得很实,很板,虽是小诗,却颇有点大赋的气味。比起李白那种入乎其内,出乎其外,有形有神,奔放空灵,相去实在甚远。无怪宋苏轼说:"帝遣银河一派垂,古来唯有谪仙词。飞流溅沫知多少,不与徐凝洗恶诗。"(《戏徐凝瀑布诗》)话虽不无过激之处,然其基本倾向还是正确的,表现了苏轼不仅是一位著名的诗人,也是一位颇有见地的鉴赏家。

(赵其钧)

与夏十二登岳阳楼

李 白

楼观岳阳尽，川迥洞庭开。
雁引愁心去，山衔好月来。
云间连下榻，天上接行杯。
醉后凉风起，吹人舞袖回。

赏 析

乾元二年(759)，李白流放途中遇赦，回舟江陵(今湖北荆州市)，南游岳阳(今属湖南)，秋季作这首诗。夏十二，李白朋友，排行十二。岳阳楼坐落在今湖南岳阳市西北高丘上，"西面洞庭，左顾君山"，与黄鹤楼、滕王阁同为南方三大名楼，于开元四年(716)扩建，楼高三层，建筑精美。历代迁客骚人，登临游览，莫不抒怀写志。李白登楼赋诗，留下了这首脍炙人口的篇章，使岳阳楼更添一层迷人的色彩。

诗人首先描写岳阳楼四周的宏丽景色："楼观岳阳尽，川迥洞庭开。"岳阳，这里是指天岳山之南一带。天岳山又名巴陵山，在岳阳县西南。登上岳阳楼，远望天岳山南面一带，无边景色尽收眼底。江水流向茫茫远方，洞庭湖面浩荡开阔，汪洋无际。这是从楼的高处俯瞰周围的远景。站得高，望得远，"岳阳尽""川迥""洞庭开"，这一"尽"、一"迥"、一"开"的渺远辽阔的景色，形象地表明诗人立足点之高。这是一种旁敲侧击的衬托手法，不正面写楼而楼高已自见。

李白这时候正遇赦，心情轻快，眼前景物也显得有情有义，和诗人分享着欢乐和喜悦："雁引愁心去，山衔好月来。"诗人笔下的自然万物好像被赋予生命,你看,雁儿高飞,带走了诗人忧愁苦闷之心;月出山口,仿佛是君山衔来了团圆美好之月。"雁引愁心去",《文苑英华》作"雁别秋江去"。后者只是写雁儿冷漠地离别秋江飞去,缺乏感情色彩,远不如前者用拟人化手法写雁儿懂得人情,带走愁心,并与下句君山有意"衔好月来"互相对仗、映衬,从而使形象显得生动活泼,情趣盎然。"山衔好月来"一句,想象新颖,有独创性,着一"衔"字而境界全出,写得诡谲纵逸,诙谐风趣。

诗人兴致勃勃,幻想联翩,恍如置身仙境:"云间连下榻,天上接行杯。"在岳阳楼上住宿、饮酒,仿佛在天上云间一般。这里又用衬托手法写楼高,夸张地形容其高耸入云的状态。这似乎是醉眼蒙眬中的幻景。

诚然,诗人是有些醉意了:"醉后凉风起,吹人舞袖回。"楼高风急,高处不胜寒。醉后凉风四起,着笔仍在写楼高。凉风习习吹人,衣袖翩翩飘舞,仪表何等潇洒自如,情调何等舒展流畅,态度又何其超脱豁达,豪情逸志,溢于言表。收笔写得气韵生动,蕴藏着浓厚的生活情趣。

整首诗运用陪衬、烘托和夸张的手法,没有一句正面直接描写楼高,句句从俯视纵观岳阳楼周围景物的渺远、开阔、高耸等情状落笔,却无处不显出楼高,不露斧凿痕迹,可谓自然浑成,巧夺天工。

(何国治)

望天门山

李 白

天门中断楚江开，碧水东流至此回。
两岸青山相对出，孤帆一片日边来。

赏　析

　　天门山，就是安徽当涂县的东梁山（古代又称博望山）与和县的西梁山的合称。两山夹江对峙，像一座天设的门户，形势非常险要，"天门"即由此得名。诗题中的"望"字，说明诗中所描绘的是远望所见天门山壮美景色。历来的许多注本由于没有弄清"望"的立脚点，所以往往把诗意理解错了。

　　天门山夹江对峙，所以写天门山离不开长江。诗的前幅即从"江"与"山"的关系着笔。第一句"天门中断楚江开"，着重写出浩荡东流的楚江（长江流经旧楚地的一段）冲破天门奔腾而去的壮阔气势。它给人以丰富的联想：天门两山本来是一个整体，阻挡着汹涌的江流。由于楚江怒涛的冲击，才撞开了"天门"，使它中断而成为东西两山。这和作者在《西岳云台歌》中所描绘的情景颇为相似："巨灵（河神）咆哮擘两山（指河西的华山与河东的首阳山），洪波喷流射东海。"不过前者隐后者显而已。在作者笔下，楚江仿佛成了有巨大生命力的事物，显示出冲决一切阻碍的神奇力量，而天门山也似乎默默地为它让出了一条通道。

　　第二句"碧水东流至此回"，又反过来着重写夹江对峙的天门山对汹涌奔腾的楚江的约束力和反作用。由于两山夹峙，浩阔的长江流经两山间的狭窄通道时，激起回旋，形成波涛汹涌的奇观。如果说上一句是借山势写出水的汹涌，那么这一句则是借水势衬出山的奇险。有的本子"至此回"作"直北回"，解者以为指东流的长江在这一带回转向北。这也许称得上对长江流向的精细说明，但不是诗，更不能显现天门奇险的气势。试比较《西岳云台歌送丹丘子》："西岳峥嵘何壮哉！黄河如丝天际来。黄河万里触山动，盘涡毂转秦地雷。""盘涡毂转"也就是"碧水东流至此回"，同样是描绘万里江河受到峥嵘奇险的山峰阻遏时出现的情景。绝句尚简省含蓄，所以不像七古那样写得淋漓尽致。

"两岸青山相对出，孤帆一片日边来。"这两句是一个不可分割的整体。上句写望中所见天门两山的雄姿，下句则点醒"望"的立脚点和表现诗人的淋漓兴会。诗人并不是站在岸上的某一个地方遥望天门山，他"望"的立脚点便是从"日边来"的"一片孤帆"。读这首诗的人大都赞赏"两岸青山相对出"的"出"字，因为它使本来静止不动的山带上了动态美，但却很少去考虑诗人何以有"相对出"的感受。如果是站在岸上某个固定的立脚点"望天门山"，那大概只会产生"两岸青山相对立"的静态感。反之，舟行江上，顺流而下，望着远处的天门两山扑进眼帘，显现出愈来愈清晰的身姿时，"两岸青山相对出"的感受就非常突出了。"出"字不但逼真地表现了在舟行过程中"望天门山"时天门山特有的姿态，而且寓含了舟中人的新鲜喜悦之感。夹江对峙的天门山，似乎正迎面向自己走来，表示它对江上来客的欢迎。

青山既然对远客如此有情，则远客自当更加兴会淋漓。"孤帆一片日边来"，正传神地描绘出孤帆乘风破浪，越来越靠近天门山的情景，和诗人欣睹名山胜景、目接神驰的情状。它似乎包含着这样的潜台词：雄伟险要的天门山呵，我这乘一片孤帆的远方来客，今天终于看见了你。

由于末句在叙事中饱含诗人的激情，这首诗便在描绘出天门山雄伟景色的同时突出了诗人的自我形象。如果要正题，诗题应该叫"舟行望天门山"。

（刘学锴）

早发白帝城①

李　白

朝辞白帝彩云间，千里江陵一日还。
两岸猿声啼不住，轻舟已过万重山。

【注】

① 白帝城：古城名，在今重庆市奉节东白帝山上。东汉初公孙述筑城，其自号白帝，故以为名。

赏　析

唐肃宗乾元二年(759)春天，李白因永王璘案，流放夜郎(治今贵州正安西北)，取道四川赴贬地。行至白帝城，忽闻赦书，惊喜交加，旋即放舟东下江陵(治今湖北荆州市)，故诗题一作"下江陵"。此诗抒写了当时喜悦畅快的心情。

首句"彩云间"三字，描写白帝城地势之高，为全篇写下水船走得快这一动态蓄势。不写白帝城之极高，则无法体现出长江上下游之间斜度差距之大。白帝城地势高入云霄，于是下面几句中写舟行之速、行期之短、耳(猿声)目(万重山)之不暇迎送，才一一有着落。"彩云间"也是写早晨景色，显示出从晦暝转为光明的大好气象，而诗人便在这曙光初灿的时刻，怀着兴奋的心情匆匆告别白帝城。

第二句的"千里"和"一日"，以空间之远与时间之暂作悬殊对比，自是一望而知；其妙处却在那个"还"字上——"还"，归来也。它不仅表现出诗人"一日"而行"千里"的痛快，也隐隐透露出遇赦的喜悦。江陵本非李白的家乡，而"还"字却亲切得俨如回乡一样。一个"还"字，暗处传神，值得细细玩味。

第三句的境界更为神妙。古时长江三峡,"常有高猿长啸"。然而又何以"啼不住"了呢?我们不妨可以联想乘了飞快的汽车于盛夏的长昼行驶在林荫路上,耳听两旁树间鸣蝉的经验。夫蝉非一,树非一,鸣声亦非一,而因车行之速,却使蝉声树影在耳目之间成为"浑然一片"。这大抵就是李白在出峡时为猿声山影所感受的情景。身在这如脱弦之箭、顺流直下的船上,诗人是何等畅快而又兴奋啊!清人桂馥读诗至此,不禁赞叹道:"妙在第三句,能使通首精神飞越。"(《札朴》)

瞬息之间,轻舟已过"万重山"。为了形容船快,诗人除了用猿声山影来烘托,还给船的本身添上了一个"轻"字。直说船快,那自然是笨伯;而这个"轻"字,却别有一番意蕴。三峡水急滩险,诗人溯流而上时,不仅觉得船重,而且心情更为滞重,"三朝上黄牛,三暮行太迟。三朝又三暮,不觉鬓成丝"(《上三峡》)。如今顺流而下,行船轻如无物,其快速可想而知。而"危乎高哉"的"万重山"一过,轻舟进入坦途,诗人历尽艰险重履康庄的快感,亦自不言而喻了。这最后两句,既是写景,又是比兴,既是个人心情的表达,又是人生经验的总结,因物兴感,精妙无伦。

全诗给人一种锋棱挺拔、空灵飞动之感。然而只赏其气势之豪爽,笔姿之骏利,尚不能得其圜中。全诗洋溢的是诗人经过艰难岁月之后突然迸发的一种激情,故雄峻迅疾中,又有豪情欢悦。快船快意,使人神远。后人赞此篇谓:"惊风雨而泣鬼神矣"(明杨慎《升庵诗话》)。千百年来一直为人视若珍品。为了表达畅快的心情,诗人还特意用上平"删"韵的"间""还""山"作韵脚,读来是那样悠扬、轻快,令人百诵不厌。

(吴小如)

月下独酌四首
（其一）

李　白

花间一壶酒，独酌无相亲。
举杯邀明月，对影成三人。
月既不解饮，影徒随我身。
暂伴月将影，行乐须及春。
我歌月徘徊，我舞影零乱。
醒时同交欢，醉后各分散。
永结无情游，相期邈云汉。

赏　析

　　佛教中有所谓"立一义"，随即"破一义"，"破"后又"立"，"立"后又"破"，最后得到究竟辨析方法。用现代话来说，就是先讲一番道理，经驳斥后又建立新的理论，再驳再建，最后得到正确的结论。关于这样的论证，一般总有双方，相互"破""立"。可是李白这首诗，就只一个人，以独白的形式，自立自破，自破自立，诗情波澜起伏而又纯乎天籁，所以一直为后人传诵。

　　诗人上场时，背景是花间，道具是一壶酒，登场角色只是他自己一个人，动作是独酌，加上"无相亲"三个字，场面单调得很。于是诗人忽发奇想，把天边的明月和月光下自己的影子，拉了过来，连自己在内，化成了三个人，举杯共酌，冷清清的场面，就热闹起来了。这是"立"。

　　可是，尽管诗人那样盛情，"举杯邀明月"，明月毕竟是"不解饮"的。至于那影子呢？虽则如晋陶潜所谓"与子相遇来，未尝异悲悦。憩荫若暂乖，止日终不别"(《影答形》),但毕竟影子也不会喝酒;那么又该怎么办呢？姑且暂将明月和身影作伴,在这春暖花开之时,及时行乐吧!"顾影独尽,忽焉复醉。"(陶潜《饮酒》诗序中语)这四句又把月和影之情,说得虚无不可测,推翻了前案。这是"破"。

其时诗人已经渐入醉乡了,酒兴一发,既歌且舞。歌时月儿徘徊,依依不去,好像在倾听佳音;舞时自己的身影,在月光之下,也转动凌乱,似与自己共舞。醒时相互欢欣,直到酩酊大醉,躺在床上时,月光与身影,才无可奈何地分别。"我歌月徘徊,我舞影零乱。醒时同交欢,醉后各分散",这四句又把月光和身影,写得对自己一往情深。这又是"立"。

最后二句,诗人真诚地和"月""影"相约:"永结无情游,相期邈云汉。"然而"月"和"影"毕竟还是无情之物,把无情之物,结为交游,主要还是在于自己的有情,"永结无情游"句中的"无情"是破,"永结"和"游"是立,又破又立,构成了最后的结论。

题目是"月下独酌",诗人运用丰富的想象,表现出一种由独而不独、由不独而独、再由独而不独的复杂情感。表面看来,诗人真能自得其乐,可是背面却有无限的凄凉。诗人曾有一首《春日醉起言志》的诗:"处世若大梦,胡为劳其生? 所以终日醉,颓然卧前楹。觉来盼庭前,一鸟花间鸣。借问此何时,春风语流莺。感之欲叹息,对酒还自倾。浩歌待明月,曲尽已忘情。"试看其中"一鸟""自倾""待明月"等字眼,可见诗人是怎样的孤独了。孤独到了邀月与影那还不算,甚至于以后的岁月,也休想找到共饮之人,所以只能与月光身影永远结游,并且相约在那邈远的上天仙境再见。结尾两句,点尽了诗人的踽踽凉凉之感。

（沈熙乾）

独坐敬亭山

李　白

众鸟高飞尽，孤云独去闲。
相看两不厌，只有敬亭山。

赏　析

　　敬亭山在宣州（治所在今安徽宣州市），宣州是六朝以来江南名郡，大诗人如谢灵运、谢朓等曾在这里做过太守。李白一生凡七游宣城（今安徽宣州市），这首五绝作于天宝十二载（753）秋游宣州时，距他被迫于天宝三载离开长安已有整整十年时间了。长期漂泊生活，使李白饱尝了人间辛酸滋味，看透了世态炎凉，从而加深了对现实的不满，增添了孤寂之感。此诗写独坐敬亭山时的情趣，正是诗人带着怀才不遇而产生的孤独与寂寞的感情，到大自然怀抱中寻求安慰的生活写照。

　　前二句"众鸟高飞尽，孤云独去闲"，看似写眼前之景，其实，把孤独之感写尽了：天上几只鸟儿高飞远去，直至无影无踪；寥廓的长空还有一片白云，却也不愿停留，慢慢地越飘越远，似乎世间万物都在厌弃诗人。"尽""闲"两个字，把读者引入一个"静"的境界：仿佛是在一群山鸟的喧闹声消除之后格外感到清静；在翻滚的厚云消失之后感到特别地清幽平静。因此，这两句是写"动"见"静"，以"动"衬"静"。这种"静"，正烘托出诗人心灵的孤独和寂寞。这种生动形象的写法，能给读者以联想，并且暗示了诗人在敬亭山游览观望之久，勾画出他"独坐"出神的形象，为下联"相看两不厌"作了铺垫。

　　诗的下半运用拟人手法写诗人对敬亭山的喜爱。鸟飞云去之后，静悄悄地只剩下诗人和敬亭山了。诗人凝视着秀丽的敬亭山，而敬亭山似乎也在一动不动地看着诗人。这使诗人很动情——世界上大概只有它还愿和我作伴吧?"相看两不厌"表达了诗人与敬亭山之间的深厚感情。"相"、"两"二字同义重复,把诗人与敬亭山紧紧地联在一起,表现出强烈的感情。结句中"只有"两字也是经过锤炼的,更突出诗人对敬亭山的喜爱。"人生得一知己足矣",鸟飞云去又何足挂齿! 这两句诗所创造的意境仍然是"静"的,表面看来,是写了诗人与敬亭山相对而视,脉脉含情。实际上,诗人愈是写山的"有情",愈是表现出人的"无情";而他那横遭冷遇,寂寞凄凉的处境,也就在这静谧的场面中透露出来了。

"静"是全诗的血脉。这首平淡恬静的诗之所以如此动人,就在于诗人的思想感情与自然景物的高度融合而创造出来的"寂静"的境界,无怪乎清人沈德潜在《唐诗别裁集》中要夸这首诗是"传'独坐'之神"了。

(宛敏灏 宛新彬)

春夜洛城闻笛

李 白

谁家玉笛暗飞声，散入春风满洛城。
此夜曲中闻折柳，何人不起故园情！

洛城就是今河南洛阳，在唐代是一个很繁华的都市，称为东都。一个春风
骀荡的夜晚，万家灯火渐渐熄灭，白日的喧嚣早已平静下来。忽然传来嘹亮的
笛声，凄清婉转的曲调随着春风飞呀，飞呀，飞遍了整个洛城。这时有一个远
离家乡的诗人还没入睡，他倚窗独立，眼望着"白玉盘"似的明月，耳听着远处
的笛声，陷入了沉思。笛子吹奏的是一支《折杨柳》曲，它属于汉乐府古曲，抒
写离别行旅之苦。古代离别的时候，往往从路边折柳枝相送；杨柳依依，正好
借以表达恋恋不舍的心情。在这样一个春天的晚上，听着这样一支饱含离愁
别绪的曲子，谁能不起思乡之情呢？于是，诗人情不自禁地吟了这首七绝。

这首诗全篇扣紧一个"闻"字，抒写自己闻笛的感受。这笛声不知是从谁
家飞出来的，那未曾露面的吹笛人只管自吹自听，并不准备让别人知道他，却
不期然而然地打动了许许多多的听众，这就是"谁家玉笛暗飞声"的"暗"字所
包含的意味。"散入春风满洛城"，是艺术的夸张。在诗人的想象中，这优美的
笛声飞遍了洛城，仿佛全城的人都听到了。诗人的夸张并不是没有生活的依
据，笛声本来是高亢的，又当更深人静之时，再加上春风助力，说它飞遍洛城是
并不至于过分的。

笛声飞来，乍听时不知道是什么曲子，细细听了一会儿，才知道是一支《折
杨柳》。所以写到第三句才说"此夜曲中闻折柳"。这一句的修辞很讲究，不说

听了一支折柳曲,而说在乐曲中听到了折柳。这"折柳"二字既指曲名,又不仅指曲名。折柳代表一种习俗,一个场景,一种情绪,折柳几乎就是离别的同义语。它能唤起一连串具体的回忆,使人们蕴藏在心底的乡情重新激荡起来。"何人不起故园情",好像是说别人,说大家,但第一个起了故园之情的不正是李白自己吗?

热爱故乡是一种崇高的感情,它同爱国主义是相通的。自己从小生于斯、长于斯的故乡,作为祖国的一部分,她的形象尤其难以忘怀。李白这首诗写的是闻笛,但它的意义不限于描写音乐,还表达了对故乡的思念,这才是它感人的地方。

(袁行霈)

次北固山下

王　湾

客路青山外，行舟绿水前。
潮平两岸阔，风正一帆悬。
海日生残夜，江春入旧年。
乡书何处达，归雁洛阳边。

　　这首题为《次北固山下》的五律，最早见于唐人芮挺章编选的《国秀集》。唐人殷璠选入《河岳英灵集》时题为《江南意》，但有不少异文。本文系据长期传诵的《次北固山下》。

　　王湾是洛阳人，一生中，"尝往来吴楚间"。"北固山"，在今江苏镇江市以北，三面临江。诗人一路行来，当舟次北固山下的时候，潮平岸阔，残夜归雁，触发了心中的情思，吟成了这一千古名篇。

　　诗以对偶句发端，既工丽又跳脱。"客路"，指作者要去的路。"青山"点题中"北固山"。作者乘舟，正朝着展现在眼前的"绿水"前进，驶向"青山"，驶向"青山"之外遥远的"客路"。这一联先写"客路"而后写"行舟"，其人在江南、神驰故里的漂泊羁旅之情，已流露于字里行间，与末联的"乡书""归雁"，遥相照应。

　　次联的"潮平两岸阔"，"阔"，是表现"潮平"的结果。春潮涌涨，江水浩渺，放眼望去，江面似乎与岸平了，船上人的视野也因之开阔。这一句，写得恢宏阔大，下一句"风正一帆悬"，便愈见精彩。"悬"是端端直直地高挂着的样子。诗人不用"风顺"而用"风正"，是因为光"风顺"还不足以保证"一帆悬"。风虽顺,却很猛,那帆就鼓成弧形了。只有既是顺风,又是和风,帆才能够"悬"。如清人王夫之所指出,这句诗的妙处,还在于它"以小景传大景之神"(《薑斋诗话》卷上)。可以设想,如果在三峡行船,即使风顺而和,却依然波翻浪涌,这样的小景也是难得出现的。诗句妙在通过"风正一帆悬"这一小景,把平野开阔、大江直流、波平浪静等等的大景也表现出来了。

读到第三联,就知道作者是于岁暮腊残,连夜行舟的。潮平而无浪,风顺而不猛,近看可见江水碧绿,远望可见两岸空阔。这显然是一个晴明的、处处透露着春天气息的夜晚,孤舟扬帆,缓行江上,不觉已到残夜。这第三联,就是表现江上行舟,即将天亮时的情景。

这一联历来脍炙人口,唐人殷璠说:"'海日生残夜,江春入旧年',诗人已来少有此句。"(《河岳英灵集》)明代胡应麟在《诗薮·内编》里说,"海日"一联"形容景物,妙绝千古"。当残夜还未消退之时,一轮红日已从海上升起;当旧年尚未逝去,江上已呈露春意。"日生残夜""春入旧年",都表示时序的交替,而且是那样匆匆不可待,这怎不叫身在"客路"的诗人顿生思乡之情呢?作者从炼意着眼,把"日"与"春"作为新生的美好事物的象征,提到主语的位置而加以强调,并且用"生"字和"入"字使之拟人化,赋予它们以人的意志和情思。妙在作者无意说理,却在描写景物、节令之中,蕴含着一种自然的理趣。海日生于残夜,将驱尽黑暗;江春,那江上景物所表现的"春意",闯入旧年,将赶走严冬。不仅写景逼真,叙事确切,而且表现出具有普遍意义的生活真理,给人以乐观、积极、向上的艺术鼓舞力量。

海日东升,春意萌动,诗人放舟于绿水之上,继续向青山之外的客路驶去。这时候,一群北归的大雁正掠过晴空。雁儿正要经过洛阳的啊!诗人想起了"雁足传书"的故事,还是托雁捎个信吧。这两句紧承三联而来,遥应首联,全篇笼罩着一层淡淡的乡思愁绪。

这首五律虽然以第三联驰誉当时,传诵后世,但并不是只有两个佳句而已;从整体看,也是相当和谐,相当优美的。

(霍松林)

黄鹤楼

崔　颢

昔人已乘黄鹤去，此地空余黄鹤楼。
黄鹤一去不复返，白云千载空悠悠。
晴川历历汉阳树，芳草萋萋鹦鹉洲。
日暮乡关何处是？烟波江上使人愁。

元人辛文房《唐才子传》记李白登黄鹤楼本欲赋诗，因见崔颢此作，为之敛手，说："眼前有景道不得，崔颢题诗在上头。"传说或出于后人附会，未必真有其事。然李白确曾两次作诗拟此诗格调。其《鹦鹉洲》诗前四句说："鹦鹉东过吴江水，江上洲传鹦鹉名。鹦鹉西飞陇山去，芳洲之树何青青。"与崔诗如出一辙。又有《登金陵凤凰台》诗亦是明显地摹学此诗。为此，说诗者众口交誉，如宋代严羽《沧浪诗话》谓："唐人七言律诗，当以崔颢《黄鹤楼》为第一。"这一来，崔颢的《黄鹤楼》的名气就更大了。

黄鹤楼因其所在之武昌黄鹤山（又名蛇山）而得名。传说古代仙人子安乘黄鹤过此（见南朝宋东阳无疑《齐谐志》）；又云费文伟登仙驾鹤于此（见宋乐史《太平寰宇记》引《图经》）。诗即从楼的命名之由来着想，借传说落笔，然后生发开去。仙人跨鹤，本属虚无，现以无作有，说它"一去不复返"，就有岁月不再、古人不可见之憾；仙去楼空，惟余天际白云，悠悠千载，正能表现世事茫茫之慨。诗人这几笔写出了那个时代登黄鹤楼的人们常有的感受，气概苍莽，感情真挚。

前人有"文以气为主"之说，此诗前四句看似随口说出，一气旋转，顺势而下,绝无半点滞碍。"黄鹤"二字再三出现,却因其气势奔腾直下,使读者"手挥五弦,目送飞鸿",急忙读下去,无暇觉察到它的重复出现,而这是律诗格律上之大忌,诗人好像忘记了是在写"前有浮声,后须切响"、字字皆有定声的七律。试看:首联的五、六字同出"黄鹤";第三句几乎全用仄声;第四句又用"空悠悠"这样的三平调煞尾;亦不顾什么对仗,用的全是古体诗的句法。这是因为七律在当时尚未定型吗?不是的,规范的七律早就有了,崔颢自己也曾写过。是诗人有意在写拗律吗?也未必。他跟后来杜甫的律诗有意自创别调的情况也不同。看来还是知之而不顾,如《红楼梦》中林黛玉教人做诗时所说的,"若是果有了奇句,连平仄虚实不对都使得的"。在这里,崔颢是依据诗以立意为要和"不以词害意"的原则去进行实践的,所以才写出这样七律中罕见的高唱入云的诗句。清沈德潜评此诗,以为"意得象先,神行语外,纵笔写去,遂擅千古之奇"(《唐诗别裁集》卷十三),也就是这个意思。

此诗前半首用散调变格,后半首就整饬归正,实写楼中所见所感,写从楼上眺望汉阳城、鹦鹉洲的芳草绿树并由此而引起的乡愁,这是先放后收。倘只放不收,一味不拘常规,不回到格律上来,那么,它就不是一首七律,而成为七古了。此诗前后似成两截,其实文势是从头一直贯注到底的,中间只不过是换了一口气罢了。这种似断实续的连接,从律诗的起、承、转、合来看,也最有章法。元杨载《诗法家数》论律诗第二联要紧承首联时说:"此联要接破题(首联),要如骊龙之珠,抱而不脱。"此诗前四句正是如此,叙仙人乘鹤传说,领联与破题相接相抱,浑然一体。杨载又论颈联之"转"说:"与前联之意相避,要变化,如疾雷破山,观者惊愕。"疾雷之喻,意在说明章法上至五、六句应有突变,出人意外。此诗转折处,格调上由变归正,境界上与前联截然异趣,恰好符合律法的这个要求。叙昔人黄鹤,杳然已去,给人以渺不可知的感觉;忽一变而为晴川草树,历历在目,萋萋满洲的眼前景象,这一对比,不但能烘染出登楼远眺者的愁绪,也使文势因此而有起伏波澜。《楚辞·招隐士》曰:"王孙游兮不归,春草生兮萋萋。"诗中"芳草萋萋"之语,亦借此而逗出结尾乡关何处、归思难禁的意思。末联以写烟波江上日暮怀归之情作结,使诗意重归于开头那种渺茫不可见的境界,这样能回应前面,如豹尾之能绕额的"合",也是很符合律诗法度的。

正由于此诗艺术上出神入化,取得极大成功,它被人们推崇为题黄鹤楼的绝唱,就是可以理解的了。

但近人俞陛云《诗境浅说》、高步瀛《唐宋诗举要》,皆以为崔颢《黄鹤楼》诗格调出自沈佺期《龙池篇》。沈诗云:"龙池跃龙龙已飞,龙德先天天不违。池开天汉分黄道,龙向天门入紫微。邸第楼台多气色,君王凫雁有光辉。为报寰中百川水,来朝此地莫东归。"可备一说。

(蔡义江)

凉州词

王 翰

葡萄美酒夜光杯，欲饮琵琶马上催。
醉卧沙场君莫笑，古来征战几人回。

赏 析

　　边地荒寒艰苦的环境，紧张动荡的征戍生活，使得边塞将士很难得到一次欢聚的酒宴。有幸遇到那么一次，那激昂兴奋的情绪，那开怀痛饮、一醉方休的场面，是不难想象的。这首诗正是这种生活和感情的写照。诗中的酒，是西域盛产的葡萄美酒；杯，相传是周穆王时代，西胡以白玉精制成的酒杯，有如"光明夜照"，故称"夜光杯"；乐器则是胡人用的琵琶；还有"沙场""征战"等等词语。这一切都表现出一种浓郁的边地色彩和军营生活的风味。

　　诗人以饱蘸激情的笔触，用铿锵激越的音调，奇丽耀眼的词语，写下这开篇的第一句——"葡萄美酒夜光杯"，犹如突然间拉开帷幕，在人们的眼前展现出五光十色、琳琅满目、酒香四溢的盛大筵席。这景象使人惊喜，使人兴奋，为全诗的抒情创造了气氛，定下了基调。第二句开头的"欲饮"二字，渲染出这美酒佳肴盛宴的不凡的诱人魅力，表现出将士们那种豪爽开朗的性格。正在大家"欲饮"未得之时，乐队奏起了琵琶，酒宴开始了，那急促欢快的旋律，像是在催促将士们举杯痛饮，使已经热烈的气氛顿时沸腾起来。这句诗改变了七字句习用的音节，采取上二下五的句法，更增强了它的感染力。这里的"催"字，有人说是催出发，和下文似乎难以贯通；有人解释为催尽管催，饮还是照饮，也不切合将士们豪放俊爽的精神状态。"马上"二字，往往又使人联想到"出发"，其实在西域胡人中，琵琶本来就是骑在马上弹奏的。"琵琶马上催"，是着意渲染一种欢快宴饮的场面。

诗的三、四句是写筵席上的畅饮和劝酒。过去曾有人认为这两句"作旷达语,倍觉悲痛"。还有人说:"故作豪饮之词,然悲感已极"。话虽不同,但都离不开一个"悲"字。后来更有用低沉、悲凉、感伤、反战等等词语来概括这首诗的思想感情的,依据也是三、四两句,特别是末句。"古来征战几人回",显然是一种夸张的说法。清代施补华说这两句诗:"作悲伤语读便浅,作谐谑语读便妙,在学人领悟。"(《岘佣说诗》)这话对我们颇有启发。为什么"作悲伤语读便浅"呢? 因为它不是在宣扬战争的可怕,也不是表现对戎马生涯的厌恶,更不是对生命不保的哀叹。让我们再回过头去看看那欢宴的场面吧:耳听着阵阵欢快、激越的琵琶声,将士们真是兴致飞扬,你斟我酌,一阵痛饮之后,便醉意微微了。也许有人想放杯了吧,这时座中便有人高叫:怕什么,醉就醉吧,就是醉卧沙场,也请诸位莫笑,"古来征战几人回",我们不是早将生死置之度外了吗? 可见这三、四两句正是席间的劝酒之词,而并不是什么悲伤之情,它虽有几分"谐谑",却也为尽情酣醉寻得了最具有环境和性格特征的"理由"。"醉卧沙场",表现出来的不仅是豪放、开朗、兴奋的感情,而且还有着视死如归的勇气,这和豪华的筵席所显示的热烈气氛是一致的。这是一个欢乐的盛宴,那场面和意境决不是一两个人在那儿浅斟低酌,借酒浇愁。它那明快的语言、跳动跌宕的节奏所反映出来的情绪是奔放的,狂热的,它给人的是一种激动和向往的艺术魅力。这正是盛唐边塞诗的特色。千百年来,这首诗一直为人们所传诵。

(赵其钧)

别董大二首

（其一）

高　适

千里黄云白日曛，北风吹雁雪纷纷。
莫愁前路无知己，天下谁人不识君？

　　在唐人赠别诗篇中，那些凄清缠绵、低回留连的作品，固然感人至深，但另外一种慷慨悲歌、出自肺腑的诗作，却又以它的真诚情谊，坚强信念，为灞桥柳色与渭城风雨涂上了另一种豪放健美的色彩。高适的《别董大》便是后一种风格的佳篇。

　　关于董大，各家注解，都认为可能是唐玄宗时代著名的琴客，是一位"高才脱略名与利"的音乐圣手。高适在写此诗时，应在不得意的浪游时期。他的《别董大》之二说："六翮飘飖私自怜，一离京洛十余年。丈夫贫贱应未足，今日相逢无酒钱。"可见他当时也还处于"无酒钱"的"贫贱"境遇之中。这首早期不得意时的赠别之作，不免"借他人酒杯，浇自己块垒"。但诗人于慰藉中寄希望，因而给人一种满怀信心和力量的感觉。

　　前两句，直写目前景物，纯用白描。以其内心之真，写别离心绪，故能深挚；以胸襟之阔，叙眼前景色，故能悲壮。曛（xūn），指夕阳西沉时的昏暗景色。

　　落日黄云，大野苍茫，惟北方冬日有此景象。此情此景，若稍加雕琢，即不免斫伤气势。高适于此自是作手。日暮黄昏，且又大雪纷飞，于北风狂吹中，惟见遥空断雁，出没寒云，使人难禁日暮天寒、游子何之之感。以才人而沦落至此，几使人无泪可下，亦惟如此，故知己不能为之甘心。头两句以叙景而见内心之郁积,虽不涉人事,已使人如置身风雪之中,似闻山巅水涯有壮士长啸。此处如不用尽气力,则不能见下文转折之妙,也不能见下文言辞之婉转,用心之良苦,友情之深挚,别意之凄酸。后两句于慰藉之中充满信心和力量。因为是知音,说话才朴质而豪爽。又因其沦落,才以希望为慰藉。

这首诗之所以卓绝,是因为高适"多胸臆语,兼有气骨"(唐殷璠《河岳英灵集》)、"以气质自高"(南宋计有功《唐诗纪事》),因而能为志士增色,为游子拭泪! 如果不是诗人内心的郁积喷薄而出,如何能把临别赠语说得如此体贴入微,如此坚定不移? 又如何能以此朴素无华之语言,铸造出这等冰清玉洁、醇厚动人的诗情!

(孙艺秋)

逢雪宿芙蓉山主人

刘长卿

日暮苍山远，天寒白屋贫。
柴门闻犬吠，风雪夜归人。

赏 析

　　这首诗用极其凝练的诗笔，描画出一幅以旅客暮夜投宿、山家风雪人归为素材的寒山夜宿图。诗是按时间顺序写下来的。首句写旅客薄暮在山路上行进时所感，次句写到达投宿人家时所见，后两句写入夜后在投宿人家所闻。每句诗都构成一个独立的画面，而又彼此连属。诗中有画，画外见情。

　　诗的开端，以"日暮苍山远"五个字勾画出一个暮色苍茫、山路漫长的画面。诗句中并没有明写人物，直抒情思，但使读者感其人呼之欲出，其情浮现纸上。这里，点活画面、托出诗境的是一个"远"字。它给人以暗示，引人去想象。从这一个字，读者自会想见有人在暮色来临的山路上行进，并推知他的孤寂劳顿的旅况和急于投宿的心情。接下来，诗的次句使读者的视线跟随这位行人，沿着这条山路投向借宿人家。"天寒白屋贫"是对这户人家的写照；而一个"贫"字，应当是从遥遥望见茅屋到叩门入室后形成的印象。上句在"苍山远"前先写"日暮"，这句则在"白屋贫"前先写"天寒"，都是增多诗句层次、加重诗句分量的写法。漫长的山路，本来已经使人感到行程遥远，又眼看日暮，就更觉得遥远；简陋的茅屋，本来已经使人感到境况贫穷，再时逢寒冬，就更显出贫穷。而联系上下句看，这一句里的"天寒"两字，还有其承上启下作用。承上，是进一步渲染日暮路遥的行色；启下，是作为夜来风雪的伏笔。

　　这前两句诗，合起来只用了十个字，已经把山行和投宿的情景写得神完气足了。后两句诗"柴门闻犬吠,风雪夜归人",写的是借宿山家以后的事。在用字上,"柴门"上承"白屋","风雪"遥承"天寒",而"夜"则与"日暮"衔接。这样,从整首诗来说,虽然下半首另外开辟了一个诗境,却又与上半首紧紧相扣,不使读者感到上下脱节。但这里,在承接中又有跳越。看来,"闻犬吠"既在夜间,山行劳累的旅人多半已经就寝;而从暮色苍茫到黑夜来临,从寒气侵人到风雪交作,从进入茅屋到安顿就寝,中间有一段时间,也应当有一些可以描写的事物,可是诗笔跳过了这段时间,略去了一些情节,既使诗篇显得格外精练,也使承接显得更加紧凑。诗人在取舍之间是费了一番斟酌的。如果不下这番剪裁的功夫,也许下半首诗应当进一步描写借宿人家境况的萧条,写山居的荒凉和环境的静寂,或写夜间风雪的来临,再不然,也可以写自己的孤寂旅况和投宿后静夜所思。但诗人撇开这些不去写,出人意外地展现了一个在万籁俱寂中忽见喧闹的犬吠人归的场面。这就在尺幅中显示变化,给人以平地上突现奇峰之感。

就写作角度而言,前半首诗是从所见之景着墨,后半首诗则是从所闻之声下笔的。因为,既然夜已来临,人已就寝,就不可能再写所见,只可能写所闻了。"柴门"句写的应是黑夜中、卧榻上听到的院内动静;"风雪"句应也不是眼见,而是耳闻,是因听到各种声音而知道风雪中有人归来。这里,只写"闻犬吠",可能因为这是最先打破静夜之声,也是最先入耳之声,而实际听到的当然不只是犬吠声,应当还有风雪声、叩门声、柴门启闭声、家人问答声,等等。这些声音交织成一片,尽管借宿之人不在院内,未曾目睹,但从这一片嘈杂的声音足以构想出一幅风雪人归的画面。

诗写到这里,含意不伸,戛然而止,没有多费笔墨去说明倾听这些声音,构想这幅画面的借宿之人的感想,但从中透露的山居荒寒之感,由此触发的旅人静夜之情,都不言自见,可想而知了。

(陈邦炎)

长沙过贾谊宅

刘长卿

三年谪宦此栖迟，万古惟留楚客悲。
秋草独寻人去后，寒林空见日斜时。
汉文有道恩犹薄，湘水无情吊岂知？
寂寂江山摇落处，怜君何事到天涯！

赏　析

这是一篇堪称唐诗精品的七律。诗的内容，与作者的迁谪生涯有关。刘长卿"刚而犯上，两遭迁谪"（唐高仲武《中兴间气集》）。第一次迁谪在唐肃宗至德三年（758）春天，由苏州长洲县尉被贬为潘州南巴（今广东茂名南）县尉；第二次在唐代宗大历八年（773）至十二年间的一个深秋，因被诬陷，由淮西鄂岳转运留后被贬为睦州（浙江建德）司马。从这首诗所描写的深秋景象来看，诗当作于第二次迁谪来到长沙的时候，那时正是秋冬之交，与诗中节令恰相符合。

在一个深秋的傍晚，诗人只身来到长沙贾谊的故居。贾谊，是汉文帝时著名的政论家，因被权贵中伤，出为长沙王太傅三年；后虽被召回京城，但不得大用，抑郁而死。类似的遭遇，使刘长卿伤今怀古，感慨万千，而吟哦出这首律诗。"三年谪宦此栖迟，万古惟留楚客悲。""三年谪宦"，只落得"万古"留悲，上下句意勾连相生，呼应紧凑，给人以抑郁沉重的悲凉之感。"此"字，点出了"贾谊宅"。"栖迟"，像鸟儿那样地敛翅歇息，飞不起来。这种生活本就是惊惶不安的，用以暗喻贾谊的侘傺失意，是恰切的。"楚客"，流落在楚地的客子，标举贾谊的身份。一个"悲"字，直贯篇末，奠定了全诗凄怆忧愤的基调，不仅切合贾谊的一生,也暗寓了刘长卿自己迁谪的悲苦命运。

"秋草独寻人去后,寒林空见日斜时。"颔联是围绕题中的"过"字展开描写的。"秋草","寒林","人去","日斜",渲染出故宅一片萧条冷落的景色。而在这样的氛围中,诗人还要去"独寻",一种景仰向慕、寂寞兴叹的心情,油然而生。寒林日斜,不仅是眼前所见,也是贾谊当时的实际处境,也正是李唐王朝危殆形势的写照。益以"空见"二字,更进一层地抒写出哲人其萎、回天乏术、无可奈何的痛苦和怅惘。这两句诗还化用了贾谊《鵩鸟赋》的句子。贾谊在长沙时,看到古人以为不祥的鵩鸟,深感自己的不幸,因而在赋中发出了"庚子日斜兮,鵩集余舍""野鸟入室兮,主人将去"的感喟。刘长卿借用其字面,创造了"人去后""日斜时"的倍觉黯然的气氛。

"汉文有道恩犹薄,湘水无情吊岂知?"颈联从贾谊的见疏,隐隐联系到自己。出句要注意一个"有道",一个"犹"字。号称"有道"的汉文帝,对贾谊尚且这样薄恩,那么,当时昏聩无能的唐代宗,对刘长卿当然更谈不上什么恩遇了;刘长卿的一贬再贬、沉沦坎坷,也就是必然的了。这就是所谓"言外之意"。诗人将暗讽的笔触曲折地指向当今皇上,手法是相当高妙的。接着,笔锋一转,写出了这一联的对句"湘水无情吊岂知"。这也是颇得含蓄之妙的。湘水无情,流去了多少年光。楚国的屈原哪能知道上百年后,贾谊会来到湘水之滨吊念自己(贾谊写有《吊屈原赋》);西汉的贾谊更想不到近千年后的刘长卿又会迎着萧瑟的秋风来凭吊自己的遗址。后来者的心曲,恨不起古人于地下来倾听,当世更有谁能理解呢!诗人由衷地在寻求知音,那种抑郁无诉、徒呼负负的心境,刻画得如此动情,如此真切。

"寂寂江山摇落处,怜君何事到天涯!"读此尾联的出句,好像刘长卿就站在我们面前。他在宅前徘徊,暮色更浓了,江山更趋寂静。一阵秋风掠过,黄叶纷纷飘落,在枯草上乱舞。这幅荒村日暮图,不正是刘长卿活动的典型环境?它象征着当时国家的衰败局势,与第四句的"日斜时"映衬照应,加重了诗篇的时代气息和感情色彩。"君",既指代贾谊,也指代刘长卿自己;"怜君",不仅是怜人,更是怜己。"何事到天涯",可见二人原本不应该放逐到天涯。这里的弦外音是:我和您都是无罪的呵,为什么要受到这样严厉的惩罚!这是对强加在他们身上的不合理现实的强烈控诉。读着这故为设问的结尾，仿佛看到了诗人抑制不住的泪水，听到了诗人一声声伤心哀惋的叹喟。

这首怀古诗表面上咏的是古人古事，实际上还是着眼于今人今事，字里行间处处有诗人的自我在，但这些又写得不那么露，而是很讲究含蓄蕴藉的。诗人善于把自己的身世际遇、悲愁感兴，巧妙地结合到诗歌的形象中去，于曲折处微露讽世之意，给人以警醒的感觉。

（徐竹心）

望 岳

杜 甫

岱宗夫如何？齐鲁青未了。
造化钟神秀，阴阳割昏晓。
荡胸生层云，决眦入归鸟。
会当凌绝顶，一览众山小。

杜甫《望岳》诗，共有三首，分咏东岳（泰山）、南岳（衡山）、西岳（华山）。这一首是望东岳泰山。开元二十四年（736），二十四岁的诗人开始过一种"裘马清狂"的漫游生活。此诗即写于北游齐、赵（今河南、河北、山东等地）时，是现存杜诗中年代最早的一首，字里行间洋溢着青年杜甫那种蓬蓬勃勃的朝气。

全诗没有一个"望"字，但句句写向岳而望。距离是自远而近，时间是从朝至暮，并由望岳悬想将来的登岳。

首句"岱宗夫如何"，写乍一望见泰山时，高兴得不知怎样形容才好的那种揣摩劲和惊叹仰慕之情，非常传神。岱是泰山的别名，因居五岳之首，故尊为岱宗。"夫如何"，就是到底怎么样呢？"夫"字在古文中通常是用于句首的虚字，这里把它融入诗句中，是个新创，很别致。这个"夫"字，虽无实在意义，却少它不得，所谓"传神写照，正在阿堵中"。

"齐鲁青未了"，是经过一番揣摩后得出的答案，真是惊人之句。它既不是抽象地说泰山高，也不是像南朝宋谢灵运《泰山吟》那要用"崔崒刺云天"这类一般化的语言来形容，而是别出心裁地写出自己的体验——在古代齐鲁两大国的国境外还能望见远远横亘在那里的泰山，以距离之远来烘托出泰山之高。

泰山之南为鲁,泰山之北为齐,所以这一句描写出地理特点,写其他山岳时不能挪用。明代莫如忠《登东郡望岳楼》诗说:"齐鲁到今青未了,题诗谁继杜陵人?"他特别提出这句诗,并认为无人能继,是有道理的。

"造化锺神秀,阴阳割昏晓"两句,写近望中所见泰山的神奇秀丽和巍峨高大的形象,是上句"青未了"的注脚。"锺"字,将大自然写得有情。山前向日的一面为"阳",山后背日的一面为"阴",由于山高,天色的一昏一晓判割于山的阴、阳面,所以说"割昏晓"。"割"本是个普通字,但用在这里,确是"奇险"。由此可见,诗人杜甫那种"语不惊人死不休"的创作作风,在他的青年时期就已养成。

"荡胸生层云,决眦入归鸟"两句,是写细望。见山中云气层出不穷,故心胸亦为之荡漾;因长时间目不转睛地望着,故感到眼眶有似决裂。"归鸟"是投林还巢的鸟,可知时已薄暮,诗人还在望。不言而喻,其中蕴藏着诗人对祖国河山的热爱。

"会当凌绝顶,一览众山小",这最后两句,写由望岳而产生的登岳的意愿。"会当"是唐人口语,意即"一定要"。如王勃《春思赋》:"会当一举绝风尘,翠盖朱轩临上春。"有时单用一个"会"字,如五代孙光宪《北梦琐言》:"他日会杀此竖子!"即杜诗中亦往往有单用者,如"此生那老蜀,不死会归秦!"(《奉送严公入朝》)如果把"会当"解作"应当",便欠准确,神气索然。

从这两句富有启发性和象征意义的诗中,可以看到诗人杜甫不怕困难,敢于攀登绝顶,俯视一切的雄心和气概。这正是杜甫能够成为一个伟大诗人的关键所在,也是一切有所作为的人们所不可缺少的。这就是为什么这两句诗千百年来一直为人们所传诵,而至今仍能引起我们强烈共鸣的原因。清代浦起龙认为杜诗"当以是为首",并说"杜子心胸气魄,于斯可观。取为压卷,屹然作镇"(《读杜心解》)。也正是从这两句诗的象征意义着眼的。这和杜甫在政治上"自比稷与契",在创作上"气劘屈贾垒,目短曹刘墙",正是一致的。此诗被后人誉为"绝唱",并刻石为碑,立在山麓。无疑,它将与泰山同垂不朽。

(萧涤非)

后出塞五首
（其二）

杜 甫

朝进东门营，暮上河阳桥。
落日照大旗，马鸣风萧萧。
平沙列万幕，部伍各见招。
中天悬明月，令严夜寂寥。
悲笳数声动，壮士惨不骄。
借问大将谁，恐是霍嫖姚。

赏 析

　　杜甫的《后出塞》共计五首，此为组诗的第二首。本诗以一个刚刚入伍的新兵的口吻，叙述了出征关塞的部伍生活情景。

　　"朝进东门营，暮上河阳桥。"首句交代入伍的时间、地点，次句点明出征的去向。东门营，当指设在洛阳城东门附近的军营。河阳桥，横跨黄河的浮桥，在河南孟县，是当时由洛阳去河北的交通要道。早晨到军营报到，傍晚就随队向边关开拔了。一"朝"一"暮"，显示出军旅生活中特有的紧张多变的气氛。

　　"落日照大旗，马鸣风萧萧"，显然已经写到了边地傍晚行军的情景。"落日"是接第二句的"暮"字而来，显出时间上的紧凑；然而这两句明明写的是边地之景，《诗经·小雅·车攻》就有"萧萧马鸣，悠悠旆旌"句。从河阳桥到此，当然不可能瞬息即到，但诗人故意作这样的承接，越发显出部队行进的迅疾。落日西照，将旗猎猎，战马长鸣，朔风萧萧。夕阳与战旗相辉映，风声与马嘶相交织，这不是一幅有声有色的暮野行军图吗？表现出一种凛然庄严的行军场面。其中"马鸣风萧萧"一句的"风"字尤妙,一字之加,"觉全局都动,飒然有关塞之气"。

天色已暮,落日西沉,自然该是宿营的时候了。"平沙列万幕,部伍各见招"两句便描写了沙地宿营的图景:在平坦的沙地上,整整齐齐地排列着成千上万个帐幕,那些行伍中的首领,正在各自招集自己属下的士卒。这里,不仅展示出千军万马的壮阔气势,而且显见这支部队的整备有素。

入夜后,沙地上的军营又呈现出另一派景象和气氛。"中天悬明月,令严夜寂寥。悲笳数声动,壮士惨不骄",描画了一幅形象的月夜宿营图:一轮明月高悬中天,因军令森严,万幕无声,荒漠的边地显得那么沉寂。忽而,数声悲咽的笳声(静营之号)划破夜空,使出征的战士肃然而生凄惨之感。

至此,这位新兵不禁慨然兴问:"借问大将谁?"——统帅这支军队的大将是谁呢? 但因为时当静营之后,他也慑于军令的森严,不敢向旁人发问,只是自己心里揣测道:"恐是霍嫖姚"——大概是像西汉嫖姚校尉霍去病那样治军有方、韬略过人的将领吧!

从艺术手法上看,作者以时间的推移为顺序,在起二句作了必要的交代之后,依次画出了日暮、傍黑、月夜三幅军旅生活的图景。三幅画都用速写的画法,粗笔勾勒出威严雄壮的军容气势。而且,三幅画面都以边地旷野为背景,通过选取各具典型特征的景物,分别描摹了出征大军的三个场面:暮野行军图体现军势的凛然和庄严;沙地宿营图体现军容的壮阔和整肃;月夜静营图体现军纪的森严和气氛的悲壮。最后用新兵不可自抑的叹问和想象收尾。全诗层次井然,步步相生;写景叙意,有声有色。故宋人刘辰翁赞云:"其时、其境、其情,真横槊间意,复欲一语似此,千古不可得"(清杨伦《杜诗镜铨》卷三引)。

(崔 闽)

月　夜

杜　甫

今夜鄜州月，闺中只独看。
遥怜小儿女，未解忆长安。
香雾云鬟湿，清辉玉臂寒。
何时倚虚幌，双照泪痕干？

赏　析

　　天宝十五载(756)六月，安史叛军攻进潼关，杜甫带着妻小逃到鄜州(今陕西富县)，寄居羌村。七月，肃宗即位于灵武(今属宁夏)。杜甫便于八月间离家北上延州(今陕西延安)，企图赶到灵武，为平叛效力。但当时叛军势力已膨胀到鄜州以北，他启程不久，就被叛军捉住，送到沦陷后的长安；望月思家，写下了这首千古传诵的名作。

　　题为《月夜》，作者看到的是长安月。如果从自己方面落墨，一入手应该写"今夜长安月，客中只独看"。但他更焦心的不是自己失掉自由、生死未卜的处境，而是妻子对自己的处境如何焦心。自己只身在外，当然是独自看月。妻子尚有儿女在旁，为什么也"独看"呢？"遥怜小儿女，未解忆长安"一联作了回答。妻子看月，并不是欣赏自然风光，而是"忆长安"，而小儿女未谙世事，还不懂得"忆长安"啊！

　　在一、二两联中，"怜"字，"忆"字，都不宜轻易滑过。而这，又应该和"今夜""独看"联系起来加以吟味。明月当空，月月都能看到。特指"今夜"的"独看"，则心目中自然有往日的"同看"和未来的"同看"。未来的"同看"，留待结句点明。往日的"同看"，则暗含于一、二两联之中。安史之乱以前，作者困处长安达十年之久，其中有一段时间，和妻子一同忍饥受寒，也一同观赏长安的明月，这自然就留下了深刻的记忆。当长安沦陷，一家人逃难到了羌村的时候，与妻子"同看"鄜州之月而共"忆长安"，已不胜其辛酸！如今自己身陷乱军之中，妻子"独看"鄜州之月而"忆长安"，那"忆"就不仅充满了辛酸，而且交织着忧虑与惊恐。这个"忆"字，是含意深广，耐人寻思的。往日与妻子同看鄜州之月而"忆长安"，虽然百感交集，但尚有自己为妻子分忧；如今呢，妻子"独看"鄜州之月而"忆长安"，"遥怜"小儿女们天真幼稚，只能增加她的负担，哪能为她分忧啊！这个"怜"字，也是饱含深情，感人肺腑的。

　　第三联通过妻子独自看月的形象描写，进一步表现"忆长安"。雾湿云鬟，月寒玉臂。望月愈久而忆念愈深，甚至会担心她的丈夫是否还活着，怎能不热泪盈眶？而这，又完全是作者想象中的情景。当想到妻子忧心忡忡，夜深不寐的时候，自己也不免伤心落泪。两地看月而各有泪痕，这就不能不激起结束这种痛苦生活的希望；于是以表现希望的诗句作结："何时倚虚幌，双照泪痕干？""双照"而泪痕始干，则"独看"而泪痕不干，也就意在言外了。

　　这首诗借看月而抒离情，但所抒发的不是一般情况下的夫妇离别之情。作者在半年以后所写的《述怀》诗中说："去年潼关破，妻子隔绝久"；"寄书问三川（鄜州的属县，羌村所在），不知家在否"；"几人全性命？尽室岂相偶！"两诗参照，就不难看出"独看"的泪痕里浸透着天下乱离的悲哀，"双照"的清辉中闪耀着四海升平的理想。字里行间，时代的脉搏是清晰可辨的。

　　题为《月夜》，字字都从月色中照出，而以"独看""双照"为一诗之眼。"独看"是现实，却从对面着想，只写妻子"独看"鄜州之月而"忆长安"，而自己的"独看"长安之月而忆鄜州，已包含其中。"双照"兼包回忆与希望：感伤"今夜"的"独看"，回忆往日的同看，而把并倚"虚幌"（薄帷）、对月舒愁的希望寄托于不知"何时"的未来。词旨婉切，章法紧密。如清黄生所说："五律至此，无忝诗圣矣！"（《杜诗说》）

（霍松林）

126

春 望

杜 甫

国破山河在，城春草木深。
感时花溅泪，恨别鸟惊心。
烽火连三月，家书抵万金。
白头搔更短，浑欲不胜簪。

赏 析

唐肃宗至德元载(756)六月，安史叛军攻下唐都长安。七月，杜甫听到唐肃宗在灵武即位的消息，便把家小安顿在鄜州(今陕西富县)的羌村，去投奔肃宗。途中为叛军俘获，带到长安。因他官卑职微，未被囚禁。《春望》写于次年三月。

诗的前四句写春城败象，饱含感叹；后四句写心念亲人境况，充溢离情。全诗沉着蕴藉，真挚自然。

"国破山河在，城春草木深。"开篇即写春望所见：国都沦陷，城池残破，虽然山河依旧，可是乱草遍地，林木苍苍。一个"破"字，使人怵目惊心；继而一个"深"字，令人满目凄然。宋司马光说："'山河在'，明无余物矣；'草木深'，明无人矣。"(《温公续诗话》)诗人在此明为写景，实为抒感，寄情于物，托感于景，为全诗创造了气氛。此联对仗工巧，圆熟自然，诗意翻跌。"国破"对"城春"，两意相反。"国破"的颓垣残壁同富有生意的"城春"对举，对照强烈。"国破"之下继以"山河在"，意思相反，出人意表；"城春"原当为明媚之景，而后缀以"草木深"则叙荒芜之状，先后相悖，又是一翻。明代胡震亨极赞此联说："对偶未尝不精，而纵横变幻，尽越陈规，浓淡浅深，动夺天巧。"(《唐音癸签》卷九)

　　"感时花溅泪,恨别鸟惊心。"这两句一般解释是,花鸟本为娱人之物,但因感时恨别,却使诗人见了反而堕泪惊心。另一种解释为,以花鸟拟人,感时伤别,花也溅泪,鸟亦惊心。两说虽则有别,其精神却能相通,一则触景生情,一则移情于物,正见好诗含蕴之丰富。

　　诗的这前四句,都统在"望"字中。诗人俯仰瞻视,视线由近而远,又由远而近,视野从城到山河,再由满城到花鸟。感情则由隐而显,由弱而强,步步推进。在景与情的变化中,仿佛可见诗人由翘首望景,逐步地转入了低头沉思,自然地过渡到后半部分——想望亲人。

　　"烽火连三月,家书抵万金。"自安史叛乱以来,"烽火苦教乡信断",直到如今春深三月,战火仍连续不断。多么盼望家中亲人的消息,这时的一封家信真是胜过"万金"啊!"家书抵万金",写出了消息隔绝久盼音讯不至时的迫切心情,这是人人心中所有的想法,很自然地使人共鸣,因而成了千古传诵的名句。

　　"白头搔更短,浑欲不胜簪。"烽火遍地,家信不通,想念远方的惨戚之象,眼望面前的颓败之景,不觉于极无聊赖之际,搔首踌躇,顿觉稀疏短发,几不胜簪。"白发"为愁所致,"搔"为想要解愁的动作,"更短"可见愁的程度。这样,在国破家亡、离乱伤痛之外,又叹息衰老,则更增一层悲哀。

　　这首诗反映了诗人热爱国家、眷念家人的美好情操,意脉贯通而不平直,情景兼具而不游离,感情强烈而不浅露,内容丰富而不芜杂,格律严谨而不板滞,以仄起仄落的五律正格,写得铿然作响、气度浑灏,因而一千二百余年来一直脍炙人口、历久不衰。

(徐应佩　周溶泉)

石壕吏

杜 甫

暮投石壕村，有吏夜捉人。
老翁逾墙走，老妇出门看。
吏呼一何怒！妇啼一何苦！
听妇前致词："三男邺城戍。
一男附书至，二男新战死。
存者且偷生，死者长已矣！
室中更无人，惟有乳下孙。
有孙母未去，出入无完裙。
老妪力虽衰，请从吏夜归。
急应河阳役，犹得备晨炊。"
夜久语声绝，如闻泣幽咽。
天明登前途，独与老翁别。

赏　析

　　唐肃宗乾元二年(759)春,郭子仪等九节度使六十万大军包围安庆绪于邺城,由于指挥不统一,被史思明援兵打得全军溃败。唐王朝为补充兵力,便在洛阳以西至潼关一带,强行抓人当兵,人民苦不堪言。这时,杜甫正由洛阳经过潼关,赶回华州任所。途中就其所见所闻,写成了"三吏""三别"。《石壕吏》是"三吏"中的一篇。全诗的主题是通过对"有吏夜捉人"的形象描绘,揭露官吏的横暴,反映人民的苦难。

　　前四句可看作第一段。首句"暮投石壕村",单刀直入,直叙其事。"暮"

字、"投"字、"村"字都需玩味,不宜轻易放过。在封建社会里,由于社会秩序混乱和旅途荒凉等原因,旅客们都"未晚先投宿",更何况在兵祸连接的时代!而杜甫,却于暮色苍茫之时才匆匆忙忙地投奔到一个小村庄里借宿,这种异乎寻常的情景就富于暗示性。可以设想,他或者是压根儿不敢走大路;或者是附近的城镇已荡然一空,无处歇脚;或者……总之,寥寥五字,不仅点明了投宿的时间和地点,而且和盘托出了兵荒马乱、鸡犬不宁、一切脱出常轨的景象,为悲剧的演出提供了典型环境。清浦起龙指出这首诗"起有猛虎攫人之势"(《读杜心解》)。这不仅是就"有吏夜捉人"说的,而且是就头一句的环境烘托说的。"有吏夜捉人"一句,是全篇的提纲,以下情节,都从这里生发出来。不说"征兵""点兵""招兵"而说"捉人",已于如实描绘之中寓揭露、批判之意。再加上一个"夜"字,含意更丰富。第一,表明官府"捉人"之事时常发生,人民白天躲藏或者反抗,无法"捉"到;第二,表明县吏"捉人"的手段狠毒,于人民已经入睡的黑夜,来个突然袭击。同时,诗人是"暮"投石壕村的,从"暮"到"夜",已过了几个小时,这时当然已经睡下了;所以下面的事件发展,他没有参与其间,而是隔门听出来的。"老翁逾墙走,老妇出门看"两句,表现了人民长期以来深受抓丁之苦,昼夜不安;即使到了深夜,仍然寝不安席,一听到门外有了响动,就知道县吏又来"捉人",老翁立刻"逾墙"逃走,由老妇开门周旋。

　　从"吏呼一何怒"至"犹得备晨炊"这十六句,可看作第二段。"吏呼一何怒!妇啼一何苦!"两句,极其概括、极其形象地写出了"吏"与"妇"的尖锐矛盾。一"呼"、一"啼",一"怒"、一"苦",形成了强烈的对照;两个状语"一何",加重了感情色彩,有力地渲染出县吏如狼似虎、叫嚣隳突的横蛮气势,并为老妇以下的诉说制造出悲愤的气氛。矛盾的两方面,具有主与从、因与果的关系。"妇啼一何苦",是"吏呼一何怒"逼出来的。下面,诗人不再写"吏呼",全力写"妇啼",而"吏呼"自见。"听妇前致词"承上启下。那"听"是诗人在"听",那"致词"是老妇"苦啼"着回答县吏的"怒呼"。写"致词"内容的十三句诗,多次换韵,明显地表现出多次转折,暗示了县吏的多次"怒呼"、逼问。读这十三句诗的时候,千万别以为这是"老妇"一口气说下去的,而县吏则在那里洗耳恭听。实际上,"吏呼一何怒!妇啼一何苦!"不仅发生在事件的开头,而且持续到事件的结尾。从"三男邺城戍"到"死者长已矣",是第一次转折。可以想见,这是针对县吏的第一次逼问诉苦的。在这以前,诗人已用"有吏夜捉人"一句写出了县吏的猛虎攫人之势。等到"老妇出门看",便扑了进来,贼眼四处搜索,却找不到一个男人,扑了个空。于是怒吼道:"你家的男人都到哪儿去了?快交出来!"老妇泣诉说:"三个儿子都当兵守邺城去了。一个儿子刚刚捎来一封信,信中说,另外两个儿子已经牺牲了!……"泣诉的时候,也许县吏不相信,还拿出信来交县吏看。总之,"存者且偷生,死者长已矣",处境是够使人同情的,她很希望以此博得县吏的同情,高抬贵手。不料县吏又大发雷霆:"难道你家里再没有别人了?快交出来!"她只得针对这一点诉苦:"室中更无人,惟有乳下孙。"这两句,也许不是一口气说下去的,因为"更无人"与下面的回答发生了明显的矛盾。合理的解释是:老妇先说了一句:"家里再没人了!"而在这当儿,被儿媳妇抱在怀里躲到什么地方的小孙儿,受了怒吼声的惊吓,哭了起来,掩口也不顶用。于是县吏抓到了把柄,威逼道:"你竟敢撒谎!不是有个孩子哭吗?"老妇不得已,这才说:"只有个孙子啊!还吃奶呢,小得很!""吃谁的奶?总有个母亲吧!还不把她交出来!"老妇担心的事情终于发生了!她只得硬着头皮解释:"孙儿是有个母亲,她的丈夫在邺城战死了,因为要奶孩子,没有改嫁。可怜她衣服破破烂烂,怎么见人呀!还是行行好吧!"("有孙母未去,出入无完裙"两句,有的本子作"孙母未便出,见吏无完裙",可见县吏是要她出来的。)但县吏仍不肯罢手。老妇生怕守寡的儿媳被抓,饿死孙子,只好挺身而出:"老妪力虽衰,请从吏夜归。急应河阳役,犹得备晨炊。"老妇的"致词",到此结束,表明县吏勉强同意了,不再"怒吼"了。

最后一段虽然只有四句,却照应开头,涉及所有人物,写出了事件的结局和作者的感受。"夜久语声绝,如闻泣幽咽。"表明老妇终于被抓走。"夜久"二字,反映了老妇一再哭诉、县吏百般威逼的漫长过程。"如闻"二字,是说诗人通夜为之悲伤,甚至产生了幻觉,在寂静中似乎还"听到"老妇幽咽的哭声。"天明登前途,独与老翁别"两句,收尽全篇,于叙事中含无限深情。试想昨日傍晚投宿之时,老翁、老妇双双迎接,而时隔一夜,老妇被捉走,只能与逃走归来的老翁作别了。老翁是何心情?诗人作何感想?给读者留下了想象的余地。

清仇兆鳌在《杜少陵集详注》里说:"古者有兄弟始遣一人从军。今驱尽壮丁,及于老弱。诗云:三男戍,二男死,孙方乳,媳无裙,翁逾墙,妇夜往。一家之中,父子、兄弟、祖孙、姑媳惨酷至此,民不聊生极矣! 当时唐祚,亦岌岌乎危哉!"就是说,"民为邦本",把人民整成这个样子,统治者的宝座也就岌岌可危了。诗人杜甫面对这一切,没有美化现实,却如实地揭露了政治黑暗,发出了"有吏夜捉人"的呼喊,这是值得高度评价的。

在艺术表现上,这首诗最突出的一点则是精练。陆时雍称赞道:"其事何长! 其言何简!"就是指这一点说的。全篇句句叙事,无抒情语,亦无议论语;但实际上,作者却巧妙地通过叙事抒了情,发了议论,爱憎十分强烈,倾向性十分鲜明。寓褒贬于叙事,既节省了很多笔墨,又毫无概念化的感觉。诗还运用了藏问于答的表现手法。"吏呼一何怒! 妇啼一何苦!"概括了矛盾双方之后,便集中写"妇",不复写"吏",而"吏"的蛮悍、横暴,却于老妇"致词"的转折和事件的结局中暗示出来。诗人又十分善于剪裁,叙事中藏有不尽之意。一开头,只用一句写投宿,立刻转入"有吏夜捉人"的主题。又如只写了"老翁逾墙走",未写他何时归来;只写了"如闻泣幽咽",未写泣者是谁;只写老妇"请从吏夜归",未写她是否被带走;却用照应开头、结束全篇既叙事又抒情的"独与老翁别"一句告诉读者:老翁已经归家,老妇已被捉走;那么,那位吞声饮泣、不敢放声痛哭的,自然是给孩子喂奶的年轻寡妇了。正由于诗人笔墨简洁、洗练,全诗一百二十个字,在惊人的广度与深度上反映了生活中的矛盾与冲突,这是十分难能可贵的。

(霍松林)

秦州杂诗
（其七）

杜 甫

莽莽万重山，孤城山谷间。
无风云出塞，不夜月临关。
属国归何晚？楼兰斩未还。
烟尘一长望，衰飒正摧颜。

赏　析

　　唐肃宗乾元二年(759)秋天，杜甫抛弃华州司功参军的职务，开始了"因人作远游"的艰苦历程。他从长安出发，首先到了秦州(治今甘肃天水)。在秦州期间，他先后用五律形式写了二十首歌咏当地山川风物，抒写伤时感乱之情和个人身世遭遇之悲的诗篇，统题为《秦州杂诗》。本篇是第七首。

　　"莽莽万重山，孤城山谷间。"首联大处落墨，概写秦州险要的地理形势。秦州城坐落在陇东山地的渭河上游河谷中，北面和东面，是高峻绵延的六盘山和它的支脉陇山，南面和西面，有嶓冢山和鸟鼠山，四周山岭重叠，群峰环绕，是当时边防上的重镇。"莽莽"二字，写出了山岭的绵延长大和雄奇莽苍的气势，"万重"则描绘出它的复沓和深广。在"莽莽万重山"的狭窄山谷间矗立着的一座"孤城"，由于四周环境的衬托，越发显出了它那独扼咽喉要道的险要地位。同是写高山孤城，王之涣的《凉州词》"黄河远上白云间，一片孤城万仞山"，雄浑阔大中带有闲远的意态；而"莽莽万重山，孤城山谷间"，则隐约透露出一种严峻紧张的气氛。清沈德潜说："起手壁立万仞。"（《唐诗别裁集》）这个评语不仅道出了这首诗发端雄峻的特点，也表达了这两句诗所给予人的感受。

"无风云出塞，不夜月临关。"首联托出雄浑莽苍的全景，次联缩小范围，专从"孤城"着笔。云动必因风，这是常识；但有时地面无风，高空则风动云移，从地面上的人看来，就有云无风而动的感觉。"不夜"，就是未入夜。上弦月升起得很早，天还没有黑就高悬天上，所以有不夜而月已照临的直接感受。云无风而动，月不夜而临，一属于错觉，一属于特定时间的景象，孤立地写它们，几乎没有任何意义。但一旦将它们和"关"、"塞"联结在一起，便立即构成奇警的艺术境界，表达出特有的时代感和诗人的独特感受。在唐代全盛时期，秦州虽处交通要道，却不属边防前线。安史乱起，吐蕃乘机夺取陇右、河西之地，地处陇东的秦州才成为边防军事重镇。生活在这样一个充满战争烽火气息的边城中，即使是本来平常的景物，也往往敏感到其中仿佛蕴含着不平常的气息。在系心边防形势的诗人感觉中，孤城的云，似乎离边塞特别近，即使无风，也转瞬间就飘出了边境；孤城的月，也好像特别关注防关戍守，还未入夜就早早照临着险要的雄关。两句赋中有兴，景中含情，不但警切地表现了边城特有的紧张警戒气氛，而且表达了诗人对边防形势的深切关注，正如清人浦起龙《读杜心解》所评的那样："三、四警绝。一片忧边心事，随风飘去，随月照着矣。"

三、四两句在景物描写中已经寓含边愁，因而五、六两句便自然引出对边事的直接描写："属国归何晚？楼兰斩未还。"汉代苏武出使匈奴，被扣留十九年，归国后，任典属国。第五句的"属国"即"典属国"之省，这里指唐朝使节。大约这时唐朝有出使吐蕃的使臣迟留未归，故说"属国归何晚"。第六句反用傅介子斩楼兰王首还阙事，说吐蕃侵扰的威胁未能解除。两句用典，同赋一事，而用语错综，故不觉复沓，反增感怆。苏武归国，傅介子斩楼兰，都发生在汉王朝强盛的时代，他们后面有强大的国家实力作后盾，故能取得外交与军事上的胜利。而现在的唐王朝，已经从繁荣昌盛的顶峰上跌落下来，急剧趋于衰落，像苏武、傅介子那样的故事已经不可能重演了。同样是用这两个典故，在盛唐时代，是"单车欲问边，属国过居延"（王维《使至塞上》）的高唱，是"黄沙百战穿金甲，不破楼兰终不还"（王昌龄《从军行》）的豪语，而现在，却只能是"属国归何晚？楼兰斩未还"的深沉慨叹了。对比之下，不难体味出这一联中所寓含的今昔盛衰之感和诗人对于国家衰弱局势的深切忧虑。

"烟尘一长望,衰飒正摧颜。"遥望关塞以外,仿佛到处战尘弥漫,烽烟滚滚,整个西北边地的局势,正十分令人忧虑。目接衰飒的边地景象,联想起唐王朝的衰飒趋势,不禁使自己疾首蹙额,怅恨不已。"烟尘""衰飒"均从五、六句生出。"一""正"两字,开合相应,显示出这种衰飒的局势正在继续发展,而自己为国事忧伤的心情也正未有尽期。全诗在雄奇阔大的境界中寓含着时代的悲凉,表现为一种悲壮的艺术美。

（刘学锴）

蜀 相

杜 甫

丞相祠堂何处寻，锦官城外柏森森。
映阶碧草自春色，隔叶黄鹂空好音。
三顾频烦天下计，两朝开济老臣心。
出师未捷身先死，长使英雄泪满襟。

赏 析

题曰"蜀相"，而不曰"诸葛祠"，可知老杜此诗意在人而不在祠。然而诗又分明自祠写起。何也？盖人物千古，莫可亲承；庙貌数楹，临风结想。因武侯祠庙而思蜀相，亦理之必然。但在学诗者，虚实宾主之间，诗笔文情之妙，人则祠乎？祠岂人耶？看他如何着墨，于此玩索，宜有会心。

开头一句，以问引起。祠堂何处？锦官城外，数里之遥，远远望去，早见翠柏成林，好一片葱葱郁郁，气象不凡——那就是诸葛武侯祠所在了。这首一联，开门见山，洒洒落落，而两句又一问一答，自开自合。

接下去，老杜便写到映阶草碧，隔叶禽鸣。

有人说："那首联是起，此颔联是承，章法井然。"不错。又有人说："从城外森森，到阶前碧色，迤迤逦逦，自远望而及近观，由寻途遂至入庙，笔路最清。"也不错。——不过，倘若仅仅如此，谁个不能？老杜又在何处呢？

有人说：既然你说诗人意在人而不在祠，那他为何八句中为碧草黄鹂、映阶隔叶就费去了两句？此岂不是正写祠堂之景？可知意不在祠的说法不确。

又有人说：杜意在人在祠，无须多论，只是律诗幅短，最要精整，他在此题下，竟然设此二句，既无必要，也不精彩；至少是写"走"了，岂不是老杜的一处败笔？

我说：哪里，哪里。莫拿八股时文的眼光去衡量杜子美。要是句句"切题"，或是写成"不啻一篇孔明传"，谅他又有何难。如今他并不如彼，道理定然有在。

须看他，上句一个"自"字，下句一个"空"字。此二字适为拗格，即"自"本应平声，今故作仄；"空"本应仄声，今故作平。彼此互易，声调上有一种变换美。吾辈学诗之人，断不能于此等处失去心眼。

且说老杜风尘颠沛，流落西南，在锦城定居之后，大约头一件事就是走谒武侯祠庙。"丞相祠堂何处寻"？从写法说，是开门见山，更不纡曲；从心情说，祠堂何处，向往久矣！当日这位老诗人，怀着一腔崇仰钦慕之情，问路寻途，奔到了祠堂之地——他既到之后，一不观赏殿宇巍巍，二不瞻仰塑像凛凛，他"首先"注意的却是阶前的碧草，叶外的黄鹂！这是什么情理？

要知道，老杜此行，不是"旅游"，入祠以后，殿宇之巍巍，塑像之凛凛，他和普通人一样，自然也是看过了的。不过到他写诗之时（不一定即是初谒祠堂的当时），他感情上要写的绝不是这些形迹的外观。他要写的是内心的感受。写景云云，已是活句死参；更何况他本未真写祠堂之景？

换言之，他正是看完了殿宇之巍巍，塑像之凛凛，使得他百感中来，万端交集，然后才越发觉察到满院萋萋碧草，寂寞之心难言；才越发感受到数声呖呖黄鹂，荒凉之境无限。

在这里，你才看到一位老诗人，独自一个，满怀心事，徘徊瞻眺于武侯祠庙之间。

没有这一联两句，诗人何往？诗心安在？只因有了这一联两句，才读得出下面的腹联所说的"三顾频烦"（即屡屡、几次，不是频频烦请），"两朝开济"（启沃匡助），一方面是知人善任，始终不渝；一方面是鞠躬尽瘁，死而后已；一方面付托之重，一方面图报之诚：这一切，老杜不知想过了几千百回，只是到面对着古庙荒庭，这才写出了诸葛亮的心境，字字千钧之重。莫说古人只讲一个"士为知己者死"，难道诗人所理解的天下之计，果真是指"刘氏子孙万世皇基"不成？老臣之心，岂不也怀着华夏河山，苍生水火？一生志业，六出祁山，五丈原头，秋风瑟瑟，大星遽陨，百姓失声……想到此间，那阶前林下徘徊的诗人老杜，不禁汍澜被面，老泪纵横了。

庭草自春，何关人事；新莺空啭，祗益伤情。老杜一片诗心，全在此处凝结，如何却说他是"败笔"？ 就是"过渡"云云（意思是说，杜诗此处颔联所以如此写，不过是为自然无迹地过渡到下一联正文），我看也还是只知正笔是文的错觉。

有人问：长使英雄泪满襟袖的英雄，所指何人？ 答曰：是指千古的仁人志士，为国为民，大智大勇者是，莫作"跃马横枪""拿刀动斧"之类的简单解释。老杜一生，许身稷契，志在匡国，亦英雄之人也。说此句实包诗人自身而言，方得其实。

然而，老杜又绝不是单指个人。心念武侯，高山仰止，也正是寄希望于当世的良相之材。他之所怀者大，所感者深，以是之故，天下后世，凡读他此篇的，无不流涕，岂偶然哉！

（周汝昌）

春夜喜雨

杜 甫

好雨知时节，当春乃发生。
随风潜入夜，润物细无声。
野径云俱黑，江船火独明。
晓看红湿处，花重锦官城。

赏　析

这是描绘春夜雨景，表现喜悦心情的名作。

一开头就用一个"好"字赞美"雨"。在生活里，"好"常常被用来赞美那些做好事的人。如今用"好"赞美雨，已经会唤起关于做好事的人的联想。接下去，就把雨拟人化，说它"知时节"，懂得满足客观需要。不是吗？春天是万物萌芽生长的季节，正需要下雨，雨就下起来了。你看它多么"好"！

第二联，进一步表现雨的"好"。雨之所以"好"，就好在适时，好在"润物"。春天的雨，一般是伴随着和风细细地滋润万物的。然而也有例外。有时候，它会伴随冷风，由雨变成雪。有时候，它会伴随着狂风，下得很凶暴。这样的雨尽管下在春天，但不是典型的春雨，只会损物而不会"润物"，自然不会使人"喜"，也不可能得到"好"评。所以，光有首联的"知时节"，还不足以完全表现雨的"好"。等到第二联写出了典型的春雨——伴随着和风的细雨，那个"好"字才落实了。

"随风潜入夜，润物细无声。"这仍然用的是拟人化手法。"潜入夜"和"细无声"相配合，不仅表明那雨是伴随和风而来的细雨，而且表明那雨有意"润物"，无意讨"好"。如果有意讨"好"，它就会在白天来，就会造一点声势，让人们看得见,听得清。惟其有意"润物",无意讨"好",它才选择了一个不妨碍人们工作和劳动的时间悄悄地来,在人们酣睡的夜晚无声地、细细地下。

雨这样"好",就希望它下多下够,下个通宵。倘若只下一会儿,就云散天晴,那"润物"就很不彻底。诗人抓住这一点,写了第三联。在不太阴沉的夜间,小路比田野容易看得见,江面也比岸上容易辨得清。如今呢? 放眼四望,"野径云俱黑,江船火独明",只有船上的灯火是明的。此外,连江面也看不见,小路也辨不清,天空里全是黑沉沉的云,地上也像云一样黑。好呀! 看起来,准会下到天亮。

尾联写的是想象中的情景。如此"好雨"下上一夜,万物就都得到润泽,发荣滋长起来了。万物之一的花,最能代表春色的花,也就带雨开放,红艳欲滴。等到明天清早去看看吧! 整个锦官城(成都)杂花生树,一片"红湿",一朵朵红艳艳、沉甸甸,汇成花的海洋。那么,田里的禾苗呢? 山上的树林呢? 一切的一切呢?

清浦起龙说:"写雨切夜易,切春难。"(《读杜心解》)这首《春夜喜雨》诗,不仅切夜、切春,而且写出了典型春雨也就是"好雨"的高尚品格,表现了诗人也是一切"好人"的高尚人格。

诗人盼望这样的"好雨",喜爱这样的"好雨"。所以题目中的那个"喜"字在诗里虽然没有露面,但"'喜'意都从罅缝里迸透"(浦起龙《读杜心解》)。诗人正在盼望春雨"润物"的时候,雨下起来了,于是一上来就满心欢喜地叫"好"。第二联所写,显然是听出来的。诗人倾耳细听,听出那雨在春夜里绵绵密密地下,只为"润物",不求人知,自然"喜"得睡不着觉。由于那雨"润物细无声",听不真切,生怕它停止了,所以出门去看。第三联所写,分明是看见的。看见雨意正浓,就情不自禁地想象天明以后春色满城的美景。其无限喜悦的心情,又表现得多么生动!

中唐诗人李约有一首《观祈雨》:"桑条无叶土生烟,箫管迎龙水庙前。朱门几处看歌舞,犹恐春阴咽管弦。"和那些朱门里看歌舞的人相比,杜甫对春雨"润物"的喜悦之情难道不是一种很崇高的感情吗?

(霍松林)

水槛遣心二首

（其一）

杜 甫

去郭轩楹敞^①，无村眺望赊^②。
澄江平少岸， 幽树晚多花。
细雨鱼儿出， 微风燕子斜。
城中十万户， 此地两三家。

【注】

① 轩：长廊。楹：柱子。
② 赊：远。

赏 析

杜甫定居成都草堂后，经过他的一番经营，草堂园亩扩展了，树木栽多了。
水亭旁，还添了专供垂钓、眺望的水槛。诗人经过了长期颠沛流离的生活以
后，现在得到了安身的处所，面对着绮丽的风光，情不自禁地写下了一些歌咏
自然景物的小诗。

《水槛遣心二首》，大约作于公元761年。此为第一首，写出了诗人离开尘
嚣的闲适心情。首联先写草堂的环境：这儿离城郭很远，庭园开阔宽敞，旁无
村落，因而诗人能够极目远眺。中间四句紧接着写眺望到的景色。"澄江平少
岸"，诗人凭槛远望，碧澄清澈的江水，浩浩荡荡，似乎和江岸齐平了。这是写
远景。"幽树晚多花"则写近景。草堂四周郁郁葱葱的树木，在春日的黄昏里，
盛开着姹紫嫣红的花朵，散发出迷人的清香。五、六两句刻画细腻，描写极为

生动:"细雨鱼儿出,微风燕子斜。"你看,鱼儿在毛毛细雨中摇曳着身躯,喷吐着水泡儿,欢欣地游到水面来了。燕子呢,轻柔的躯体,在微风的吹拂下,倾斜着掠过水濛濛的天空……这是历来为人传诵的名句。宋叶梦得《石林诗话》云:"诗语忌过巧。然缘情体物,自有天然之妙,如老杜'细雨鱼儿出,微风燕子斜',此十字,殆无一字虚设。细雨着水面为沤(水泡),鱼常上浮而淰(原意为鱼惊骇之状,此处解作鱼在欢欣地跳跃)。若大雨,则伏而不出矣。燕体轻弱,风猛则不胜,惟微风乃受以为势,故又有'轻燕受风斜'之句。"惟其雨细,鱼儿才欢腾地游于上面;如果雨猛浪翻,鱼儿就潜入水底了。惟其风微,燕子才轻捷地掠过天空;如果风大雨急,燕子就会禁受不住了。诗人遣词用意精微至此,为人叹服。"出",写出了鱼的欢欣,极其自然;"斜",写出了燕子的轻盈,逼肖生动。诗人细致地描绘了微风细雨中鱼和燕子的动态,其意在托物寄兴。从这二句诗中,我们不是可以感到诗人热爱春天的喜悦心情吗?这就是所谓"缘情体物"之工。

尾联呼应起首两句。以"城中十万户"与"此地两三家"对比,更显得这儿非常闲适幽静。全诗八句都是对仗,而且描写中,远近交错,精细自然,"自有天然工巧而不见其刻画之痕"。它句句写景,句句有"遣心"之意。黄宾虹先生曾经说过:"山水画乃写自然之性,亦写吾人之心。"(《黄宾虹画语录》)高明的绘画如此,感人的诗歌更是如此。此诗描绘的是草堂环境,然而字里行间含蕴的,却是诗人优游闲适的心情和对大自然春天的热爱。

(宋 廓)

茅屋为秋风所破歌

杜　甫

八月秋高风怒号，卷我屋上三重茅。
茅飞渡江洒江郊，高者挂罥①长林梢，下者飘转沉塘坳。
南村群童欺我老无力，忍能对面为盗贼。
公然抱茅入竹去，唇焦口燥呼不得，归来倚杖自叹息。
俄顷风定云墨色，秋天漠漠向昏黑。
布衾多年冷似铁，骄儿恶卧踏里裂。
床头屋漏无干处，雨脚如麻未断绝。
自经丧乱少睡眠，长夜沾湿何由彻！
安得广厦千万间，大庇天下寒士俱欢颜，风雨不动安如山！
呜呼！何时眼前突兀见此屋，吾庐独破受冻死亦足！

【注】

① 罥(juàn)：挂结。

赏　析

　　乾元三年(760)的春天，杜甫求亲告友，在成都浣花溪边盖起了一座茅屋，总算有了一个栖身之所。不料到了八月，大风破屋，大雨又接踵而至。诗人长夜难眠，感慨万千，写下了这篇脍炙人口的诗篇。诗写的是自己的数间茅屋，表现的却是忧国忧民的情感。

　　这首诗可分为四节。第一节五句，句句押韵，"号""茅""郊""梢""坳"五个开口呼的平声韵脚传来阵阵风声。"八月秋高风怒号，卷我屋上三重茅。"起势迅猛。"风怒号"三字,音响宏大,读之如闻秋风咆哮。一个"怒"字,把秋风拟人化,从而使下一句不仅富有动作性,而且富有浓烈的感情色彩。诗人好容易盖了这座茅屋,刚刚定居下来,秋风却故意同他作对似的,怒吼而来,卷起层层茅草,怎能不使诗人万分焦急?"茅飞渡江洒江郊"的"飞"字紧承上句的"卷"字,"卷"起的茅草没有落在屋旁,却随风"飞"走,"飞"过江去,然后分散地、雨点似地"洒"在"江郊":"高者挂罥长林梢"——很难弄下来;"下者飘转沉塘坳"——也很难收回来。"卷""飞""渡""洒""挂罥""飘转",一个接一个的动态不仅组成一幅幅鲜明的图画,而且紧紧地牵动诗人的视线,拨动诗人的心弦。诗人的高明之处在于他并没有抽象地抒情达意,而是寓情意于客观描写之中。我们读这几句诗,分明看见一个衣衫单薄、破旧的干瘦老人拄着拐杖,立在屋外,眼巴巴地望着怒吼的秋风把他屋上的茅草一层又一层地卷了起来,吹过江去,稀里哗啦地洒在江郊的各处;而他对大风破屋的焦灼和怨愤之情,也不能不激起我们心灵上的共鸣。

第二节五句。这是前一节的发展,也是对前一节的补充。前节写"洒江郊"的茅草无法收回。是不是还有落在平地上可以收回的呢?有的,然而却被"南村群童"抱跑了!"欺我老无力"五字宜着眼。如果诗人不是"老无力",而是年当壮健有气力,自然不会受这样的欺侮。"忍能对面为盗贼",意谓竟然忍心在我的眼前做盗贼!这不过是表现了诗人因"老无力"而受欺侮的愤懑心情而已,决不是真的给"群童"加上"盗贼"的罪名,要告到官府里去办罪。所以,"唇焦口燥呼不得",也就无可奈何了。用诗人《又呈吴郎》一诗中的话说,这正是"不为困穷宁有此"!诗人如果不是十分困穷,就不会对大风刮走茅草那么心急如焚;"群童"如果不是十分困穷,也不会冒着狂风抱那些并不值钱的茅草。这一切,都是结尾的伏线。"安得广厦千万间,大庇天下寒士俱欢颜"的崇高愿望,正是从"四海困穷"的现实基础上产生出来的。

"归来倚杖自叹息"总收一、二两节。诗人大约是一听到北风狂叫,就担心盖得不够结实的茅屋发生危险,因而就拄杖出门,直到风吹屋破,茅草无法收回,这才无可奈何地走回家中。"倚杖",当然又与"老无力"照应。"自叹息"中的"自"字,下得很沉痛!诗人如此不幸的遭遇只有自己叹息,未引起别人的同情和帮助,则世风的浇薄,就意在言外了,因而他"叹息"的内容,也就十分深广! 当他自己风吹屋破,无处安身,得不到别人的同情和帮助的时候,分明联想到类似处境的无数穷人。

第三节八句,写屋破又遭连夜雨的苦况。"俄顷风定云墨色,秋天漠漠向昏黑"两句,用饱蘸浓墨的大笔渲染出暗淡愁惨的氛围,从而烘托出诗人暗淡愁惨的心境,而密集的雨点即将从漠漠的秋空洒向地面,已在预料之中。"布衾多年冷似铁,骄儿恶卧踏里裂"两句,没有穷困生活体验的作者是写不出来的。值得注意的是这不仅是写布被又旧又破,而是为下文写屋破漏雨蓄势。成都的八月,天气并不"冷",正由于"床头屋漏无干处,雨脚如麻未断绝",所以才感到冷。"自经丧乱少睡眠,长夜沾湿何由彻"两句,一纵一收。一纵,从眼前的处境扩展到安史之乱以来的种种痛苦经历,从风雨飘摇中的茅屋扩展到战乱频仍、残破不堪的国家;一收,又回到"长夜沾湿"的现实。忧国忧民,加上"长夜沾湿",怎能入睡呢?"何由彻"和前面的"未断绝"照应,表现了诗人既盼雨停,又盼天亮的迫切心情。而这种心情,又是屋破漏雨、布衾似铁的艰苦处境激发出来的。于是由个人的艰苦处境联想到其他人的类似处境,水到渠成,自然而然地过渡到全诗的结尾。

"安得广厦千万间,大庇天下寒士俱欢颜,风雨不动安如山",前后用七字句,中间用九字句,句句蝉联而下,而表现阔大境界和愉快情感的词儿如"广厦""千万间""大庇""天下""欢颜""安如山"等等,又声音洪亮,从而构成了铿锵有力的节奏和奔腾前进的气势,恰切地表现了诗人从"床头屋漏无干处""长夜沾湿何由彻"的痛苦生活体验中迸发出来的奔放的激情和火热的希望。这种奔放的激情和火热的希望,咏歌之不足,故嗟叹之:"呜呼! 何时眼前突兀见此屋,吾庐独破受冻死亦足!"诗人的博大胸襟和崇高理想,至此表现得淋漓尽致。

俄国别林斯基曾说:"任何一个诗人也不能由于他自己和靠描写他自己而显得伟大,不论是描写他本身的痛苦,或者描写他本身的幸福。任何伟大诗人之所以伟大,是因为他们的痛苦和幸福的根子深深地伸进了社会和历史的土壤里,因为他是社会、时代、人类的器官和代表。"杜甫在这首诗里描写了他本身的痛苦,但当我们读完最后一节的时候,就知道他不是孤立地、单纯地描写他本身的痛苦,而是通过描写他本身的痛苦来表现"天下寒士"的痛苦,来表现社会的苦难、时代的苦难。如果说读到"归来倚杖自叹息"的时候,对他"叹息"的内容还理解不深的话,那么读到"呜呼!何时眼前突兀见此屋,吾庐独破受冻死亦足",总该看出他并不是仅仅因为自身的不幸遭遇而哀叹、而失眠、而大声疾呼吧!在狂风猛雨无情袭击的秋夜,诗人脑海里翻腾的不仅是"吾庐独破",而且是"天下寒士"的茅屋俱破……杜甫这种炽热的忧国忧民的情感和迫切要求变革黑暗现实的崇高理想,千百年来一直激动读者的心灵,并发生过积极的作用。

(霍松林)

江畔独步寻花七绝句
（其六）

杜 甫

黄四娘①家花满蹊，千朵万朵压枝低。

留连戏蝶时时舞， 自在娇莺恰恰啼。

【注】

① "娘"或"娘子"是唐代习惯上对妇女的美称。

赏 析

上元元年(760)杜甫卜居成都西郭草堂，在饱经离乱之后，开始有了安身的处所，诗人为此感到欣慰。春暖花开的时节，他独自沿江畔散步，情随景生，一连成诗七首。此为组诗之六。

首句点明寻花的地点，是在"黄四娘家"的小路上。此句以人名入诗，生活情趣较浓，颇有民歌味。次句"千朵万朵"，是上句"满"字的具体化。"压枝低"，描绘繁花沉甸甸地把枝条都压弯了，景色宛如历历在目。"压""低"二字用得十分准确、生动。第三句写花枝上彩蝶蹁跹，因恋花而"留连"不去，暗示出花的芬芳鲜妍。花可爱、蝶的舞姿亦可爱，不免使漫步的人也"留连"起来。但他也许并未停步，而是继续前行，因为风光无限，美景尚多。"时时"，则不是偶尔一见。有这二字，就把春意闹的情趣渲染出来。正在赏心悦目之际，恰巧传来一串黄莺动听的歌声，将沉醉花丛的诗人唤醒。这就是末句的意境。"娇"字写出莺声轻软的特点。"自在"，不仅是娇莺姿态的客观写照，也传出它给人心理上的愉快轻松的感觉。诗在莺歌"恰恰"声中结束，饶有余韵。读这

147

首绝句,仿佛自己也走在千年前成都郊外那条通往"黄四娘家"的路上,和诗人一同享受那春光给予视听的无穷美感。

此诗写的是赏景,这类题材,盛唐绝句中屡见不鲜。但像此诗这样刻画十分细微,色彩异常秾丽的,则不多见。如"故人家在桃花岸,直到门前溪水流"(常建《三日寻李九庄》),"昨夜风开露井桃,未央前殿月轮高"(王昌龄《春宫曲》),这些景都显得"清丽";而杜甫在"花满蹊"后,再加"千朵万朵",更添蝶舞莺歌,景色就秾丽了。这种写法,可谓前无古人。

其次,盛唐人很讲究诗句声调的和谐。他们的绝句往往能被诸管弦,因而很讲协律。杜甫的绝句不为歌唱而作,纯属诵诗,因而常常出现拗句。如此诗"千朵万朵压枝低"句,按律第二字当平而用仄。但这种"拗"决不是对音律的任意破坏,"千朵万朵"的复叠,便具有一种口语美。而"千朵"的"朵"与上句相同位置的"四"字,虽同属仄声,但彼此有上、去声之别,声调上仍具有变化。诗人也并非不重视诗歌的音乐美。这表现在三、四两句双声词、象声词与叠字的运用。"留连""自在"均为双声词,如贯珠相联,音调宛啭。"恰恰"为象声词,形容娇莺的叫声,给人一种身临其境的听觉形象。"时时""恰恰"为叠字,既使上下两句形成对仗,使语意更强,更生动,更能表达诗人迷恋在花、蝶之中,忽又被莺声唤醒的刹那间的快意。这两句除却"舞""莺"二字,均为舌齿音。这一连串舌齿音的运用造成一种喁喁自语的语感,惟妙惟肖地状出看花人为美景陶醉、惊喜不已的感受。声音的效用极有助于心情的表达。

在句法上,盛唐诗句多天然浑成,杜甫则与之异趣。比如"对结"(后联骈偶)乃初唐绝句格调,盛唐绝句已少见,因为这种结尾很难做到神完气足。杜甫却因难见巧,如此诗后联既对仗工稳,又饶有余韵,使人感到用得恰到好处:在赏心悦目之际,听到莺歌"恰恰",不是更使人陶然神往么?此外,这两句按习惯文法应作:戏蝶留连时时舞,娇莺自在恰恰啼。把"留连""自在"提到句首,既是出于音韵上的需要,同时又在语意上强调了它们,使含义更易为人体味出来,句法也显得新颖多变。

(周啸天)

闻官军收河南河北

杜 甫

剑外忽传收蓟北， 初闻涕泪满衣裳。
却看妻子愁何在， 漫卷诗书喜欲狂。
白首^①放歌须纵酒，青春作伴好还乡。
即从巴峡穿巫峡， 便下襄阳向洛阳。

【注】
① 白首：一作"白日"。如果作"白日"，就与下句中的"青春"显得重复，故作"白首"较好。

赏 析

　　这首诗，作于唐代宗广德元年（763）春天，作者五十二岁。宝应元年（762）冬季，唐军在洛阳附近的横水打了一个大胜仗，收复了洛阳和郑（今河南郑州）、汴（今河南开封）等州，叛军头领薛嵩、张忠志等纷纷投降。第二年，即广德元年正月，史思明的儿子史朝义兵败自缢，其部将田承嗣、李怀仙等相继投降。正流寓梓州（治所在今四川三台）、过着漂泊生活的杜甫听到这个消息，以饱含激情的笔墨，写下了这篇脍炙人口的名作。

　　杜甫于此诗下自注："余田园在东京。"诗的主题是抒写忽闻叛乱已平的捷报，急于奔回老家的喜悦。"剑外忽传收蓟北"，起势迅猛，恰切地表现了捷报的突然。"剑外"乃诗人所在之地；"蓟北"乃安史叛军的老巢，在今河北东北部一带。诗人多年漂泊"剑外"，艰苦备尝，想回故乡而不可能，就由于"蓟北"未收，安史之乱未平。如今"忽传收蓟北"，真如春雷乍响，山洪突发，惊喜的洪流，一下子冲开了郁积已久的情感闸门，喷薄而出，涛翻浪涌。"初闻涕泪满衣裳"，就是这惊喜的情感洪流涌起的第一个浪头。

"初闻"紧承"忽传"。"忽传"表现捷报来得太突然，"涕泪满衣裳"则以形传神，表现突然传来的捷报在"初闻"的一刹那所激发的感情波涛，这是喜极而悲、悲喜交集的逼真表现。"蓟北"已收，战乱将息，乾坤疮痍、黎元疾苦，都将得到疗救，个人颠沛流离、感时恨别的苦日子，总算熬过来了，怎能不喜！然而痛定思痛，回想八年来的重重苦难是怎样熬过来的，又不禁悲从中来，无法压抑。可是，这一场浩劫，终于像噩梦一般过去了，自己可以返回故乡了，人们将开始新的生活了，于是又转悲为喜，喜不自胜。这"初闻"捷报之时的心理变化、复杂感情，如果用散文的写法，必需很多笔墨，而诗人只用"涕泪满衣裳"五个字作形象的描绘，就足以概括这一切。

第二联以转作承，落脚于"喜欲狂"，这是惊喜的情感洪流涌起的更高洪峰。"却看妻子""漫卷诗书"，这是两个连续性的动作，带有一定的因果关系。当自己悲喜交集，"涕泪满衣裳"之时，自然想到多年来同受苦难的妻子儿女。"却看"就是"回头看"。"回头看"这个动作极富意蕴，诗人似乎想向家人说些什么，但又不知从何说起。其实，无需说什么了，多年笼罩全家的愁云不知跑到哪儿去了，亲人们都不再是愁眉苦脸，而是笑逐颜开，喜气洋洋。亲人的喜反转来增加了自己的喜，再也无心伏案了，随手卷起诗书，大家同享胜利的欢乐。

"白首放歌须纵酒，青春作伴好还乡"一联，就"喜欲狂"作进一步抒写。"白首"，点出人已到了老年。老年人难得"放歌"，也不宜"纵酒"；如今既要"放歌"，还须"纵酒"，正是"喜欲狂"的具体表现。这句写"狂"态，下句则写"狂"想。"青春"指春季。春天已经来临，在鸟语花香中与妻子儿女们"作伴"，正好"还乡"。想到这里，又怎能不"喜欲狂"！

尾联写"青春作伴好还乡"的狂想鼓翼而飞，身在梓州，而弹指之间，心已回到故乡。惊喜的感情洪流于洪峰迭起之后卷起连天高潮，全诗也至此结束。这一联，包涵四个地名。"巴峡"与"巫峡"，"襄阳"与"洛阳"，既各自对偶（句内对），又前后对偶，形成工整的地名对；而用"即从""便下"绾合，两句紧连，一气贯注，又是活泼流走的流水对。再加上"穿""向"的动态与两"峡"、两"阳"的重复,文势、音调,迅急有如闪电,准确地表现了想象的飞驰。试想,"巴峡""巫峡""襄阳""洛阳",这四个地方之间都有多么漫长的距离,而一用"即从""穿""便下""向"贯串起来,就出现了"即从巴峡穿巫峡,便下襄阳向洛阳"疾速飞驰的画面,一个接一个地从眼前一闪而过。这里需要指出的是:诗人既展示想象,又描绘实境。从"巴峡"到"巫峡",峡险而窄,舟行如梭,所以用"穿";出"巫峡"到"襄阳",顺流急驶,所以用"下";从"襄阳"到"洛阳",已换陆路,所以用"向",用字高度准确。

这首诗,除第一句叙事点题外,其余各句,都是抒发忽闻胜利消息之后的惊喜之情。万斛泉源,出自胸臆,奔涌直泻。清仇兆鳌在《杜少陵集详注》中引明王嗣奭的话说:"此诗句句有喜跃意,一气流注,而曲折尽情,绝无妆点,愈朴愈真,他人决不能道。"后代诗论家都极为推崇此诗,赞其为老杜"生平第一首快诗也"(清浦起龙《读杜心解》)。

(霍松林)

绝句二首

（其一）

杜 甫

迟日江山丽，春风花草香。
泥融飞燕子，沙暖睡鸳鸯。

清代的诗论家陶虞开在《说杜》一书中指出，杜集中有不少"以诗为画"的作品。这一首写于成都草堂的五言绝句，就是极富诗情画意的佳作。

诗一开始，就从大处着墨，描绘出在初春灿烂阳光的照耀下，浣花溪一带明净绚丽的春景，用笔简洁而色彩浓艳。"迟日"即春日，语出《诗经·豳风·七月》"春日迟迟"。这里用以突出初春的阳光，以统摄全篇。同时用一"丽"字点染"江山"，表现了春日阳光普照，四野青绿，溪水映日的秀丽景色。这虽是粗笔勾画，笔底却是春光骀荡。

第二句诗人进一步以和煦的春风，初放的百花，如茵的芳草，浓郁的芳香来展现明媚的大好春光。因为诗人把春风、花草及其散发的馨香有机地组织在一起，所以读者通过联想，可以有惠风和畅、百花竞放、风送花香的感受，收到如临其境的艺术效果。

在明丽阔远的图景之上，三、四两句转向具体而生动的初春景物描绘。

第三句诗人选择初春最常见，也是最具有特征性的动态景物来勾画。春暖花开，泥融土湿，秋去春归的燕子，正繁忙地飞来飞去，衔泥筑巢。这生动的描写，使画面更加充满勃勃生机，春意盎然，还有一种动态美。杜甫对燕子的观察十分细致，"泥融"紧扣首句，因春回大地，阳光普照才"泥融"；紫燕新归，衔泥做巢而不停地飞翔,显出一番春意闹的情状。

第四句是勾勒静态景物。春日冲融,日丽沙暖,鸳鸯也要享受这春天的温暖,在溪边的沙洲上静睡不动。这也和首句紧相照应,因为"迟日"才沙暖,沙暖才引来成双成对的鸳鸯出水,沐浴在灿烂的阳光中,是那样悠然自适。从景物的描写来看,和第三句动态的飞燕相对照,动静相间,相映成趣。这两句以工笔细描衔泥飞燕、静睡鸳鸯,与一、二两句粗笔勾画阔远明丽的景物相配合,使整个画面和谐统一,构成一幅色彩鲜明,生意勃发,具有美感的初春景物图。就诗中所含蕴的思想感情而言,反映了诗人经过"一岁四行役","三年饥走荒山道"的奔波流离之后,暂时定居草堂的安适心情,也是诗人对初春时节自然界一派生机、欣欣向荣的欢悦情怀的表露。

这首五言绝句,意境明丽悠远,格调清新。全诗对仗工整,但又自然流畅,毫不雕琢;描摹景物清丽工致,浑然无迹,是杜集中别具风神的篇章。

（王启兴）

绝句二首

（其二）

杜　甫

江碧鸟逾白，山青花欲燃。
今春看又过，何日是归年？

此诗为杜甫入蜀后所作，抒发了羁旅异乡的感慨。

"江碧鸟逾白，山青花欲燃"，这是一幅镶嵌在镜框里的风景画，濡饱墨于纸面，施浓彩于图中，有令人目迷神夺的魅力。你看，漫江碧波荡漾，显露出白翎的水鸟，掠翅江面，好一派怡人的风光！满山青翠欲滴，遍布的朵朵鲜花红艳无比，简直就像燃烧着一团旺火，多么绮靡，多么灿烂！以江碧衬鸟翎的白，碧白相映生辉；以山青衬花葩的红，青红互为竞丽。一个"逾"字，将水鸟借江水的碧色衬底而愈显其翎毛之白，写得深中画理；而一个"欲"字，则在拟人化中赋花朵以动态，摇曳多姿。两句诗状江、山、花、鸟四景，并分别敷碧绿、青葱、火红、洁白四色，景象清新，令人赏心悦目。

可是，诗人的旨意却不在此，紧接下去，笔路陡转，慨而叹之——

今春看又过，何日是归年？

句中"看又过"三字直点写诗时节。春末夏初景色不可谓不美，然而可惜岁月荏苒，归期遥遥，非但引不起游玩的兴致，却反而勾起了漂泊的感伤。

此诗的艺术特点是以乐景写哀情，惟其极言春光融洽，才能对照出诗人归心殷切。它并没有让思归的感伤从景象中直接透露出来，而是以客观景物与主观感受的不同来反衬诗人乡思之深厚，别具韵致。

（周溶泉　徐应佩）

绝句四首

（其三）

杜 甫

　　两个黄鹂鸣翠柳，一行白鹭上青天。
　　窗含西岭千秋雪，门泊东吴万里船。

赏　析

　　公元762年，成都尹严武入朝，蜀中发生动乱，杜甫一度避往梓州（治今四川三台），翌年安史之乱平定，再过一年，严武还镇成都。杜甫得知这位故人的消息，也跟着回到成都草堂。这时他的心情特别好，面对这生气勃勃的景象，情不自禁，写下了这一组即景小诗。兴到笔随，事先既未拟题，诗成后也不打算拟题，干脆以"绝句"为题。

　　诗的上联是一组对仗句。草堂周围多柳，新绿的柳枝上有成对黄鹂在欢唱，一派愉悦景象，有声有色，构成了新鲜而优美的意境。"翠柳"是春天物候，诗约作于三四月间。"两个黄鹂鸣翠柳"，鸟儿成双成对，呈现一片生机，具有喜庆的意味。次句写蓝天上的白鹭在自由飞翔。这种长腿鸟飞起来姿态优美，自然成行。晴空万里，一碧如洗，白鹭在"青天"映衬下，色彩极其鲜明。两句中一连用了"黄""翠""白""青"四种鲜明的颜色，织成一幅绚丽的图景；首句还有声音的描写，传达出无比欢快的感情。

　　诗的下联也由对仗句构成。上句写凭窗远眺西山雪岭。岭上积雪终年不化，所以积聚了"千秋雪"。而雪山在天气不好时见不到，只有空气清澄的晴日，它才清晰可见。用一"含"字，此景仿佛是嵌在窗框中的一幅图画，近在目前。观赏到如此难得见到的美景，诗人心情的舒畅不言而喻。下句再写向门外一瞥,可以见到停泊在江岸边的船只。江船本是常见的。但"万里船"三字却意味深长。因为它们来自"东吴"。当人们想到这些船只行将开行,沿岷江,穿三峡,直达长江下游时,就会觉得很不平常。因为多年战乱,水陆交通为兵戈阻绝,船只是不能畅行万里的。而战乱平定,交通恢复,才看到来自东吴的船只,诗人也可"青春作伴好还乡"了,怎不叫人喜上心头呢?"万里船"与"千秋雪"相对,一言空间之广,一言时间之久。诗人身在草堂,思接千载,视通万里,胸次何等开阔!

全诗看起来是一句一景,是四幅独立的图景。而一以贯之,使其构成一个统一意境的,正是诗人的内在情感。一开始表现出草堂的春色,诗人的情绪是陶然的,而随着视线的游移、景物的转换,江船的出现,便触动了他的乡情。四句景语就完整表现了诗人这种复杂细致的内心思想活动。

(周啸天)

登 高

杜 甫

风急天高猿啸哀，渚清沙白鸟飞回。
无边落木萧萧下，不尽长江滚滚来。
万里悲秋常作客，百年多病独登台。
艰难苦恨繁霜鬓，潦倒新停浊酒杯。

赏 析

　　此诗是杜甫大历二年(767)秋在夔州(治今重庆奉节)时所写。夔州在长江之滨。全诗通过登高所见秋江景色，倾诉了诗人长年漂泊、老病孤愁的复杂感情，慷慨激越，动人心弦。清杨伦称赞此诗为"杜集七言律诗第一"(《杜诗镜铨》)，明胡应麟《诗薮》更推重此诗"精光万丈"，是"古今七言律第一"。

　　前四句写登高见闻。首联对起。诗人围绕夔州的特定环境，用"风急"二字带动全联，一开头就写成了千古流传的佳句。夔州向以猿多著称，峡口更以风大闻名。秋日天高气爽，这里却猎猎多风。诗人登上高处，峡中不断传来"高猿长啸"之声，大有"空谷传响，哀转久绝"(《水经注·江水》)的意味。诗人移动视线，由高处转向江水洲渚，在水清沙白的背景上，点缀着迎风飞翔、不住回旋的鸟群，真是一幅精美的画图。其中"天""风"，"沙""渚"，"猿啸""鸟飞"，天造地设，自然成对。不仅上下两句对，而且还有句中自对，如上句"天"对"风"，"高"对"急"；下句"沙"对"渚"，"白"对"清"，读来富有节奏感。经过诗人的艺术提炼，十四个字，字字精当，无一虚设，用字遣词，"尽谢斧凿"，达到了奇妙难名的境界。更值得注意的是：对起的首句，末字常用仄声，此诗却用平声入韵。清沈德潜因有"起二句对举之中仍复用韵，格奇而变"(《唐诗别裁集》)的赞语。

领联集中表现了夔州秋天的典型特征。诗人仰望茫无边际、萧萧而下的木叶,俯视奔流不息、滚滚而来的江水,在写景的同时,便深沉地抒发了自己的情怀。"无边""不尽",使"萧萧""滚滚"更加形象化,不仅使人联想到落木窸窣之声,长江汹涌之状,也无形中传达出韶光易逝,壮志难酬的感怆。透过沉郁悲凉的对句,显示出神入化之笔力,确有"建瓴走坂""百川东注"的磅礴气势。前人把它誉为"古今独步"的"句中化境",是有道理的。

前两联极力描写秋景,直到颈联,才点出一个"秋"字。"独登台",则表明诗人是在高处远眺,这就把眼前景和心中情紧密地联系在一起了。"常作客",指出了诗人漂泊不定的生涯。"百年",本喻有限的人生,此处专指暮年。"悲秋"两字写得沉痛。秋天不一定可悲,只是诗人目睹苍凉恢廓的秋景,不由想到自己沦落他乡、年老多病的处境,故生出无限悲愁之绪。诗人把久客最易悲秋,多病独爱登台的感情,概括进一联"雄阔高浑,实大声弘"的对句之中,使人深深地感到了他那沉重地跳动着的感情脉搏。此联的"万里""百年"和上一联的"无边""不尽",还有相互呼应的作用:诗人的羁旅愁与孤独感,就像落叶和江水一样,推排不尽,驱赶不绝,情与景交融相洽。诗到此已给作客思乡的一般含意,添上久客孤独的内容,增入悲秋苦病的情思,加进离乡万里、人在暮年的感叹,诗意就更见深沉了。

尾联对结,并分承五、六两句。诗人备尝艰难潦倒之苦,国难家愁,使自己白发日多,再加上因病断酒,悲愁就更难排遣。本来兴会盎然地登高望远,现在却平白无故地惹恨添悲,诗人的矛盾心情是容易理解的。前六句"飞扬震动",到此处"软冷收之,而无限悲凉之意,溢于言外"(《诗薮》)。

诗前半写景,后半抒情,在写法上各有错综之妙。首联着重刻画眼前具体景物,好比画家的工笔,形、声、色、态,一一得到表现。领联着重渲染整个秋天气氛,好比画家的写意,只宜传神会意,让读者用想象补充。颈联表现感情,从纵(时间)、横(空间)两方面着笔,由异乡漂泊写到多病残生。尾联又从白发日多,护病断饮,归结到时世艰难是潦倒不堪的根源。这样,杜甫忧国伤时的情操,便跃然纸上。

此诗八句皆对。粗略一看，首尾好像"未尝有对"，胸腹好像"无意于对"。仔细玩味，"一篇之中，句句皆律，一句之中，字字皆律"。不只"全篇可法"，而且"用句用字"，"皆古今人必不敢道，决不能道者"。它能博得"旷代之作"（均见《诗薮》）的盛誉，就是理所当然的了。

（陶道恕）

登岳阳楼

杜 甫

昔闻洞庭水，今上岳阳楼。
吴楚东南坼，乾坤日夜浮。
亲朋无一字，老病有孤舟。
戎马关山北，凭轩涕泗流。

这首诗的意境是十分宽阔宏伟的。

诗的颔联"吴楚东南坼，乾坤日夜浮"，是说广阔无边的洞庭湖水，划分开吴国和楚国的疆界，日月星辰都像是整个地飘浮在湖水之中一般。只用了十个字，就把洞庭湖水势浩瀚、无边无际的巨大形象特别逼真地描画出来了。

杜甫到了晚年，已经是"漂泊西南天地间"，没有一个安居之所，只好"以舟为家"了。所以下边接着写："亲朋无一字，老病有孤舟。"亲戚朋友们这时连音信都没有了，只有年老多病的诗人泛着一叶扁舟到处漂流！从这里就可以领会到开头的两句"昔闻洞庭水，今上岳阳楼"，本来含有一个什么样的意境了。

这两句诗，从表面上看来，意境像是很简单：诗人说他在若干年前就听得人家说洞庭湖的名胜，今天居然能够登上岳阳楼，亲眼看到这一片山色湖光的美景。因此清人仇兆鳌就认为："'昔闻'、'今上'，喜初登也。"（《杜诗详注》）但仅这样理解，就把杜诗原来的意境领会得太浅了。这里并不是写登临的喜悦，而是在这平平的叙述中，寄寓着漂泊天涯，怀才不遇，桑田沧海，壮气蒿莱……许许多多的感触，才写出这么两句：过去只是耳朵里听到有这么一片洞庭水，哪想到迟暮之年真个就上了这岳阳楼？本来是沉郁之感，不该是喜悦之情；若是喜悦之情，就和结句的"凭轩涕泗流"连不到一起了。我们知道，杜甫在当时的政治生活是坎坷的，不得意的，然而他从来没有放弃"致君尧舜上，再使风俗淳"（《奉赠韦左丞丈二十韵》）的抱负。哪里想到一事无成，昔日的抱负，今朝都成了泡影！诗里的"今""昔"两个字有深深的含意。因此在这一首诗的结句才写出："戎马关山北，凭轩涕泗流。"眼望着万里关山，天下到处还动荡在兵荒马乱里，诗人倚定了阑干，北望长安，不禁涕泗滂沱，声泪俱下了。

这首诗，以其意境的开阔宏丽为人称道，而这意境是从诗人的抱负中来，是从诗人的生活思想中来，也有时代背景的作用。清初黄生《杜诗说》对这一首诗有一段议论，大意说：这首诗的前四句写景，写得那么宽阔广大，五、六两句叙述自己的身世，又是写得这么凄凉落寞，诗的意境由广阔到狭窄，忽然来了一个极大的转变；这样，七、八两句就很难安排了。哪想到诗人忽然把笔力一转，写出"戎马关山北"五个字，这样的胸襟，和上面"吴楚东南坼，乾坤日夜浮"一联写自然界宏奇伟丽的气象，就能够很好地上下衬托起来，斤两相称。这样创造的天才，当然就压倒了后人，谁也不敢再写岳阳楼的诗了。

黄生这一段话是从作诗的方法去论杜诗的，把杜诗的意境说成是诗笔一纵一收的产物，说意境的结构是从创作手法的变换中来。这不是探本求源的说法。我们说，诗的意境是诗人的生活思想从各方面凝结而成的，至于创作方法和艺术加工、炼字炼句等等，只能更准确地把意境表达出来，并不能以这些形式上的条件为基础从而酝酿成诗词的意境。昔人探讨创作问题，偏偏不从生活实践这方面去考虑，当然就不免倒果为因了。

（傅庚生）

江南逢李龟年

杜 甫

岐王宅里寻常见，崔九堂前几度闻。
正是江南好风景，落花时节又逢君。

赏 析

这是杜甫绝句中最有情韵、最富含蕴的一篇，只二十八字，却包含着丰富的时代生活内容。如果诗人当年围绕安史之乱的前前后后写一部回忆录，是不妨用它来题卷的。

李龟年是开元时期"特承顾遇"的著名歌唱家。杜甫初逢李龟年，是在"开口咏凤凰"的少年时期，正值所谓"开元全盛日"。当时王公贵族普遍爱好文艺，杜甫即因才华早著而受到岐王李范和秘书监崔涤的延接，得以在他们的府邸欣赏李龟年的歌唱。而一位杰出的艺术家，既是特定时代的产物，也往往是特定时代的标志和象征。在杜甫心目中，李龟年正是和鼎盛的开元时代，也和自己充满浪漫情调的青少年时期的生活，紧紧联结在一起的。几十年之后，他们又在江南重逢。这时，遭受了八年动乱的唐王朝业已从繁荣昌盛的顶峰跌落下来，陷入重重矛盾之中；杜甫辗转漂泊到潭州（治今湖南长沙），"疏布缠枯骨，奔走苦不暖"，晚境极为凄凉；李龟年也流落江南，"每逢良辰胜景，为人歌数阕，座中闻之，莫不掩泣罢酒"（《明皇杂录》）。这种会见，自然很容易触发杜甫胸中本就郁积着的无限沧桑之感。"岐王宅里寻常见，崔九堂前几度闻。"诗人虽然是在追忆往昔与李龟年的接触，流露的却是对"开元全盛日"的深情怀念。这两句下语似乎很轻，含蕴的感情却深沉而凝重。"岐王宅里""崔九堂前"，仿佛信口道出，但在当事者心目中，这两个文艺名流经常雅集之处，无疑是鼎盛的开元时期丰富多彩的精神文化的渊薮，它们的名字就足以勾起对"全盛日"的美好回忆。当年出入其间，接触李龟年这样的艺术明星，是"寻常"而不难"几度"的，现在回想起来，简直是不可企及的梦境了。这里所蕴含的天上人间之隔的感慨，是要结合下两句才能品味出来的。两句诗在迭唱和咏叹中，流露了对开元全盛日的无限眷恋，好像是要拉长回味的时间似的。

梦一样的回忆，毕竟改变不了眼前的现实。"正是江南好风景，落花时节又逢君。"风景秀丽的江南，在承平时代，原是诗人们所向往的作快意之游的所在。如今自己真正置身其间，所面对的竟是满眼凋零的"落花时节"和皤然白首的流落艺人。"落花时节"，像是即景书事，又像是别有寓托，寄兴在有意无意之间。熟悉时代和杜甫身世的读者会从这四个字上头联想起世运的衰颓、社会的动乱和诗人的衰病漂泊，却又丝毫不觉得诗人在刻意设喻，这种写法显得特别浑成无迹。加上两句当中"正是"和"又"这两个虚词一转一跌，更在字里行间寓藏着无限感慨。江南好风景，恰恰成了乱离时世和沉沦身世的有力反衬。一位老歌唱家与一位老诗人在漂流颠沛中重逢了，落花流水的风光，点缀着两位形容憔悴的老人，成了时代沧桑的一幅典型画图。它无情地证实"开元全盛日"已经成为历史陈迹，一场翻天覆地的大动乱，使杜甫和李龟年这些经历过盛世的人，沦落到了不幸的地步。感慨无疑是很深的，但诗人写到"落花时节又逢君"，却黯然而收，在无言中包孕着深沉的慨叹，痛定思痛的悲哀。这样"刚开头却又煞了尾"，连一句也不愿多说，真是显得蕴藉之极。清沈德潜评此诗："含意未申，有案未断"（《唐诗别裁集》）。这"未申"之意对于有着类似经历的当事者李龟年，自不难领会；对于后世善于知人论世的读者，也不难把握。像《长生殿·弹词》中李龟年所唱的"当时天上清歌，今日沿街鼓板"，"唱不尽兴亡梦幻，弹不尽悲伤感叹，凄凉满眼对江山"等等，尽管反复唱叹，意思并不比杜诗更多，倒很像是剧作家从杜诗中抽绎出来似的。

四句诗，从岐王宅里、崔九堂前的"闻"歌，到落花江南的重"逢"，"闻""逢"之间，联结着四十年的时代沧桑、人生巨变。尽管诗中没有一笔正面涉及时世身世，但透过诗人的追忆感喟，读者却不难感受到给唐代社会物质财富和文化繁荣带来浩劫的那场大动乱的阴影，以及它给人们造成的巨大灾难和心灵创伤。确实可以说"世运之治乱,华年之盛衰,彼此之凄凉流落,俱在其中"(清孙洙《唐诗三百首》评)。正像旧戏舞台上不用布景,观众通过演员的歌唱表演,可以想象出极广阔的空间背景和事件过程;又像小说里往往通过一个人的命运,反映一个时代一样。这首诗的成功创作似乎可以告诉我们:在具有高度艺术概括力和丰富生活体验的大诗人那里,绝句这样短小的体裁究竟可以具有多大的容量,而在表现如此丰富的内容时,又能达到怎样一种举重若轻、浑然无迹的艺术境界。

（刘学锴　余恕诚）

白雪歌送武判官归京

岑 参

北风卷地白草折，　胡天八月即飞雪。
忽如一夜春风来，　千树万树梨花开。
散入珠帘湿罗幕，　狐裘不暖锦衾薄。
将军角弓不得控，　都护铁衣冷难着。
瀚海阑干百丈冰，　愁云惨淡万里凝。
中军置酒饮归客，　胡琴琵琶与羌笛。
纷纷暮雪下辕门，　风掣红旗冻不翻。
轮台①东门送君去，　去时雪满天山路。
山回路转不见君，　雪上空留马行处。

【注】

① 轮台：在今新疆米泉市境。

赏　析

　　此诗是一首咏雪送人之作。天宝十三载(754)，岑参再度出塞，充任安西北庭节度使封常清的判官。武某或即其前任。为送他归京，写下此诗。"岑参兄弟皆好奇"(杜甫《渼陂行》)，读此诗处处不要忽略一个"奇"字。

　　此诗开篇就奇突。未及白雪而先传风声，所谓"笔所未到气已吞"——全是飞雪之精神。大雪必随刮风而来，"北风卷地"四字，妙在由风而见雪。"白草"，据《汉书·西域传》颜师古注，乃西北一种草名，王先谦补注谓其性至坚韧。然经霜草脆，故能断折(如为春草则随风俯仰不可"折")。"白草折"又显出风来势猛。八月秋高,而北地已满天飞雪。"胡天八月即飞雪",一个"即"字,惟妙惟肖地写出由南方来的人少见多怪的惊奇口吻。

塞外苦寒,北风一吹,大雪纷飞。诗人以"春风"使梨花盛开,比拟"北风"使雪花飞舞,极为新颖贴切。"忽如"二字下得甚妙,不仅写出了"胡天"变幻无常,大雪来得急骤,而且,再次传出了诗人惊喜好奇的神情。"千树万树梨花开"的壮美意境,颇富有浪漫色彩。南方人见过梨花盛开的景象,那雪白的花不仅是一朵一朵,而且是一团一团,花团锦簇,压枝欲低,与雪压冬林的景象极为神似。春风吹来梨花开,竟至"千树万树",重叠的修辞表现出景象的繁荣壮丽。"春雪满空来,触处似花开"(东方虬《春雪》),也以花喻雪,匠心略同,但无论豪情与奇趣都得让此诗三分。诗人将春景比冬景,尤其将南方春景比北国冬景,几使人忘记奇寒而内心感到喜悦与温暖,着想、造境俱称奇绝。要品评这咏雪之千古名句,恰有一个成语——"妙手回春"。

以写野外雪景作了漂亮的开端后,诗笔从帐外写到帐内。那片片飞"花"飘飘而来,穿帘入户,沾在幕帏上慢慢消融……"散入珠帘湿罗幕"一语承上启下,转换自然从容,体物入微。"白雪"的影响侵入室内,倘是南方,穿"狐裘"必发炸热,而此地"狐裘不暖",连裹着软和的"锦衾"也只觉单薄。"一身能擘五雕弧"的边将,居然拉不开角弓;平素是"将军金甲夜不脱",而此时是"都护铁衣冷难着"。二句兼都护(镇边都护府的长官)将军言之,互文见义。这四句,有人认为表现了边地将士苦寒生活。仅着眼这几句,谁说不是?但从"白雪歌"歌咏的主题而言,这主要是通过人和人的感受,通过种种在南来人视为反常的情事写天气的奇寒,写白雪的威力。这真是一支白雪的赞歌呢。通过人的感受写严寒,手法又具体真切,不流于抽象概念。诗人对奇寒津津乐道,使人不觉其苦,反觉冷得新鲜,寒得有趣。这又是诗人"好奇"个性的表现。

场景再次移到帐外,而且延伸向广远的沙漠和辽阔的天空:浩瀚的沙海,冰雪遍地;雪压冬云,浓重稠密,雪虽暂停,但看来天气不会在短期内好转。"瀚海阑干百丈冰,愁云惨淡万里凝",二句以夸张笔墨,气势磅礴地勾出瑰奇壮丽的沙塞雪景,又为"武判官归京"安排了一个典型的送别环境。

如此酷寒恶劣的天气,长途跋涉将是艰辛的呢!"愁"字隐约对离别分手作了暗示。

于是写到中军帐(主帅营帐)置酒饮别的情景。如果说以上主要是咏雪而渐有寄情,以下则正写送别而以白雪为背景。"胡琴琵琶与羌笛"句,并列三种乐器而不写音乐本身,颇似笨拙,但仍能间接传达一种急管繁弦的场面,以及"总是关山旧别情"的意味。这些边地之器乐,对于送者能触动乡愁,于送别之外别有一番滋味。写饯宴给读者印象深刻而落墨不多,这也表明作者根据题意在用笔上分了主次详略。

送客送出军门,时已黄昏,又见大雪纷飞。这时看见一个奇异景象:尽管风刮得挺猛,辕门上的红旗却一动也不动——它已被冰雪冻结了。这一生动而反常的细节再次传神地写出天气奇寒。而那白雪为背景上的鲜红一点,那冷色基调的画面上的一星暖色,反衬得整个境界更洁白,更寒冷;那雪花乱飞的空中不动的物象,又衬得整个画面更加生动。这是诗中又一处精彩的奇笔。

送客送到路口,这是轮台东门。尽管依依不舍,毕竟是分手的时候了。大雪封山,路可怎么走啊!路转峰回,行人消失在雪地里,诗人还在深情地目送。这最后的几句是极其动人的,成为此诗出色的结尾,与开篇悉称。看着"雪上空留"的马蹄迹,他想些什么?是对行者难舍而生留恋,是为其"长路关山何时尽"而发愁,还是为自己归期未卜而惆怅?结束处有悠悠不尽之情,意境与汉代古诗"步出城东门,遥望江南路。前日风雪中,故人从此去"名句差近,但用在诗的结处,效果更见佳妙。

充满奇情妙思,是此诗主要的特色(这很能反映诗人创作个性)。作者用敏锐的观察力和感受力捕捉边塞奇观,笔力矫健,有大笔挥洒(如"瀚海"二句),有细节勾勒(如"风掣红旗冻不翻"),有真实生动的摹写,也有浪漫奇妙的想象(如"忽如"二句),再现了边地瑰丽的自然风光,充满浓郁的边地生活气息。全诗融合着强烈的主观感受,在歌咏自然风光的同时还表现了雪中送人的真挚情谊。诗情内涵丰富,意境鲜明独特,具有极强的艺术感染力。诗的语言明朗优美,又利用换韵与场景画面交替的配合,形成跌宕生姿的节奏旋律。

诗中或二句一转韵,或四句一转韵,转韵时场景必更新:开篇入声起音陡促,与风狂雪猛画面配合;继而音韵轻柔舒缓,随即出现"春暖花开"的美景;以下又转沉滞紧涩,出现军中苦寒情事……末四句渐入徐缓,画面上出现渐行渐远的马蹄印迹,使人低回不已。全诗音情配合极佳,当得"有声画"的称誉。

(周啸天)

行军九日思长安故园

岑　参

强欲登高去，无人送酒来。
遥怜故园菊，应傍战场开。

唐代以九月九日重阳节登高为题材的好诗不少，并且各有特点。岑参的这首五绝，表现的不是一般的节日思乡，而是对国事的忧虑和对战乱中人民疾苦的关切。表面看来写得平直朴素，实际构思精巧，情韵无限，是一首言简意深、耐人寻味的抒情佳作。

这首诗的原注说："时未收长安。"唐天宝十四载（755）安禄山起兵叛乱，次年长安被攻陷。至德二载（757）二月肃宗由彭原行军至凤翔，岑参随行。九月唐军收复长安，诗可能是该年重阳节在凤翔写的。岑参是南阳人，但久居长安，故称长安为"故园"。

古人在九月九日重阳节有登高饮菊花酒的习俗，首句"登高"二字就紧扣题目中的"九日"。劈头一个"强"字，则表现了诗人在战乱中的凄清景况。第二句化用陶渊明的典故。据《南史·隐逸传》记载：陶渊明有一次过重阳节，没有酒喝，就在宅边的菊花丛中独自闷坐了很久。后来正好王弘送酒来了，才醉饮而归。这里反用其意，是说自己虽然也想勉强地按照习俗去登高饮酒，可是在战乱中，没有像王弘那样的人来送酒助兴。此句承前句而来，衔接自然，写得明白如话，使人不觉是用典，达到了前人提出的"用事"的最高要求："用事不使人觉，若胸臆语也。"（邢邵语）正因为此处巧用典故，所以能引起人们种种的联想和猜测：造成"无人送酒来"的原因是什么呢？这里暗寓着题中"行军"

169

的特定环境。

第三句开头一个"遥"字,是渲染自己和故园长安相隔之远,而更见思乡之切。作者写思乡,没有泛泛地笼统地写,而是特别强调思念、怜惜长安故园的菊花。这样写,不仅以个别代表一般,以"故园菊"代表整个故园长安,显得形象鲜明,具体可感;而且这是由登高饮酒的叙写自然发展而来的,是由上述陶渊明因无酒而闷坐菊花丛中的典故引出的联想,具有重阳节的节日特色,仍贴题目中的"九日",又点出"长安故园",可以说是切时切地,紧扣诗题。诗写到这里为止,还显得比较平淡,然而这样写,却是为了逼出关键的最后一句。这句承接前句,是一种想象之辞。本来,对故园菊花,可以有各种各样的想象,诗人别的不写,只是设想它"应傍战场开"。这样的想象扣住诗题中的"行军"二字,结合安史之乱和长安被陷的时代特点,写得新巧自然,真实形象,使我们仿佛看到了一幅鲜明的战乱图:长安城中战火纷飞,血染天街,断墙残壁间,一丛丛菊花依然寂寞地开放着。此处的想象之辞显然已然突破了单纯的惜花和思乡,而寄托着诗人对饱经战争忧患的人民的同情,对早日平定安史之乱的渴望。这一结句用的是叙述语言,朴实无华,但是寓巧于朴,余意深长,耐人咀嚼,顿使全诗的思想和艺术境界出现了一个飞跃。

(吴小林)

逢人京使

岑 参

故园东望路漫漫，双袖龙钟泪不干。
马上相逢无纸笔，凭君传语报平安。

天宝八载(749)，岑参第一次远赴西域，充安西节度使高仙芝幕府书记。他告别了在长安的妻子，跃马踏上漫漫征途。

也不知走了多少天，就在通西域的大路上，他忽地迎面碰见一个老相识。立马而谈，互叙寒温，知道对方要返京述职，顿时想到请他捎封家信回长安去。此诗就描写了这一情景。

第一句是写眼前的实景。"故园"指的是在长安自己的家。"东望"是点明长安的位置。离开长安已经好多天，回头一望，只觉长路漫漫，尘烟蔽天。

第二句带有夸张的意味，是强调自己思忆亲人的激情，这里就暗暗透出捎家书的微意了。"龙钟"在这里是淋漓沾湿的意思。"龙钟"和"泪不干"都形象地描绘了诗人对长安亲人无限眷念的深情神态。

三、四句完全是行者匆匆的口气。走马相逢，没有纸笔，也顾不上写信了，就请你给我捎个平安的口信到家里吧！岑参此行是抱着"功名只向马上取"的雄心，此时，心情是复杂的。他一方面有对帝京、故园相思眷恋的柔情，一方面也表现了诗人开阔豪迈的胸襟。

这首诗的好处就在于不假雕琢，信口而成，而又感情真挚。诗人善于把许多人心头所想、口里要说的话，用艺术手法加以提炼和概括，使之具有典型的意义。清人刘熙载曾说："诗能于易处见工，便觉亲切有味。"(《艺概·诗概》)在平易之中而又显出丰富的韵味,自然深入人心,历久不忘。岑参这首诗,正有这一特色。

（刘逸生）

枫桥夜泊

张　继

月落乌啼霜满天，江枫渔火对愁眠。
姑苏城外寒山寺，夜半钟声到客船。

　　一个秋天的夜晚，诗人泊舟苏州城外的枫桥。江南水乡秋夜幽美的景色，吸引着这位怀着旅愁的客子，使他领略到一种情味隽永的诗意美，写下了这首意境清远的小诗。

　　题为"夜泊"，实际上只写"夜半"时分的景象与感受。诗的首句，写了午夜时分三种有密切关联的景象：月落、乌啼、霜满天。上弦月升起得早，半夜时便已沉落下去，整个天宇只剩下一片灰蒙蒙的光影。树上的栖乌大约是因为月落前后光线明暗的变化，被惊醒后发出几声啼鸣。月落夜深，繁霜暗凝。在幽暗静谧的环境中，人对夜凉的感觉变得格外锐敏。"霜满天"的描写，并不符合自然景观的实际（霜华在地而不在天），却完全切合诗人的感受：深夜侵肌砭骨的寒意，从四面八方围向诗人夜泊的小舟，使他感到身外的茫茫夜气中正弥漫着满天霜华。整个一句，"月落"写所见，"乌啼"写所闻，"霜满天"写所感，层次分明地体现出一个先后承接的时间过程和感觉过程。而这一切，又都和谐地统一于水乡秋夜的幽寂清冷氛围和羁旅者的孤孑清寥感受中。从这里可以看出诗人运思的细密。

　　诗的第二句接着描绘"枫桥夜泊"的特征景象和旅人的感受。在朦胧夜色中，江边的树只能看到一个模糊的轮廓，之所以径称"江枫"，也许是因枫桥这个地名引起的一种推想，或者是选用"江枫"这个意象给读者以秋色秋意和离情羁思的暗示。"湛湛江水兮上有枫，目极千里伤春心"（战国楚宋玉《招魂》），

"青枫浦上不胜愁"（张若虚《春江花月夜》），这些前人的诗句可以说明"江枫"这个词语中所沉积的感情内容和它给予人的联想。透过雾气茫茫的江面，可以看到星星点点的几处"渔火"，由于周围昏暗迷蒙背景的衬托，显得特别引人注目，动人遐想。"江枫"与"渔火"，一静一动，一暗一明，一江边，一江上，景物的配搭组合颇见用心。写到这里，才正面点出泊舟枫桥的旅人。"愁眠"，当指怀着旅愁躺在船上的旅人。"对愁眠"的"对"字包含了"伴"的意蕴，不过不像"伴"字外露。这里确有孤子的旅人面对霜夜江枫渔火时萦绕的缕缕轻愁，但同时又隐含着对旅途幽美风物的新鲜感受。我们从那个仿佛很客观的"对"字当中，似乎可以感觉到舟中的旅人和舟外的景物之间一种无言的交融和契合。

诗的前幅布景密度很大，十四个字写了六种景象，后幅却特别疏朗，两句诗只写了一件事：卧闻山寺夜钟。这是因为，诗人在枫桥夜泊中所得到的最鲜明深刻、最具诗意美的感觉印象，就是这寒山寺的夜半钟声。月落乌啼、霜天寒夜、江枫渔火、孤舟客子等景象，固然已从各方面显示出枫桥夜泊的特征，但还不足以尽传它的神韵。在暗夜中，人的听觉升居为对外界事物景象感受的首位。而静夜钟声，给人的印象又特别强烈。这样，"夜半钟声"就不但衬托出了夜的静谧，而且揭示了夜的深永和清寥，而诗人卧听疏钟时的种种难以言传的感受也就尽在不言中了。

这里似乎不能忽略"姑苏城外寒山寺"。寒山寺在枫桥西一里，初建于梁代，相传唐初诗僧寒山曾住于此，因而得名。枫桥的诗意美，有了这所古刹，便带上了历史文化的色泽，而显得更加丰富，动人遐想。因此，这寒山寺的"夜半钟声"也就仿佛回荡着历史的回声，渗透着宗教的情思，而给人以一种古雅庄严之感了。诗人之所以用一句诗来点明钟声的出处，看来不为无因。有了寒山寺的夜半钟声这一笔，"枫桥夜泊"之神韵才得到最完美的表现，这首诗便不再停留在单纯的枫桥秋夜景物画的水平上，而是创造出了情景交融的典型化艺术意境。夜半钟的风习，虽早在《南史》中即有记载，但把它写进诗里，成为诗歌意境的点眼，却是张继的创造。在张继同时或以后，虽也有不少诗人描写过夜半钟，却再也没有达到过张继的水平，更不用说借以创造出完整的艺术意境了。

（刘学锴）

174

寒 食

韩 翃

春城无处不飞花，寒食东风御柳斜。
日暮汉宫传蜡烛，轻烟散入五侯①家。

【注】

① 五侯：一说指东汉外戚梁冀一族的五侯。另一说指东汉桓帝时的宦官单超等同日封侯的五人。诗中笼统指贵近宠臣。

赏　析

寒食是我国古代一个传统节日，一般在冬至后一百零五天，清明前两天。古人很重视这个节日，按风俗家家禁火，只吃现成食物，故名寒食。由于节当暮春，景物宜人，自唐至宋，寒食便成为游玩的好日子，宋人就说过："人间佳节惟寒食"（邵雍《春游》）。唐代制度，到清明这天，皇帝宣旨取榆柳之火赏赐近臣，以示皇恩。唐代诗人窦叔向有《寒食日恩赐火》诗纪其实："恩光及小臣，华烛忽惊春。电影随中使，星辉拂路人。幸因榆柳暖，一照草茅贫。"正可与韩翃这一首诗参照。

此诗只注重寒食景象的描绘，并无一字涉及评议。第一句就展示出寒食节长安的迷人风光。把春日的长安称为"春城"，不但造语新颖，富于美感；而且两字有阴平、阳平的音调变化，谐和悦耳。处处"飞花"，不但写出春天的万紫千红、五彩缤纷，而且确切地表现出寒食的暮春景象。暮春时节，袅袅东风中柳絮飞舞，落红无数。不说"处处"而说"无处不"，以双重否定构成肯定，形成强调的语气，表达效果更强烈。"春城无处不飞花"写的是整个长安，下一句

175

则专写皇城风光。既然整个长安充满春意,热闹繁华,皇宫的情景也就可以想见了。与第一句一样,这里并未直接写到游春盛况,而剪取无限风光中风拂"御柳"一个镜头。当时的风俗,寒食日折柳插门,所以特别写到柳。同时也关照下文"以榆柳之火赐近臣"的意思。

如果说一、二句是对长安寒食风光一般性的描写,那么,三、四句就是这一般景象中的特殊情景了。两联情景有一个时间推移,一、二写白昼,三、四写夜晚,"日暮"则是转折。寒食节普天之下一律禁火,惟有得到皇帝许可,"特敕街中许燃烛"(元稹《连昌宫词》),才是例外。除了皇宫,贵近宠臣也可以得到这份恩典。"日暮"两句正是写这种情事,仍然是形象的画面。写赐火用一"传"字,不但状出动态,而且意味着挨个赐予,可见封建等级次第之森严。"轻烟散入"四字,生动描绘出一幅中官走马传烛图。虽然既未写马也未写人,但那袅袅飘散的轻烟,告诉着这一切消息,使人嗅到了那烛烟的气味,听到了那得得的马蹄,恍如身历其境。同时,自然而然会给人产生一种联想,体会到更多的言外之意。首先,风光无处不同,家家禁火而汉宫传烛独异,这本身已包含着特权的意味。进而,优先享受到这种特权的,则是"五侯"之家。它使人联想到中唐以后宦官专权的政治弊端。中唐以来,宦官专擅朝政,政治日趋腐败,有如汉末之世。诗中以"汉"代唐,显然暗寓讽谕之情。无怪乎清吴乔说:"唐之亡国,由于宦官握兵,实代宗授之以柄。此诗在德宗建初,只'五侯'二字见意,唐诗之通于春秋者也。"(《围炉诗话》)

据唐孟启《本事诗》,唐德宗曾十分赏识韩翃此诗,为此特赐多年失意的诗人以"驾部郎中知制诰"的显职。由于当时江淮刺史也叫韩翃,德宗特御笔亲书此诗,并批道:"与此韩翃。"成为一时流传的佳话。优秀的文学作品往往"形象大于思想"(高尔基),此诗虽然止于描绘,作者本意也未必在于讥刺,但他抓住的形象本身很典型,因而使读者意会到比作品更多的东西。由于作者未曾刻意求深,只是沉浸在打动了自己的形象与情感之中,发而为诗,反而使诗更含蓄,更富于情韵,比许多刻意讽刺之作更高一筹。

(周啸天)

小儿垂钓

胡令能

蓬头稚子学垂纶，侧坐莓苔草映身。
路人借问遥招手，怕得鱼惊不应人。

赏　析

　　这是一首以儿童生活为题材的诗作。在唐诗中，写儿童的题材很少，因而显得可贵。

　　一、二句重在写形。"纶"是钓丝，"垂纶"即题目中的"垂钓"，也就是钓鱼。诗人对这垂钓小儿的形貌不加粉饰，直写出山野孩子头发蓬乱的本来面目，使人觉得自然可爱与真实可信。"侧坐"带有随意坐下的意思。这也可以想见小儿不拘形迹地专心致志于钓鱼的情景。"莓苔"，泛指贴着地面生长在阴湿地方的植物。从"莓苔"不仅可以知道小儿选择钓鱼的地方是在阳光罕见、人迹罕到的所在，更是一个鱼不受惊、人不暴晒的颇为理想的钓鱼去处，为后文所说"怕得鱼惊不应人"做了铺垫。"草映身"，也不只是在为小儿画像，它在结构上，对于下句的"路人借问"还有着直接的承接关系——路人之向他打问，就因为看得见他。

　　三、四句重在传神。"遥招手"的主语还是小儿。他之所以要以动作来代替答话，是害怕把鱼惊散。他的动作是"遥招手"，说明他对路人的问话并非漠不关心。他在"招手"以后，又怎样向"路人"低声耳语，那是读者想象中的事，诗人再没有交代的必要，所以，在说明了"遥招手"的原因以后，诗作也就戛然而止。

　　通过以上的简略分析可以看出，前两句虽然着重写小儿的体态，但"侧坐"

与"莓苔"又不是单纯的描状写景之笔；后两句虽然着重写小儿的神情，但在第三句中仍然有描绘动作的生动的笔墨。不失为一篇情景交融、形神兼备的描写儿童的佳作。

（陈志明）

滁州西涧

韦应物

独怜幽草涧边生，上有黄鹂深树鸣。
春潮带雨晚来急，野渡无人舟自横。

这是一首山水诗的名篇，也是韦应物的代表作之一。诗写于唐德宗建中二年(781)诗人出任滁州刺史期间。唐滁州治所即今安徽滁州市，西涧在滁州城西郊野。这诗写春游西涧赏景和晚雨野渡所见。诗人以情写景，借景述意，写自己喜爱与不喜爱的景物，说自己合意与不合意的情事，而其胸襟恬淡，情怀忧伤，便自然流露出来。但是诗中有无寄托，寄托何意，历来争论不休。有人认为它通首比兴，是刺"君子在下，小人在上"；有人认为"此偶赋西涧之景，不必有所托意"。实则各有偏颇。

诗的前二句，在春天繁荣景物中，诗人独爱自甘寂寞的涧边幽草，而无意于深树上鸣声诱人的黄莺儿，置之陪衬，以相比照。幽草安贫守节，黄鹂居高媚时，其喻仕宦世态，寓意显然，清楚表露出诗人恬淡的胸襟。后二句，晚潮加上春雨，水势更急。而郊野渡口，本来行人无多，此刻更其无人。因此，连船夫也不在了，只见空空的渡船自在浮泊，悠然漠然。水急舟横，由于渡口在郊野，无人问津。倘使在要津，则傍晚雨中潮涨，正是渡船大用之时，不能悠然空泊了。因此，在这水急舟横的悠闲景象里，蕴含着一种不在其位、不得其用的无奈而忧伤的情怀。在前、后二句中，诗人都用了对比手法，并用"独怜""急""横"这样醒目的字眼加以强调，应当说是有引人思索的用意的。

由此看来，这诗是有寄托的。但是，诗人为什么有这样的寄托呢？

在中唐前期,韦应物是个洁身自好的诗人,也是个关心民生疾苦的好官。在仕宦生涯中,他"身多疾病思田里,邑有流亡愧俸钱"(《寄李儋元锡》),常处于进仕退隐的矛盾之中。他为中唐政治弊败而忧虑,为百姓生活贫困而内疚,有志改革而无力,思欲归隐而不能,进退两为难,只好不进不退,任其自然。庄子说:"巧者劳而知者忧;无能者无所求,饱食而遨游。泛若不系之舟,虚而遨游者也。"(《庄子·列御寇》)韦应物对此深有体会,曾明确说自己是"扁舟不系与心同"(《自巩洛舟行入黄河即事寄府县僚友》),表示自己虽怀知者之忧,但自愧无能,因而仕宦如同遨游,悠然无所作为。其实,《滁州西涧》就是抒发这样的矛盾无奈的处境和心情。思欲归隐,故独怜幽草;无所作为,恰同水急舟横。所以诗中表露着恬淡的胸襟和忧伤的情怀。

说有兴寄,诚然不错,但归结为讥刺"君子在下,小人在上",也失于死板;说偶然赋景,毫无寄托,则割裂诗、人,流于肤浅,都与诗人本意未洽。因此,赏奇析疑,以知人为好。

(倪其心)

塞下曲六首

（其三）

卢　纶

月黑雁飞高，单于夜遁逃。
欲将轻骑逐，大雪满弓刀。

赏　析

《塞下曲》组诗共六首，这是第三首。卢纶虽为中唐诗人，其边塞诗却依旧是盛唐的气象，雄壮豪放，字里行间充溢着英雄气概，读后令人振奋。

一、二句"月黑雁飞高，单于夜遁逃"，写敌军的溃退。"月黑"，无光也。"雁飞高"，无声也。趁着这样一个漆黑的阒寂的夜晚，敌人悄悄地逃跑了。单于，是古时匈奴最高统治者，这里代指入侵者的最高统帅。"夜遁逃"，可见他们已经全线崩溃。

尽管有夜色掩护，敌人的行动还是被我军察觉了。三、四句"欲将轻骑逐，大雪满弓刀"，写我军准备追击的情形，表现了将士们威武的气概。试想，一支骑兵列队欲出，刹那间弓刀上就落满了大雪，这是一个多么扣人心弦的场面！

从这首诗看来，卢纶是很善于捕捉形象、捕捉时机的。他不仅能抓住具有典型意义的形象，而且能把它放到最富有艺术效果的时刻加以表现。诗人不写军队如何出击，也不告诉你追上敌人没有，他只描绘一个准备追击的场面，就把当时的气氛情绪有力地烘托出来了。"欲将轻骑逐，大雪满弓刀"，这并不是战斗的高潮，而是迫近高潮的时刻。这个时刻，犹如箭在弦上，将发未发，最有吸引人的力量。你也许觉得不满足，因为没有把结果交代出来。但惟其如此，才更富有启发性，更能引逗读者的联想和想象，这叫言有尽而意无穷。神龙见首不见尾，并不是没有尾，那尾在云中，若隐若现，更富有意趣和魅力。

（袁行霈）

夜上受降城^①闻笛

李　益

回乐烽前沙似雪^②，受降城外月如霜。
不知何处吹芦管，一夜征人尽望乡。

【注】

① 贞观二十年(646)，唐太宗曾亲临灵州接受突厥一部的投降，"受降城"之名即由此而来。《宋史·张舜民传》仍沿袭唐时称呼，把灵州呼作受降城。历来注家对李益此诗中"受降城"的所在地虽然说法不一，但都认为是指唐代朔方道大总管张仁愿所筑的东、西、中三受降城中的西城。考之记载，三受降城都在今内蒙古自治区境内黄河的北面，西城在临河，与唐太宗受降的灵州了不相涉。

② 回乐烽：一作"回乐峰"。

赏　析

这是一首抒写戍边将士乡情的诗作。诗题中的受降城，是灵州治所回乐县(古县名，西夏时废，治今宁夏灵武市西南)的别称。在唐代，这里是防御突厥、吐蕃的前线。

诗的开头两句，写登城时所见的月下景色。远望回乐城东面数十里的丘陵上，耸立着一排烽火台。丘陵下是一片沙地，在月光的映照下，沙子像积雪一样洁白而带有寒意。近看，但见高城之外，天上地下满是皎洁、凄冷的月色，有如秋霜那样令人望而生寒。这如霜的月光和月下雪一般的沙漠，正是触发征人乡思的典型环境。而一种置身边地之感、怀念故乡之情，隐隐地袭上了诗人的心头。在这万籁俱寂的静夜里，夜风送来了凄凉幽怨的芦笛声，更加唤起了征人望乡之情。"不知何处吹芦管，一夜征人尽望乡"，"不知"两字写出了征人迷惘的心情,"尽"字又写出了他们无一例外的不尽的乡愁。

从全诗来看,前两句写的是色,第三句写的是声;末句抒心中所感,写的是情。前三句都是为末句直接抒情作烘托、铺垫。开头由视觉形象引动绵绵乡情,进而由听觉形象把乡思的暗流引向滔滔的感情的洪波。前三句已经蓄势有余,末句一般就用直抒写出。李益却蹊径独辟,让满孕之情在结尾处打个回旋,用拟想中的征人望乡的镜头加以表现,使人感到句绝而意不绝,在戛然而止处仍然漾开一个又一个涟漪。这首诗艺术上的成功,就在于把诗中的景色、声音、感情三者融合为一体,将诗情、画意与音乐美熔于一炉,组成了一个完整的艺术整体,意境浑成,简洁空灵,而又具有含蕴不尽的特点;因而被谱入弦管,天下传唱,成为中唐绝句中出色的名篇之一。

(陈志明)

游子吟

孟　郊

慈母手中线，游子身上衣。
临行密密缝，意恐迟迟归。
谁言寸草心，报得三春晖！

赏　析

孟郊一生窘困潦倒，直到五十岁时才得到了一个溧阳（今属江苏）县尉的卑微之职。诗人自然不把这样的小官放在心上，仍然放情于山水吟咏，公务则有所废弛，县令就只给他半俸。本篇题下作者自注："迎母溧上作。"当是他居官溧阳时的作品。诗中亲切而真淳地吟颂了一种普通而伟大的人性美——母爱，因而引起了无数读者的共鸣，千百年来一直脍炙人口。

深挚的母爱，无时无刻不在沐浴着儿女们。然而对于孟郊这位常年颠沛流离、居无定所的游子来说，最值得回忆的，莫过于母子分离的痛苦时刻了。此诗描写的就是这种时候慈母缝衣的普通场景，而表现的，却是诗人深沉的内心情感。

开头两句"慈母手中线，游子身上衣"，实际上是两个词组，而不是两个句子。这样写就从人到物，突出了两件最普通的东西，写出了母子相依为命的骨肉之情。紧接两句写出人的动作和意态，把笔墨集中在慈母上。行前的此时此刻，老母一针一线，针针线线都是这样地细密，是怕儿子迟迟难归，故而要把衣衫缝制得更为结实一点儿罢。其实，老人的内心何尝不是切盼儿子早些平安归来呢！慈母的一片深笃之情，正是在日常生活中最细微的地方流露出来，朴素自然，亲切感人。这里既没有言语，也没有眼泪，然而一片爱的纯情从这普通常见的场景中充溢而出,拨动了每一个读者的心弦,催人泪下,唤起普天下儿女们亲切的联想和深挚的忆念。

最后两句,以当事者的直觉,翻出进一层的深意:"谁言寸草心,报得三春晖!""谁言"有些刊本作"谁知"和"谁将",其实按诗意还是作"谁言"好。诗人出以反问,意味尤为深长。这两句是前四句的升华,通俗形象的比兴,加以悬绝的对比,寄托了赤子炽烈的情意:对于春天阳光般厚博的母爱,区区小草似的儿女怎能报答于万一呢。真有"欲报之德,昊天罔极"(《诗经·小雅·蓼莪》)之意,感情是那样淳厚真挚。

这是一首母爱的颂歌,在宦途失意的境况下,诗人饱尝世态炎凉,穷愁终身,故愈觉亲情之可贵。"诗从肺腑出,出辄愁肺腑"(苏轼《读孟郊诗》)。这首诗,虽无藻绘与雕饰,然而清新流畅,淳朴素淡中正见其诗味的浓郁醇美。

此诗写在溧阳,到了清康熙年间,有两位溧阳人又吟出这样的诗句:"父书空满筐,母线尚萦襦"(史骐生《写怀》);"向来多少泪,都染手缝衣"(彭桂《建初弟来都省亲喜极有感》)。可见《游子吟》留给人们的深刻印象,是历久而不衰的。

(左成文)

登科后

孟 郊

昔日龌龊①不足夸，今朝放荡②思无涯。
春风得意马蹄疾，一日看尽长安花。

【注】
① 龌龊：指处境之不如意和思想上的拘谨局促，与今北方方言"窝囊"义近。
② 放荡：意谓自由自在，无所拘束，与"旷荡"（一本"放荡"即作"旷荡"）、"放达"义近。但不同于现代的"放浪"的意思。

赏 析

这首诗因为给后人留下了"春风得意"与"走马看花"两个成语而更为人们熟知。

孟郊四十六岁那年进士及第，他自以为从此可以别开生面、风云际会、龙腾虎跃一番了。满心按捺不住得意欣喜之情，便化成了这首别具一格的小诗。

诗一开头就直抒自己的心情，说以往在生活上的困顿与思想上的局促不安再不值得一提了，今朝金榜题名，郁结的闷气已如风吹云散，心上真有说不尽的畅快。孟郊两次落第，这次竟然高中鹄的，颇出意料。这就仿佛像是从苦海中一下子被超度出来，登上了欢乐的峰顶；眼前天宇高远，大道空阔，似乎只待他四蹄生风了。"春风得意马蹄疾，一日看尽长安花"，活灵活现地描绘出诗人神采飞扬的得意之态，酣畅淋漓地抒发了他心花怒放的得意之情。这两句神妙之处，在于情与景会，意到笔到，将诗人策马奔驰于春花烂漫的长安道上的得意情景，描绘得生动鲜明。按唐制，进士考试在秋季举行，发榜则在下一年春天。这时候的长安，正春风轻拂，春花盛开。城东南的曲江、杏园一带春

187

意更浓,新进士在这里宴集同年,"公卿家倾城纵观于此"(五代王定保《唐摭言》卷三)。新进士们"满怀春色向人动,遮路乱花迎马红"(赵嘏《今年新先辈以遏密之际每有宴集必资清谈书此奉贺》)。可知所写春风骀荡、马上看花是实际情形。但诗人并不留连于客观的景物描写,而是突出了自我感觉上的"放荡":情不自禁吐出"得意"二字,还要"一日看尽长安花"。在车马拥挤、游人争观的长安道上,怎容得他策马疾驰呢? 偌大一个长安,无数春花,"一日"又怎能"看尽"呢? 然而诗人尽可自认为今日的马蹄格外轻疾,也尽不妨说一日之间已把长安花看尽。虽无理却有情,因为写出了真情实感,也就不觉得其荒唐了。同时诗句还具有象征意味:"春风",既是自然界的春风,也是皇恩的象征。所谓"得意",既指心情上称心如意,也指进士及第之事。诗句的思想艺术容量较大,明朗畅达而又别有情韵,因而"春风得意马蹄疾,一日看尽长安花"成为后人喜爱的名句。

(陈志明)

春 兴

武元衡

杨柳阴阴细雨晴，残花落尽见流莺。
春风一夜吹乡梦，又逐春风到洛城。

赏　析

　　唐代诗人写过许多出色的思乡之作。悠悠乡思，常因特定的情景所触发，又往往进一步发展成为悠悠归梦。武元衡这首《春兴》，就是春景、乡思、归梦三位一体的佳作。

　　题目"春兴"，指因春天的景物而触发的感情。诗的开头两句，就从春天的景物写起。

　　"杨柳阴阴细雨晴，残花落尽见流莺。"这是一个细雨初晴的春日。杨柳的颜色已经由初春的鹅黄嫩绿转为一片翠绿，枝头的残花已经在雨中落尽，露出了在树上啼鸣的流莺。这是一幅典型的暮春景物图画。两句中雨晴与柳暗、花尽与莺见之间又存在着因果联系——"柳色雨中深"，细雨的洒洗，使柳色变得深暗了；"莺语花底滑"，落尽残花，方露出流莺的身姿，从中透露出一种美好的春天景物即将消逝的意象。异乡的春天已经在柳暗花残中悄然逝去，故乡的春色此时想必也凋零阑珊了吧。那漂荡流转的流莺，更容易触动羁泊异乡的情怀。触景生情，悠悠乡思便不可抑止地产生了。

　　"春风一夜吹乡梦，又逐春风到洛城。"这是两个出语平易自然，而想象却非常新奇，意境也非常美妙的诗句。上句写春风吹梦，下句写梦逐春风，一"吹"一"逐"，都很富表现力。它使人联想到，那和煦的春风，像是给入眠的思乡者不断吹送故乡春天的信息，这才酿就了一夜的思乡之梦。而这一夜的思乡之梦,又随着春风的踪迹,飘飘荡荡,越过千里关山,来到日思夜想的故乡——洛阳城(武元衡的家乡是在洛阳附近的缑氏县)。在诗人笔下,春风变得特别多情,它仿佛理解诗人的乡思,特意来殷勤吹送乡梦,为乡梦作伴引路;而无形的乡梦,也似乎变成了有形的缕缕丝絮,抽象的主观情思,完全被形象化了。

不难发现,在整首诗中,"春"扮演了一个贯串始终的角色。它触发乡思,引动乡梦,吹送归梦,无往不在。由于春色春风的熏染,这本来不免带有伤感怅惘情调的乡思乡梦,也似乎渗透了春的温馨明丽色彩,而略无沉重悲伤之感了。诗人的想象是新奇的。在诗人的意念中,这种随春风而生、逐春风而归的梦,是一种心灵的慰藉和美的享受。末句的"又"字,不但透露出乡思的深切,也流露了诗人对美好梦境的欣喜愉悦。

这首诗所写的情事本极平常:看到暮春景色,触动了乡思,在一夜春风的吹拂下,做了一个还乡之梦。而诗人却在这平常的生活中提炼出一首美好的诗来。在这里,艺术的想象无疑起了决定性的作用。

(刘学锴)

题都城南庄

崔护

去年今日此门中，人面桃花相映红。
人面不知何处去，桃花依旧笑春风。

赏　析

　　这首诗有一段颇具传奇色彩的本事："（崔护）举进士下第，清明日，独游都城南，得居人庄。一亩之宫，而花木丛萃，寂若无人。扣门久之，有女子自门隙窥之，问曰：'谁耶？'以姓字对，曰：'寻春独行，酒渴求饮。'女子以杯水至，开门，设床命坐，独倚小桃斜柯伫立，而意属殊厚，妖姿媚态，绰有余妍。崔以言挑之，不对，目注者久之。崔辞去，送至门，如不胜情而入，崔亦睦盼而归。嗣后绝不复至。及来岁清明日，忽思之，情不可抑，径往寻之，门墙如故，而已锁扃之，因题诗于左扉曰……"（唐孟启《本事诗·情感》）。

　　是否真有此"本事"，颇可怀疑。也许竟是先有了诗，然后据以敷演成上述"本事"的。但有两点似可肯定：一，这诗是有情节性的；二，上述"本事"对理解这首诗是有帮助的。

　　四句诗包含着一前一后两个场景相同、相互映照的场面。第一个场面：寻春遇艳——"去年今日此门中，人面桃花相映红。"如果我们真的相信有那么一回事，就应该承认诗人确实抓住了"寻春遇艳"整个过程中最美丽动人的一幕。"人面桃花相映红"，虽自北周庾信《春赋》"面共桃而竞红"化出，但运用之妙，不仅为艳若桃花的"人面"设置了美好的背景，衬出了少女光彩照人的面影，而且含蓄地表现出诗人目注神驰、情摇意夺的情状，和双方脉脉含情、未通言语的情景。通过这最动人的一幕，可以激发起读者对前后情事的许多美丽想象。这一点,孟启的《本事诗》可能正是这样做的,后来的戏曲(如《人面桃花》)则作了更多的发挥。

第二个场面:重寻不遇。还是春光烂漫、百花吐艳的季节,还是花木扶疏、桃柯掩映的门户,然而,使这一切都增光添彩的"人面"却不知何处去,只剩下门前一树桃花仍旧在春风中凝情含笑。桃花在春风中含笑的联想,本从"人面桃花相映红"得来。去年今日,伫立桃柯下的那位不期而遇的少女,想必是凝睇含笑、脉脉含情的;而今,人面杳然,依旧含笑的桃花除了引动对往事的美好回忆和好景不长的感慨以外,还能有什么呢?"依旧"二字,正含有无限怅惘。

整首诗其实就是用"人面""桃花"作为贯串线索,通过"去年"和"今日"同时同地同景而"人不同"的映照对比,把诗人因这两次不同的遇合而产生的感慨,回环往复、曲折尽致地表达了出来。对比映照,在这首诗中起着极重要的作用。因为是在回忆中写已经失去的美好事物,所以回忆便特别珍贵、美好,充满感情,这才有"人面桃花相映红"的传神描绘;正因为有那样美好的记忆,才特别感到失去美好事物的怅惘,因而有"人面不知何处去,桃花依旧笑春风"的感慨。

尽管这首诗有某种情节性,有富于传奇色彩的"本事",甚至带有戏剧性,但它并不是一首小叙事诗,而是一首抒情诗。"本事"可能有助于它的广泛流传,但它本身所具的典型意义却在于抒写了某种人生体验,而不在于叙述了一个人们感兴趣的故事。读者不见得有过类似《本事诗》中所载的遇合故事,但却可能有过这种人生体验:在偶然、不经意的情况下遇到某种美好事物,而当自己去有意追求时,却再也不可复得。这也许正是这首诗保持经久不衰的艺术生命力的原因之一吧。

"寻春遇艳"和"重寻不遇"是可以写成叙事诗的。作者没有这样写,正说明唐人更习惯于以抒情诗人的眼光、感情来感受生活中的情事。

(刘学锴)

题破山寺后禅院

常 建

清晨入古寺,初日照高林。
竹径通幽处,禅房花木深。
山光悦鸟性,潭影空人心。
万籁此俱寂,但余钟磬音。

赏 析

　　破山在今江苏常熟,寺指兴福寺,是南齐时郴州刺史倪德光施舍宅园改建的,到唐代已属古寺。诗中抒写清晨游寺后禅院的观感,笔调古朴,描写省净,兴象深微,意境浑融,艺术上相当完整,是盛唐山水诗中独具一格的名篇。

　　这首诗题咏的是佛寺禅院,抒发的是寄情山水的隐逸胸怀。诗人在清晨登破山,入兴福寺,旭日初升,光照山上树林。佛家称僧徒聚集的处所为"丛林",所以"高林"兼有称颂禅院之意,在光照山林的景象中显露着礼赞佛宇之情。然后,诗人穿过寺中竹丛小路,走到幽深的后院,发现唱经礼佛的禅房就在后院花丛树林深处。这样幽静美妙的环境,使诗人惊叹、陶醉,忘情地欣赏起来。他举目望见寺后的青山焕发着日照的光彩,看见鸟儿自由自在地飞鸣欢唱;走到清清的水潭旁,只见天地和自己的身影在水中湛然空明,心中的尘世杂念顿时涤除。佛门即空门。佛家说,出家人禅定之后,"虽复饮食,而以禅悦为味"(《维摩经·方便品》),精神上极为纯净怡悦。此刻此景此情,诗人仿佛领悟到了空门禅悦的奥妙,摆脱尘世一切烦恼,像鸟儿那样自由自在,无忧无虑。似是大自然和人世间的所有其他声响都寂灭了,只有钟磬之音,这悠扬而洪亮的佛音引导人们进入纯净怡悦的境界。显然,诗人欣赏这禅院幽美绝世的居处，领略这空门忘情尘俗的意境，寄托自己遁世无闷的情怀。

这是一首律诗，但笔调有似古体，语言朴素，格律变通。它首联用流水对，而次联不对仗，是出于构思造意的需要。这首诗从唐代起就备受赞赏，主要由于它构思造意的优美，很有兴味。诗以题咏禅院而抒发隐逸情趣，从晨游山寺起而以赞美超脱作结，朴实地写景抒情，而意在言外。这种委婉含蓄的构思，恰如唐代殷璠评常建诗歌艺术特点所说："建诗似初发通庄，却寻野径，百里之外，方归大道。所以其旨远，其兴僻，佳句辄来，唯论意表。"（《河岳英灵集》）精辟地指出常建诗的特点在于构思巧妙，善于引导读者在平易中入其胜境，然后体会诗的旨趣，而不以描摹和辞藻惊人。因此，诗中佳句，往往好像突然出现在读者面前，令人惊叹。而其佳句，也如诗的构思一样，工于造意，妙在言外。宋代欧阳修十分喜爱"竹径"两句，说"欲效其语作一联，久不可得，乃知造意者为难工也"。后来他在青州一处山斋宿息，亲身体验到"竹径"两句所写的意境情趣，更想写出那样的诗句，却仍然"莫获一言"（见《题青州山斋》）。欧阳修的体会，生动说明了"竹径"两句的好处，不在描摹景物精美，令人如临其境，而在于能够唤起身经其境者的亲切回味，故云难在造意。同样，被殷璠誉为"警策"的"山光"两句，不仅造语警拔，寓意更为深长，旨在发人深思。正由于诗人着力于构思和造意，因此造语不求形似，而多含比兴，重在达意，引人入胜，耐人寻味。

盛唐山水诗大多歌咏隐逸情趣，都有一种悠闲适意的情调，但各有独特风格和成就。常建这首诗是在优游中写会悟，具有盛唐山水诗的共通情调，但风格闲雅清警，艺术上与王维的高妙、孟浩然的平淡都不类同，确属独具一格。

（倪其心）

十五夜望月

王 建

中庭地白树栖鸦，冷露无声湿桂花。
今夜月明人尽望，不知秋思落谁家？

赏 析

　　题中的"十五夜"，结合三、四两句来看，应指中秋之夜。诗题，《全唐诗》作《十五夜望月寄杜郎中》。杜郎中，名不详。在唐代咏中秋的篇什中，这是较为著名的一首。

　　"中庭地白树栖鸦"。月光照射在庭院中，地上好像铺了一层霜雪。萧森的树荫里，鸦鹊的聒噪声逐渐消停下来，它们终于适应了皎月的刺眼惊扰，先后进入了睡乡。诗人写中庭月色，只用"地白"二字，却给人以积水空明、澄静素洁之感，使人不由会联想起李白《静夜思》的名句"床前明月光，疑是地上霜"，沉浸在清美的意境之中。"树栖鸦"，主要应该是听出来的，而不是看到的。因为即使在明月之夜，人们也不大可能看到鸦鹊的栖宿；而鸦鹊在月光树荫中从开始的惊惶喧闹（宋周邦彦《蝶恋花》词有句"月皎惊乌栖不定"，也就是写这种意境）到最后的安定入睡，却完全可能凭听觉感受出来。"树栖鸦"这三个字，朴实、简洁、凝练，既写了鸦鹊栖树的情状，又烘托了月夜的寂静。

　　"冷露无声湿桂花"。由于夜深，秋露打湿庭中桂花。如果进一步揣摩，更会联想到这桂花可能是指月中的桂树。这是暗写诗人望月，正是全篇点题之笔。诗人在万籁俱寂的深夜，仰望明月，凝想入神，丝丝寒意，轻轻袭来，不觉浮想联翩：那广寒宫中，清冷的露珠一定也沾湿了桂花树吧？这样，"冷露无声湿桂花"的意境，就显得更悠远，更耐人寻思。你看他选取"无声"二字，那么细致地表现出冷露的轻盈无迹，又渲染了桂花的浸润之久。而且岂只是桂花，那树下的白兔呢，那挥斧的吴刚呢，那"碧海青天夜夜心"的嫦娥呢？诗句带给我们的是多么丰富的美的联想。

明月当空，难道只有诗人独自在那里凝神注望吗？普天之下，有谁不在低回赏月、神驰意远呢？于是，水到渠成，吟出了"今夜月明人尽望，不知秋思落谁家"。前两句写景，不带一个"月"字；第三句才明点望月，而且推己及人，扩大了望月者的范围。但是，同是望月，那感秋之意，怀人之情，却是人各不同的。诗人怅然于家人离散，因而由月宫的凄清，引出了入骨的相思。他的"秋思"必然是最浓挚的。然而，在表现的时候，诗人却并不采用正面抒情的方式，直接倾诉自己的思念之切；而是用了一种委婉的疑问语气：不知那茫茫的秋思会落在谁的一边。（"谁家"，就是"谁"。"家"是语尾助词，无实义。）明明是自己在怀人，偏偏说"秋思落谁家"，这就将诗人对月怀远的情思，表现得蕴藉深沉。似乎秋思惟诗人独有，别人尽管也在望月，却并无秋思可言。这真是无理至极，然而愈显出诗人情痴，手法确实高妙。在炼字上，一个"落"字，新颖妥帖，不同凡响。它给人以动的形象的感觉，仿佛那秋思随着银月的清辉，一齐洒落人间似的。《全唐诗》录此诗，"落"字作"在"，就显得平淡寡味，相形见绌了。

这首诗意境很美，诗人运用形象的语言，丰美的想象，渲染了中秋望月的特定的环境气氛，把读者带进一个月明人远、思深情长的意境，加上一个唱叹有神、悠然不尽的结尾，将别离思聚的情意，表现得非常委婉动人。

（徐竹心）

196

晚 春

韩 愈

草树知春不久归，百般红紫斗芳菲。

杨花榆荚无才思，惟解漫天作雪飞。

《晚春》是韩诗颇富奇趣的小品，历来选本少有漏选它的。然而，对诗意的理解却是诸说不一。

题一作《游城南晚春》，可知诗中所描写的乃郊游即目所见。乍看来，只是一幅百卉千花争奇斗妍的"群芳谱"：春将归去，似乎所有草本与木本植物（"草树"）都探得了这个消息而想要留住她，各自使出浑身招数，吐艳争芳，一刹时万紫千红，繁花似锦。可笑那本来乏色少香的柳絮、榆荚也不甘寂寞，来凑热闹，因风起舞，化作雪飞（言"杨花榆荚"偏义于"杨花"）。仅此寥寥数笔，就给读者以满眼风光的印象。

再进一步不难发现，此诗生动的效果与拟人化的手法大有关系。"草树"本属无情物，竟然能"知"能"解"还能"斗"，尤其是彼此竟有"才思"高下之分，着想之奇是前此诗中罕见的。最奇的还在于"无才思"三字造成末二句费人咀嚼，若可解若不可解，引起见仁见智之说。有人认为那是劝人珍惜光阴，抓紧勤学，以免如"杨花榆荚"白首无成；有的从中看到谐趣，以为是故意嘲弄"杨花榆荚"没有红紫美艳的花，一如人之无才华，写不出有文采的篇章；还有人干脆存疑："玩三、四两句，诗人似有所讽，但不知究何所指。"（刘永济《唐代绝句精华》）姑不论诸说各得诗意几分，仅就其解会之歧异，就可看出此诗确乎奇之又奇。

清人朱彝尊说:"此意作何解?然情景只是如此。"此言虽未破的,却不乏见地。作者写诗的灵感是由晚春风光直接触发的,因而"情景只是如此"。不过,他不仅看到这"情景"之美,而且若有所悟,方才做入"无才思"的奇语,当有所寄寓。

"杨花榆荚",固少色泽香味,比"百般红紫"大为逊色。笑它"惟解漫天作雪飞",确带几分揶揄的意味。然而,若就此从这幅晚春图中抹去这星星点点的白色,你不觉得小有缺憾么?即使作为"红紫"的陪衬,那"雪"点也似是不可少的。刘禹锡《杨柳枝词》云:"桃红李白皆夸好,须得垂杨相发挥。"此外,谢道韫咏雪以"柳絮因风",自古称美;作者亦有句云:"白雪却嫌春色晚,故穿庭树作飞花。"(《春雪》)雪如杨花很美,杨花如雪又何尝不美?更何况这如雪的杨花,乃是晚春具有特征性景物之一,没有它,也就失却晚春之所以为晚春了。可见诗人拈出"杨花榆荚"未必只是揶揄,其中应有怜惜之意。尤当看到,"杨花榆荚"不因"无才思"而藏拙,不畏"班门弄斧"之讥,避短用长,争鸣争放,为"晚春"添色。正是"柳丝榆荚自芳菲,不管桃飘与李飞"(《红楼梦》黛玉葬花词),这勇气岂不可爱?

如果说诗有寓意,就应当是其中所含的一种生活哲理。从韩愈生平为人来说,他既是"文起八代之衰"的宗师,又是力矫元和轻熟诗风的奇险诗派的开派人物,颇具胆力。他能欣赏"杨花榆荚"的勇气不为无因。他除了自己在群芳斗艳的元和诗坛独树一帜外,还极力称扬当时不为人重视的孟郊、贾岛。这二人的奇僻瘦硬的诗风也是当时诗坛的别调,不也属于"杨花榆荚"之列?由此可见,韩愈对他所创造的"杨花榆荚"形象,未必不带同情,未必是一味挖苦。甚而可以说,诗人是以此鼓励"无才思"者敢于创造。前文所引述的两种对此诗寄意的解会,虽各有见地,于此点却均有忽略。殊不知诗人对"杨花榆荚"是爱而知其丑,所以嘲戏半假半真,亦庄亦谐。他并非存心托讽,而是观杨花飞舞而忽有所触,随寄一点幽默的情趣。诗的妙处也在这里。

(周啸天)

左迁至蓝关示侄孙湘

韩 愈

一封朝奏九重天，夕贬潮州路八千。
欲为圣明除弊事，肯将衰朽惜残年！
云横秦岭家何在？雪拥蓝关马不前。
知汝远来应有意，好收吾骨瘴江边。

赏 析

韩愈一生，以辟佛为己任，晚年上《论佛骨表》，力谏宪宗"迎佛骨入大内"，触犯"人主之怒"，几被定为死罪，经裴度等人说情，才由刑部侍郎贬为潮州刺史。

潮州在今广东东部，距当时京师长安确有八千里之遥，那路途的困顿是可想而知的。当韩愈到达离京师不远的蓝田县时，他的侄孙韩湘，赶来同行。韩愈此时，悲歌当哭，慷慨激昂地写下这首名篇。

首联直写自己获罪被贬的原因。他很有气概地说，这个"罪"是自己主动招来的。就因那"一封书"之罪，所得的命运是"朝奏"而"夕贬"，且一贬就是八千里。但是既本着"佛如有灵，能作祸祟，凡有殃咎，宜加臣身"（《论佛骨表》）的精神，则虽遭获严谴亦无怨悔。

三、四句直书"除弊事"，认为自己是正确的，申述了自己忠而获罪和非罪远谪的愤慨，真有胆气。尽管招来一场弥天大祸，他还是"肯将衰朽惜残年"，且老而弥坚，使人如见到他的刚直不阿之态。

五、六句就景抒情，情悲且壮。韩愈有一首哭女之作，题为《去岁自刑部郎以罪贬潮州刺史，乘驿赴任；其后家亦遣逐，小女道死，殡之层峰驿旁山下。蒙恩还朝过其墓题驿梁》。可知他当日仓猝先行,告别妻儿时的心情若何。韩愈为上表付出了惨痛的代价,"家何在"三字中,有他的血泪。

此两句一回顾,一前瞻。"秦岭"指终南山。云横而不见家,亦不见长安。"总为浮云能蔽日,长安不见使人愁"(李白诗),何况天子更在"九重"之上,岂能体恤下情? 他此时不独系念家人,更多的是伤怀国事。"马不前"用古乐府"驱马涉阴山,山高马不前"意。他立马蓝关,大雪寒天,联想到前路的艰危。"马不前"三字,露出英雄失路之悲。

结语沉痛而稳重。《左传·僖公三十二年》记老臣蹇叔哭师时有"必死是间,余收尔骨焉"之语,韩愈用其意,向侄孙从容交代后事。语意紧扣第四句,进一步吐露了凄楚难言的激愤之情。

从思想上看,此诗与《论佛骨表》,一诗一文,可称双璧,很能表现韩愈思想中进步的一面。

就艺术上看,此诗是韩诗七律中佳作。其特点诚如何焯所评"沉郁顿挫",风格近似杜甫。沉郁指其风格的沉雄,感情的深厚抑郁,而顿挫是指其手法的高妙:笔势纵横,开合动荡。如"朝奏""夕贬""九重天""路八千"等,对比鲜明,高度概括。一上来就有高屋建瓴之势。三、四句用"流水对",十四字形成一整体,紧紧承接上文,令人有浑成之感。五、六句宕开一笔,写景抒情。"云横雪拥",境界雄阔。"横"状广度,"拥"状高度,二字皆下得极有力。故全诗大气磅礴,卷洪波巨澜于方寸,能产生撼动人心的力量。

此诗虽追步杜甫,但能变化而自成面目,表现出韩愈以文为诗的特点。律诗有谨严的格律上的要求,而此诗仍能以"文章之法"行之,而且用得较好。好在虽有"文"的特点,如表现在直叙的方法上,虚词的运用上("欲为""肯将"之类)等;同时亦有诗歌的特点,表现在形象的塑造上(特别是五、六两句,于苍凉的景色中有诗人自己的形象)和沉挚深厚的感情的抒发上。全诗叙事、写景、抒情融合为一,诗味浓郁,诗意盎然。

(钱仲联　徐永端)

早春呈水部张十八员外二首

（其一）

韩　愈

天街小雨润如酥，草色遥看近却无。
最是一年春好处，绝胜烟柳满皇都。

赏　析

　　这首小诗是写给水部员外郎张籍的。张籍在兄弟辈中排行十八，故称"张十八"。诗的风格清新自然，简直是口语化的。看似平淡，实则是绝不平淡的。韩愈自己说："艰穷怪变得，往往造平淡。"（《送无本师归范阳》）原来他的"平淡"是来之不易的。

　　全篇中绝妙佳句便是那"草色遥看近却无"了。试想：早春二月，在北方，当树梢上、屋檐下都还挂着冰凌儿的时候，春在何处？连影儿也不见。但若是下过一番小雨后，第二天，你瞧吧，春来了。雨脚儿轻轻地走过大地，留下了春的印迹，那就是最初的春草芽儿冒出来了，远远望去，朦朦胧胧，仿佛有一片极淡极淡的青青之色，这是早春的草色。看着它，人们心里顿时充满欣欣然的生意。可是当你带着无限喜悦之情走近去看个仔细，地上是稀稀落落的极为纤细的草芽，却反而看不出草的颜色了。诗人像一位高明的水墨画家，挥洒着他饱蘸水分的妙笔，隐隐泛出了那一抹青青之痕，便是早春的草色。远远望去，再像也没有，可走近了，反倒看不出。这句"草色遥看近却无"，真可谓兼摄远近，空处传神。

　　这设色的背景，是那落在天街（皇城中的街道）上的纤细小雨。透过雨丝遥望草色，更给早春草色增添了一层朦胧美。而小雨又滋润如酥（酥就是奶油)。受了这样的滋润,那草色还能不新吗? 又有这样的背景来衬托,那草色还能不美吗?

临了,诗人还来个对比:"绝胜烟柳满皇都"。诗人认为初春草色比那满城处处烟柳的景色不知要胜过多少倍。因为,"遥看近却无"的草色,是早春时节特有的,它柔嫩饱含水分,象征着大地春回、万象更新的欣欣生意。而烟柳呢?已经是"杨柳堆烟"时候,何况"满"城皆是,不稀罕了。到了暮春三月,色彩浓重,反倒不那么惹人喜爱了。像这样运用对比手法,与一般不同,这是一种加倍写法,为了突出春色的特征。

"物以稀为贵",早春时节的春草之色也是很娇贵的。"新年都未有芳华,二月初惊见草芽"(《春雪》)。这是一种心理状态。严冬方尽,余寒犹厉,突然看到这美妙的草色,心头不由得又惊又喜。这一些些轻淡的绿,是当时大地惟一的装饰;可是到了晚春则"草树知春不久归"(《晚春》),这时哪怕柳条儿绿得再好,人们也无心看,因为已缺乏那一种新鲜感。

所以,诗人就在第三句转折时提醒说:"最是一年春好处"。是呀,一年之计在于春,而春天的最好处却又在早春。

这首诗咏早春,能摄早春之魂,给读者以无穷的美感趣味,甚至是绘画所不能及的。诗人没有彩笔,但他用诗的语言描绘出极难描摹的色彩——一种淡素的、似有却无的色彩。如果没有锐利深细的观察力和高超的诗笔,便不可能把早春的自然美提炼为艺术美。

(钱仲联　徐永端)

酬乐天扬州初逢席上见赠

刘禹锡

巴山楚水凄凉地，　二十三年弃置身①。
怀旧空吟闻笛赋②，到乡翻似烂柯人③。
沉舟侧畔千帆过，　病树前头万木春。
今日听君歌一曲，　暂凭杯酒长精神。

【注】

① 二十三年：指刘禹锡于永贞元年(805)九月被贬出京，至宝历二年(826)回京的这段时间。其间刘禹锡多次迁徙，初贬朗州司马，后任夔州刺史等职。夔州治今重庆奉节，秦汉时属巴郡。朗州即今湖南常德，战国时属楚地。"巴山楚水"，概指这些贬谪之地。

② 闻笛赋：晋人向秀经过亡友稽康的旧居，听见邻人吹笛，不胜悲叹，写了一篇《思旧赋》。闻笛赋即指此。

③ 烂柯人：指王质。相传晋人王质进山打柴，看见两个童子下棋，便停下观看。棋到终局，王质发现手里的斧柄已烂掉。回到村里，才知道已经过去了一百年。

赏　析

　　唐敬宗宝历二年(826)，刘禹锡罢和州(治今安徽和县)刺史任返洛阳，同时白居易从苏州归洛，两位诗人在扬州相逢。白居易在筵席上写了一首《醉赠刘二十八使君》诗相赠："为我引杯添酒饮，与君把箸击盘歌。诗称国手徒为尔，命压人头不奈何。举眼风光长寂寞，满朝官职独蹉跎。亦知合被才名折，二十三年折太多。"刘禹锡便写了《酬乐天扬州初逢席上见赠》来酬答他。

　　刘禹锡这首酬答诗，接过白诗的话头，着重抒写这特定环境中自己的感情。白的赠诗中，白居易对刘禹锡的遭遇无限感慨，最后两句说："亦知合被才名折,二十三年折太多。"一方面感叹刘禹锡的不幸命运,另一方面又称赞了刘禹锡的才气与名望。大意是说:你该当遭到不幸,谁叫你的才名那么高呢!可是二十三年的不幸,未免过分了。这两句诗,在同情之中又包含着赞美,显得十分委婉。因为白居易在诗的末尾说到二十三年,所以刘禹锡在诗的开头就接着说:"巴山楚水凄凉地,二十三年弃置身。"自己谪居在巴山楚水这荒凉的地区,算来已经二十三年了。一来一往,显出朋友之间推心置腹的亲切关系。

接着,诗人很自然地发出感慨道:"怀旧空吟闻笛赋,到乡翻似烂柯人。"说自己在外二十三年,如今回来,许多老朋友都已去世,只能徒然地吟诵"闻笛赋"表示悼念而已。此番回来恍如隔世,觉得人事全非,不再是旧日的光景了。后一句用王质烂柯的典故,既暗示了自己贬谪时间的长久,又表现了世态的变迁,以及回归之后生疏而怅惘的心情,涵义十分丰富。

白居易的赠诗中有"举眼风光长寂寞,满朝官职独蹉跎"这样两句,意思是说同辈的人都升迁了,只有你在荒凉的地方寂寞地虚度了年华,颇为刘禹锡抱不平。对此,刘禹锡在酬诗中写道:"沉舟侧畔千帆过,病树前头万木春。"刘禹锡以沉舟、病树比喻自己,固然感到惆怅,却又相当达观。沉舟侧畔,有千帆竞发;病树前头,正万木皆春。他从白诗中翻出这二句,反而劝慰白居易不必为自己的寂寞、蹉跎而忧伤,对世事的变迁和仕宦的升沉,表现出豁达的襟怀。这两句诗意又和白诗"命压人头不奈何""亦知合被才名折"相呼应,但其思想境界要比白诗高,意义也深刻得多了。二十三年的贬谪生活,并没有使他消沉颓唐。正像他在另外的诗里所写的:"莫道桑榆晚,为霞尚满天。"(《酬乐天咏老见示》)他这棵病树仍然要重添精神,迎上春光。这两句诗形象生动,至今仍常常被人引用,并赋予它以新的意义,说明新事物必将取代旧事物。

正因为"沉舟"这一联诗突然振起,一变前面伤感低沉的情调,尾联便顺势而下,写道:"今日听君歌一曲,暂凭杯酒长精神。"点明了酬答白居易的题意。意思是说,今天听了你的诗歌不胜感慨,暂且借酒来振奋精神吧!刘禹锡在朋友的热情关怀下,表示要振作起来,重新投入到生活中去。两句表现出坚韧不拔的意志。诗情起伏跌宕,沉郁中见豪放,是酬赠诗中优秀之作。

(袁行霈)

竹枝词二首
（其一）

刘禹锡

杨柳青青江水平，闻郎江上唱歌声。
东边日出西边雨，道是无晴还有晴。

赏　析

　　竹枝词是巴渝（今重庆市一带）民歌中的一种，唱时以笛、鼓伴奏，同时起舞，声调宛转动人。刘禹锡任夔州刺史时，依调填词，写了十来篇，这是其中一首摹拟民间情歌的作品。它写的是一位沉浸在初恋中的少女的心情。她爱着一个人，可还没有确实知道对方的态度，因此既抱有希望，又含有疑虑；既欢喜，又担忧。诗人用她自己的口吻，将这种微妙复杂的心理成功地予以表达。

　　第一句写景，是她眼前所见。江边杨柳，垂拂青条；江中流水，平如镜面。这是很美好的环境。第二句写她耳中所闻。在这样动人情思的环境中，她忽然听到了江边传来的歌声。那是多么熟悉的声音啊！一飘到耳里，就知道是谁唱的了。第三、四句接写她听到这熟悉的歌声之后的心理活动。姑娘虽然早在心里爱上了这个小伙子，但对方还没有什么表示哩。今天，他从江边走了过来，而且边走边唱，似乎是对自己多少有些意思。这，给了她很大的安慰和鼓舞，因此她就想到：这个人啊，倒是有点像黄梅时节晴雨不定的天气。说它是晴天吧，西边还下着雨；说它是雨天吧，东边又还出着太阳，可真有点捉摸不定了。这里晴雨的"晴"，是用来暗指感情的"情"，"道是无晴还有晴"，也就是"道是无情还有情"。通过这两句极其形象又极其朴素的诗，她的迷惘，她的眷恋，她的忐忑不安，她的希望和等待，便都刻画出来了。

这种根据汉语语音的特点而形成的表现方式,是历代民间情歌中所习见的。它们是谐声的双关语,同时是基于活跃联想的生动比喻。它们往往取材于眼前习见的景物,明确地但又含蓄地表达了微妙的感情。如南朝的吴声歌曲中就有一些使用了这种谐声双关语来表达恋情。如《子夜歌》云:"怜欢好情怀,移居作乡里。桐树生门前,出入见梧子。"("欢"是当时女子对情人的爱称。"梧子"双关"吾子",即我的人。)又:"我念欢的的,子行由豫情。雾露隐芙蓉,见莲不分明。"("的的",明朗貌。"由豫",迟疑貌。"芙蓉"也就是莲花。"见莲",双关"见怜"。)《七日夜女歌》:"婉娈不终夕,一别周年期。桑蚕不作茧,昼夜长悬丝。"(因为会少离多,所以朝思暮想。"悬丝"是"悬思"的双关语。)

这类用谐声双关语来表情达意的民间情歌,是源远流长的,自来为人民群众所喜爱。作家偶尔加以摹仿,便显得新颖可喜,引人注意。刘禹锡这首诗为广大读者所爱好,这也是原因之一。

(沈祖棻)

秋词二首

刘禹锡

自古逢秋悲寂寥，我言秋日胜春朝。
晴空一鹤排云上，便引诗情到碧霄。

山明水净夜来霜，数树深红出浅黄。
试上高楼清入骨，岂如春色嗾①人狂。

【注】

① 嗾(sǒu)：教唆人做坏事。

赏　析

　　这两首诗的可贵，在于诗人对秋天和秋色的感受与众不同，一反过去文人悲秋的传统，唱出了昂扬的励志高歌。

　　诗人深深懂得古来悲秋的实质是志士失志，对现实失望，对前途悲观，因而在秋天只看到萧条，感到寂寥。诗人同情他们的遭遇和处境，但不同意他们的悲观失望的情感。他针对这种寂寥之感，偏说秋天比那万物萌生、欣欣向荣的春天要好，强调秋天并不死气沉沉，而是很有生气。他指引人们看那振翅高举的鹤，在秋日晴空中，排云直上，矫健凌厉，奋发有为，大展宏图。显然，这只鹤是独特的、孤单的。但正是这只鹤的顽强奋斗，冲破了秋天的肃杀氛围，为大自然别开生面，使志士们精神为之抖擞。这只鹤是不屈志士的化身，奋斗精神的体现。所以诗人说，"便引诗情到碧霄"。"诗言志"，"诗情"即志气。人果真有志气，便有奋斗精神，便不会感到寂寥。这就是第一首的主题思想。

　　这两首《秋词》主题相同,但各写一面,既可独立成章,又是互为补充。其一赞秋气,其二咏秋色。气以励志,色以冶情。所以赞秋气以美志向高尚,咏秋色以颂情操清白。景随人移,色由情化。景色如容妆,见性情,显品德。春色以艳丽取悦,秋景以风骨见长。第二首的前二句写秋天景色,诗人只是如实地勾勒其本色,显示其特色,明净清白,有红有黄,略有色彩,流露出高雅闲淡的情韵,泠然如文质彬彬的君子风度,令人敬肃。谓予不信,试上高楼一望,便使你感到清澈入骨,思想澄净,心情肃然深沉,不会像那繁华浓艳的春色,教人轻浮若狂。末句用"春色嗾人狂"反比衬托出诗旨,点出全诗暗用拟人手法,生动形象,运用巧妙。

　　这是两首抒发议论的即兴诗。诗人通过鲜明的艺术形象表达深刻的思想,既有哲理意蕴,也有艺术魅力,发人思索,耐人吟咏。法国大作家巴尔扎克说过,艺术是思想的结晶,"艺术作品就是用最小的面积惊人地集中了最大量的思想",因而能唤起人们的想象、形象和深刻的美感。刘禹锡这两首《秋词》给予人们的不只是秋天的生气和素色,更唤醒人们为理想而奋斗的英雄气概和高尚情操,获得深刻的美感和乐趣。

(倪其心)

乌衣巷

刘禹锡

朱雀桥边野草花，乌衣巷口夕阳斜。
旧时王谢堂前燕，飞入寻常百姓家。

赏　析

《乌衣巷》曾博得白居易的"掉头苦吟，叹赏良久"（宋何汶《竹庄诗话》卷二十），是刘禹锡最得意的怀古名篇之一。

首句"朱雀桥边野草花"，朱雀桥横跨南京秦淮河上，是由市中心通往乌衣巷的必经之路。桥同河南岸的乌衣巷，不仅地点相邻，历史上也有瓜葛。东晋时，乌衣巷是高门士族的聚居区，开国元勋王导和指挥淝水之战的谢安都住在这里。旧日桥上装饰着两只铜雀的重楼，就是谢安所建。在字面上，"朱雀桥"又同"乌衣巷"偶对天成。用朱雀桥来勾画乌衣巷的环境，既符合地理的真实，又能造成对仗的美感，还可以唤起有关的历史联想，是"一石三鸟"的选择。句中引人注目的是桥边丛生的野草和野花。草长花开，表明时当春季。"草花"前面按上一个"野"字，这就给景色增添了荒僻的气象。再加上这些野草野花是滋蔓在一向行旅繁忙的朱雀桥畔，这就使我们想到其中可能包含深意。作者这样突出"野草花"，不正是表明，昔日车水马龙的朱雀桥，今天已经荒凉冷落了吗！

第二句"乌衣巷口夕阳斜"，表现出乌衣巷不仅是映衬在败落凄凉的古桥的背景之下，而且还呈现在斜阳的残照之中。句中作"斜照"解的"斜"字，同上句中作"开花"解的"花"字相对应，全用作动词，它们都写出了景物的动态。"夕阳"，这西下的落日，再点上一个"斜"字，便突出了日薄西山的惨淡情景。

本来,鼎盛时代的乌衣巷口,应该是衣冠来往、车马喧阗的。而现在,作者却用一抹斜晖,使乌衣巷完全笼罩在寂寥、惨淡的氛围之中。

经过环境的烘托、气氛的渲染之后,按说,似乎该转入正面描写乌衣巷的变化,抒发作者的感慨了。但作者没有采用过于浅露的写法,而是继续借助对景物的描绘,写出了脍炙人口的名句:"旧时王谢堂前燕,飞入寻常百姓家。"他出人意料地忽然把笔触转向了乌衣巷上空正在就巢的飞燕,让人们沿着燕子飞行的去向去辨认,如今的乌衣巷里已经居住着普通的百姓人家了。为了使读者明白无误地领会诗人的意图,作者特地指出,这些飞入百姓家的燕子,过去却是栖息在王谢权门高大厅堂的檐檩之上的旧燕。"旧时"两个字,赋予燕子以历史见证人的身份。"寻常"两个字,又特别强调了今日的居民是多么不同于往昔。从中,我们可以清晰地听到作者对这一变化发出的沧海桑田的无限感慨。

飞燕形象的设计,好像信手拈来,实际上凝聚着作者的艺术匠心和丰富的想象力。晋傅咸《燕赋序》说:"有言燕今年巢在此,明年故复来者。其将逝,剪爪识之。其后果至焉。"当然生活中,即使是寿命极长的燕子也不可能是四百年前"王谢堂前"的老燕。但是作者抓住了燕子作为候鸟有栖息旧巢的特点,这就足以唤起读者的想象,暗示出乌衣巷昔日的繁荣,起到了突出今昔对比的作用。

《乌衣巷》在艺术表现上集中描绘乌衣巷的现况,对它的过去,仅仅巧妙地略加暗示。诗人的感慨更是藏而不露,寄寓在景物描写之中。因此它虽然景物寻常,语言浅显,却有一种蕴藉含蓄之美,使人读起来余味无穷。

(范之麟)

望洞庭

刘禹锡

湖光秋月两相和，潭面无风镜未磨。
遥望洞庭山水色，白银盘里一青螺。

赏　析

刘禹锡在《历阳书事七十韵》序中称："长庆四年八月，予自夔州刺史转历阳（和州），浮岷江，观洞庭，历夏口，涉浔阳而东。"刘禹锡贬逐南荒，二十年间去来洞庭，据文献可考的约有六次。其中只有转任和州（今安徽和县）这一次，是在秋天。本诗则是这次行脚的生动记录。

宋代范仲淹在《岳阳楼记》中不无感慨地说："予观夫巴陵胜状，在洞庭一湖。衔远山，吞长江，浩浩汤汤，横无际涯；朝晖夕阴，气象万千。此则岳阳楼之大观也。前人之述备矣。"可见历来描写洞庭景色的诗文很多，要写得别开生面，独树一帜是十分不易的。刘禹锡这首《望洞庭》选择了月夜遥望的角度，把千里洞庭尽收眼底，抓住最有代表性的湖光和山色，轻轻着笔，通过丰富的想象，巧妙的比喻，独出心裁地把洞庭美景再现于纸上，表现出惊人的艺术功力。

秋夜皎皎明月下的洞庭湖水是澄澈空明的。与素月的清光交相辉映，俨如琼田玉鉴，是一派空灵、缥缈、宁静、和谐的境界。这就是"湖光秋月两相和"一句所包蕴的诗意。"和"字下得工炼，表现出了水天一色、玉宇无尘的融合的画境。而且，似乎还把一种水国之夜的节奏——演漾的月光与湖水吞吐的韵律，传达给读者了。接下来描绘湖上无风，迷迷蒙蒙的湖面宛如未经磨拭的铜镜。"镜未磨"三字十分形象贴切地表现了千里洞庭风平浪静的安宁温柔的景象,在月光下别具一种朦胧美。"潭面无风镜未磨"以生动形象的比喻补足了"湖光秋月两相和"的诗意。因为只有"潭面无风",波澜不惊,湖光和秋月才能两相协调。否则,湖面狂风怒号,浊浪排空,湖光和秋月便无法辉映成趣,也就无"两相和"可言了。

　　诗人的视线又从广阔的平湖集中到君山一点。在皓月银辉之下,洞庭山愈显青翠,洞庭水愈显清澈,山水浑然一体,望去如同一只雕镂透剔的银盘里,放了一颗小巧玲珑的青螺,十分惹人喜爱。三、四两句诗想象丰富,比喻恰当,色调淡雅,银盘与青螺互相映衬,相得益彰。诗人笔下的秋月之中的洞庭山水变成了一件精美绝伦的工艺美术珍品,给人以莫大的艺术享受。"白银盘里一青螺",真是匪夷所思的妙句。然而,它的擅胜之处,不止表现在设譬的精警上,尤其可贵的是它所表现的壮阔不凡的气度和它所寄托的高卓清奇的情致。在诗人眼里,千里洞庭不过是妆楼奁镜、案上杯盘而已。举重若轻,自然凑泊,毫无矜气作色之态,这是十分难得的。把人与自然的关系表现得这样亲切,把湖山的景物描写得这样高旷清超,这正是作者性格、情操和美学趣味的反映。没有荡思八极、纳须弥于芥子的气魄,没有振衣千仞、涅而不缁的襟抱,是难以措笔的。一首山水小诗,见出诗人富有浪漫色彩的奇思壮采,这是很难得的。

　　　　　　　　　　　　　　　　　　　　　　　(周笃文　高志忠)

卖炭翁

白居易

卖炭翁，伐薪烧炭南山中。
满面尘灰烟火色，两鬓苍苍十指黑。
卖炭得钱何所营？身上衣裳口中食。
可怜身上衣正单，心忧炭贱愿天寒！
夜来城外一尺雪，晓驾炭车辗冰辙。
牛困人饥日已高，市南门外泥中歇。
翩翩两骑来是谁？黄衣使者白衫儿。
手把文书口称敕，回车叱牛牵向北。
一车炭，千余斤，宫使驱将惜不得。
半匹红纱一丈绫，系向牛头充炭直。

赏　析

　　《卖炭翁》是白居易《新乐府》组诗中的第三十二首，自注云："苦宫市也。"
"宫市"的"宫"指皇宫，"市"是买的意思。皇宫所需的物品，本来由官吏采买。
中唐时期，宦官专权，横行无忌，连这种采购权也抓了过去，常有数十百人分布
在长安东西两市及热闹街坊，以低价强购货物，甚至不给分文，还勒索"进奉"
的"门户钱"及"脚价钱"。名为"宫市"，实际是一种公开的掠夺（其详情见韩愈
《顺宗实录》卷二、《旧唐书》卷一四〇《张建封传》及《通鉴》卷二三五），其受害
者当然不止一个卖炭翁。诗人以个别表现一般，通过卖炭翁的遭遇，深刻地揭
露了"宫市"的本质，对统治者掠夺人民的罪行给予有力的鞭挞。

　　开头四句，写卖炭翁的炭来之不易。"伐薪""烧炭"，概括了复杂的工序和

漫长的劳动过程。"满面尘灰烟火色,两鬓苍苍十指黑",活画出卖炭翁的肖像,而劳动之艰辛,也得到了形象的表现。"南山中"点出劳动场所,这"南山"就是王维《终南山》诗所写的"欲投人处宿,隔水问樵夫"的终南山,豺狼出没,荒无人烟。在这样的环境里披星戴月,凌霜冒雪,一斧一斧地"伐薪",一窑一窑地"烧炭",好容易烧出"千余斤"。每一斤炭都渗透着心血,也凝聚着希望。

写出卖炭翁的炭是自己艰苦劳动的成果,这就把他和贩卖木炭的商人区别了开来。但是,假如这位卖炭翁还有田地,凭自种自收就不至于挨饿受冻,只利用农闲时间烧炭卖炭,用以补贴家用的话,那么他的一车炭被掠夺,就还有别的活路。然而情况并非如此。诗人的高明之处在于没有自己出面向读者介绍卖炭翁的家庭经济状况,而是设为问答:"卖炭得钱何所营?身上衣裳口中食。"这一问一答,不仅化板为活,使文势跌宕,摇曳生姿,而且扩展了反映民间疾苦的深度与广度,使我们清楚地看到:这位劳动者已被剥削得贫无立锥,别无衣食来源;"身上衣裳口中食",全指望他千辛万苦烧成的千余斤木炭能卖个好价钱。这就为后面写宫使掠夺木炭的罪行做好了有力的铺垫。

"可怜身上衣正单,心忧炭贱愿天寒。"这是脍炙人口的名句。"身上衣正单",自然希望天暖。然而这位卖炭翁是把解决衣食问题的全部希望寄托在"卖炭得钱"上的,所以他"心忧炭贱愿天寒",在冻得发抖的时候,一心盼望天气更冷。诗人如此深刻地理解卖炭翁的艰难处境和复杂的内心活动,只用十多个字就如此真切地表现了出来;又用"可怜"两字倾注了无限同情,怎能不催人泪下!

这两句诗,从章法上看,是从前半篇向后半篇过渡的桥梁。"心忧炭贱愿天寒",实际上是期待朔风凛冽,大雪纷飞。"夜来城外一尺雪",这场大雪总算盼到了!也就不再"心忧炭贱"了!"天子脚下"的达官贵人、富商巨贾们为了取暖,难道还会在微不足道的炭价上斤斤计较吗?当卖炭翁"晓驾炭车辗冰辙"的时候,占据着他的全部心灵的,不是埋怨冰雪的道路多么难走,而是盘算着那"一车炭"能卖多少钱,换来多少衣和食。要是在小说家笔下,是可以用很多笔墨写卖炭翁一路上的心理活动的,而诗人却一句也没有写,这因为他在前面已经给读者开拓了驰骋想象的广阔天地。

卖炭翁好容易烧出一车炭，盼到一场雪，一路上满怀希望地盘算着卖炭得钱换衣食。然而结果呢？他却遇上了"手把文书口称敕"的"宫使"。在皇宫的使者面前，在皇帝的文书和敕令面前，跟着那"叱牛"声，卖炭翁在从"伐薪""烧炭""愿天寒""驾炭车""辗冰辙"，直到"泥中歇"的漫长过程中所盘算的一切、所希望的一切，全都化为泡影！

从"南山中"到长安城，路那么遥远，又那么难行，当卖炭翁"市南门外泥中歇"的时候，已经是"牛困人饥"；如今又"回车叱牛牵向北"，把炭送进皇宫，当然牛更困，人更饥了。那么，当卖炭翁饿着肚子，吆喝着困牛走回终南山的时候，又想些什么呢？他往后的日子，又怎样过法呢？这一切，诗人都没有写，然而读者却不能不想。当想到这一切的时候，就不能不同情卖炭翁的遭遇，不能不憎恨统治者的罪恶，而诗人"苦宫市"的创作意图，也就收到了预期的效果。

这首诗具有深刻的思想性，艺术上也很有特色。诗人以"卖炭得钱何所营，身上衣裳口中食"两句展现了几乎濒于生活绝境的老翁所能有的惟一希望。——又是多么可怜的希望！这是全诗的诗眼。其他一切描写，都集中于这个诗眼。在表现手法上，则灵活地运用了陪衬和反衬。以"两鬓苍苍"突出年迈，以"满面尘灰烟火色"突出"伐薪""烧炭"的艰辛，再以荒凉险恶的南山作陪衬，老翁的命运就更激起了人们的同情。而这一切，正反衬出老翁希望之火的炽烈：卖炭得钱，买衣买食。老翁"衣正单"，再以夜来的"一尺雪"和路上的"冰辙"作陪衬，使人更感到老翁的"可怜"。而这一切，正反衬了老翁希望之火的炽烈：天寒炭贵，可以多换些衣和食。接下去，"牛困人饥"和"翩翩两骑"，反衬出劳动者与统治者境遇的悬殊；"一车炭，千余斤"和"半匹红纱一丈绫"，反衬出"宫市"掠夺的残酷。而就全诗来说，前面表现希望之火的炽烈，正是为了反衬后面希望化为泡影的可悲可痛。

这篇诗没有像《新乐府》中的有些篇那样"卒章显其志"，而是在矛盾冲突的高潮中戛然而止，因而更含蓄，更有力，更引人深思，扣人心弦。这首诗千百年来万口传诵，并不是偶然的。

（霍松林）

长恨歌

白居易

汉皇重色思倾国，御宇多年求不得。
杨家有女初长成，养在深闺人未识。
天生丽质难自弃，一朝选在君王侧。
回眸一笑百媚生，六宫粉黛无颜色。
春寒赐浴华清池，温泉水滑洗凝脂。
侍儿扶起娇无力，始是新承恩泽时。
云鬓花颜金步摇，芙蓉帐暖度春宵。
春宵苦短日高起，从此君王不早朝。
承欢侍宴无闲暇，春从春游夜专夜。
后宫佳丽三千人，三千宠爱在一身。
金屋妆成娇侍夜，玉楼宴罢醉和春。
姊妹弟兄皆列土，可怜光彩生门户。
遂令天下父母心，不重生男重生女。
骊宫高处入青云，仙乐风飘处处闻。
缓歌慢舞凝丝竹，尽日君王看不足。
渔阳鼙鼓动地来，惊破霓裳羽衣曲。
九重城阙烟尘生，千乘万骑西南行。
翠华摇摇行复止，西出都门百余里。
六军不发无奈何，宛转蛾眉马前死。
花钿委地无人收，翠翘金雀玉搔头。
君王掩面救不得，回看血泪相和流。
黄埃散漫风萧索，云栈萦纡登剑阁。
峨嵋山下少人行，旌旗无光日色薄。

蜀江水碧蜀山青，圣主朝朝暮暮情。
行宫见月伤心色，夜雨闻铃肠断声。
天旋地转回龙驭，到此踌躇不能去。
马嵬坡下泥土中，不见玉颜空死处。
君臣相顾尽沾衣，东望都门信马归。
归来池苑皆依旧，太液芙蓉未央柳。
芙蓉如面柳如眉，对此如何不泪垂。
春风桃李花开日，秋雨梧桐叶落时。
西宫南内多秋草，落叶满阶红不扫。
梨园弟子白发新，椒房阿监青娥老。
夕殿萤飞思悄然，孤灯挑尽未成眠。
迟迟钟鼓初长夜，耿耿星河欲曙天。
鸳鸯瓦冷霜华重，翡翠衾寒谁与共。
悠悠生死别经年，魂魄不曾来入梦。
临邛道士鸿都客，能以精诚致魂魄。
为感君王展转思，遂教方士殷勤觅。
排空驭气奔如电，升天入地求之遍。
上穷碧落下黄泉，两处茫茫皆不见。
忽闻海上有仙山，山在虚无缥缈间。
楼阁玲珑五云起，其中绰约多仙子。
中有一人字太真，雪肤花貌参差是。
金阙西厢叩玉扃，转教小玉报双成。
闻道汉家天子使，九华帐里梦魂惊。
揽衣推枕起徘徊，珠箔银屏迤逦开。
云鬓半偏新睡觉，花冠不整下堂来。
风吹仙袂飘飘举，犹似霓裳羽衣舞。
玉容寂寞泪阑干，梨花一枝春带雨。
含情凝睇谢君王，一别音容两渺茫。

昭阳殿里恩爱绝，蓬莱宫中日月长。

回头下望人寰处，不见长安见尘雾。

唯将旧物表深情，钿合金钗寄将去。

钗留一股合一扇，钗擘黄金合分钿。

但教心似金钿坚，天上人间会相见。

临别殷勤重寄词，词中有誓两心知。

七月七日长生殿，夜半无人私语时。

在天愿作比翼鸟，在地愿为连理枝。

天长地久有时尽，此恨绵绵无绝期。

赏　析

　　《长恨歌》是白居易诗作中脍炙人口的名篇，作于元和元年（806），当时诗人正在盩厔县（今陕西周至）任县尉。这首诗是他和友人陈鸿、王质夫同游仙游寺，有感于唐玄宗、杨贵妃的故事而创作的。在这首长篇叙事诗里，作者以精练的语言，优美的形象，叙事和抒情结合的手法，叙述了唐玄宗、杨贵妃在安史之乱中的爱情悲剧：他们的爱情被自己酿成的叛乱断送了，正在没完没了地吃着这一精神的苦果。唐玄宗、杨贵妃都是历史上的人物，诗人并不拘泥于历史，而是借着历史的一点影子，根据当时人们的传说，街坊的歌唱，从中蜕化出一个回旋曲折、宛转动人的故事，用回环往复、缠绵悱恻的艺术形式，描摹、歌咏出来。由于诗中的故事、人物都是艺术化的，是现实中人的复杂真实的再现，所以能够在历代读者的心中漾起阵阵涟漪。

　　《长恨歌》就是歌"长恨"，"长恨"是诗歌的主题，故事的焦点，也是埋在诗里的一颗牵动人心的种子。而"恨"什么，为什么要"长恨"，诗人不是直接铺叙、抒写出来，而是通过他笔下诗化的故事，一层一层地展示给读者，让人们自己去揣摸，去回味，去感受。

　　诗歌开卷第一句"汉皇重色思倾国"，看来很寻常，好像故事原就应该从这里写起,不需要作者花什么心思似的;事实上这七个字含量极大,是全篇纲领,它既揭示了故事的悲剧因素,又唤起和统领着全诗。紧接着,诗人用极其省俭的语言,叙述了安史之乱前,唐玄宗如何重色、求色,终于得到了"回眸一笑百媚生,六宫粉黛无颜色"的杨贵妃。描写了杨贵妃的美貌、娇媚,进宫后因有色而得宠,不但自己"新承恩泽",而且"姊妹弟兄皆列土"。反复渲染唐玄宗得贵妃以后在宫中如何纵欲,如何行乐,如何终日沉湎于歌舞酒色之中。所有这些,就酿成了安史之乱:"渔阳鼙鼓动地来,惊破霓裳羽衣曲。"这一部分写出了"长恨"的内因,是悲剧故事的基础。诗人通过这一段宫中生活的写实,不无讽刺地向我们介绍了故事的男女主人公:一个重色轻国的帝王,一个娇媚恃宠的妃子。还形象地暗示我们,唐玄宗的迷色误国,就是这一悲剧的根源。

下面,诗人具体地描述了安史之乱发生后,皇帝兵马仓皇逃入西南的情景,特别是在这一动乱中唐玄宗和杨贵妃爱情的毁灭。"六军不发无奈何,宛转蛾眉马前死。花钿委地无人收,翠翘金雀玉搔头。君王掩面救不得,回看血泪相和流",写的就是他们在马嵬坡生离死别的一幕。"六军不发",要求处死杨贵妃,是愤于唐玄宗迷恋女色,祸国殃民。杨贵妃的死,在整个故事中,是一个关键性的情节,在这之后,他们的爱情才成为一场悲剧。接着,从"黄埃散漫风萧索"起至"魂魄不曾来入梦",诗人抓住了人物精神世界里揪心的"恨",用酸恻动人的语调,宛转形容和描述了杨贵妃死后唐玄宗在蜀中的寂寞悲伤,还都路上的追怀忆旧,回宫以后睹物思人,触景生情,一年四季物是人非事事休的种种感触。缠绵悱恻的相思之情,使人觉得回肠荡气。正由于诗人把人物的感情渲染到这样的程度,后面道士的到来,仙境的出现,便给人一种真实感,不以为纯粹是一种空中楼阁了。

从"临邛道士鸿都客"至诗的末尾,写道士帮助唐玄宗寻找杨贵妃。诗人采用的是浪漫主义的手法,忽而上天,忽而入地,"上穷碧落下黄泉,两处茫茫皆不见"。后来,在海上虚无缥缈的仙山上找到了杨贵妃,让她以"玉容寂寞泪阑干,梨花一枝春带雨"的形象在仙境中再现,殷勤迎接汉家的使者,含情脉脉,托物寄词,重申前誓,照应唐玄宗对她的思念,进一步深化、渲染"长恨"的主题。诗歌的末尾,用"天长地久有时尽,此恨绵绵无绝期"结笔,点明题旨,回应开头,而且做到"清音有余",给读者以联想、回味的余地。

《长恨歌》首先给我们艺术美的享受的是诗中那个宛转动人的故事,是诗歌精巧独特的艺术构思。全篇中心是歌"长恨",但诗人却从"重色"说起,并且予以极力铺写和渲染。"日高起""不早朝""夜专夜""看不足"等等,看来是乐到了极点,像是一幕喜剧,然而,极度的乐,正反衬出后面无穷无尽的恨。唐玄宗的荒淫误国,引出了政治上的悲剧,反过来又导致了他和杨贵妃的爱情悲剧。悲剧的制造者最后成为悲剧的主人公,这是故事的特殊、曲折处,也是诗中男女主人公之所以要"长恨"的原因。过去许多人说《长恨歌》有讽喻意味,这首诗的讽喻意味就在这里。那么,诗人又是如何表现"长恨"的呢?马嵬坡杨贵妃之死一场,诗人刻画极其细腻,把唐玄宗那种不忍割爱但又欲救不得的内心矛盾和痛苦感情,都具体形象地表现出来了。由于这"血泪相和流"的死别,才会有那没完没了的恨。随后,诗人用许多笔墨从各个方面反复渲染唐玄宗对杨贵妃的思念。但诗歌的故事情节并没有停止在一个感情点上,而是随着人物内心世界的层层展示,感应他的景物的不断变化,把时间和故事向前推移,用人物的思想感情来开拓和推动情节的发展。唐玄宗奔蜀,是在死别之后,内心十分酸楚愁惨;还都路上,旧地重经,又勾起了伤心的回忆;回宫后,白天睹物伤情,夜晚辗转难眠。日思夜想而不得,所以寄希望于梦境,却又是"悠悠生死别经年,魂魄不曾来入梦"。诗至此,已经把"长恨"之"恨"写得十分动人心魄,故事到此结束似乎也可以。然而诗人笔锋一折,别开境界,借助想象的彩翼,构思了一个妩媚动人的仙境,把悲剧故事的情节推向高潮,使故事更加回环曲折,有起伏,有波澜。这一转折,既出人意料,又尽在情理之中。由于主观愿望和客观现实不断发生矛盾、碰撞,诗歌把人物千回百转的心理表现得淋漓尽致,故事也因此而显得更为婉转动人。

《长恨歌》是一首抒情成分很浓的叙事诗,诗人在叙述故事和人物塑造上,采用了我国传统诗歌擅长的抒写手法,将叙事、写景和抒情和谐地结合在一起,形成诗歌抒情上回环往复的特点。诗人时而把人物的思想感情注入景物,用景物的折光来烘托人物的心境;时而抓住人物周围富有特征性的景物、事物,通过人物对它们的感受来表现内心的感情,层层渲染,恰如其分地表达人物蕴蓄在内心深处的难达之情。唐玄宗逃往西南的路上,四处是黄尘、栈道、高山,日色暗淡，旌旗无光，秋景凄凉，这是以悲凉的秋景来烘托人物的悲思。在蜀地，面对着青山绿水，还是朝夕不能忘情。蜀中的山山水水原是很美的，但是在寂寞悲哀的唐玄宗眼中，那山的"青"，水的"碧"，也都惹人伤心。大自然的美应该有恬静的心境才能享受，他却没有，所以就更增加了内心的痛苦。这是透过美景来写哀情，使感情又深入一层。行宫中的月色，雨夜里的铃声，本来就很撩人意绪，诗人抓住这些寻常但是富有特征性的事物，把人带进伤心、断肠的境界，再加上那一见一闻，一色一声，互相交错，在语言上、声调上也表现出人物内心的愁苦凄清，这又是一层。还都路上，"天旋地转"，本来是高兴的事，但旧地重过，玉颜不见，不由伤心泪下。叙事中，又增加了一层痛苦的回忆。回长安后，"归来池苑皆依旧，太液芙蓉未央柳。芙蓉如面柳如眉，对此如何不泪垂"。白日里，由于环境和景物的触发，从景物联想到人，景物依旧，人却不在了，禁不住就潸然泪下，从太液池的芙蓉花和未央宫的垂柳仿佛看到了杨贵妃的容貌，展示了人物极其复杂微妙的内心活动。"夕殿萤飞思悄然，孤灯挑尽未成眠。迟迟钟鼓初长夜，耿耿星河欲曙天。"从黄昏写到黎明，集中地表现了夜间被情思萦绕久久不能入睡的情景。这种苦苦的思恋，"春风桃李花开日"是这样，"秋雨梧桐叶落时"也是这样。及至看到当年的"梨园弟子""阿监青娥"都已白发衰颜，更勾引起对往日欢娱的思念，自是黯然神伤。从黄埃散漫到蜀山青青，从行宫夜雨到奏凯回归，从白日到黑夜，从春天到秋天，处处触物伤情，时时睹物思人，从各个方面反复渲染诗中主人公的苦苦追求和寻觅。现实生活中找不到，到梦中去找；梦中找不到，又到仙境中去找。如此跌宕回环，层层渲染，使人物感情回旋上升，达到了高潮。诗人正是通过这样的层层渲染，反复抒情，回环往复，让人物的思想感情蕴蓄得更深邃丰富，使诗歌"肌理细腻"，更富有艺术的感染力。

作为一首千古绝唱的叙事诗，《长恨歌》在艺术上的成就是很高的。古往今来，许多人都肯定这首诗的特殊的艺术魅力。《长恨歌》在艺术上以什么感染和诱惑着读者呢？婉转动人，缠绵悱恻，恐怕是它最大的艺术个性，也是它能吸住千百年来的读者，使他们受感染、被诱惑的力量。

（饶芃子）

琵琶行

白居易

浔阳江头夜送客,枫叶荻花秋瑟瑟。
主人下马客在船,举酒欲饮无管弦。
醉不成欢惨将别,别时茫茫江浸月。
忽闻水上琵琶声,主人忘归客不发。
寻声暗问弹者谁,琵琶声停欲语迟。
移船相近邀相见,添酒回灯重开宴。
千呼万唤始出来,犹抱琵琶半遮面。
转轴拨弦三两声,未成曲调先有情。
弦弦掩抑声声思,似诉平生不得志。
低眉信手续续弹,说尽心中无限事。
轻拢慢撚抹复挑,初为《霓裳》后《六幺》。
大弦嘈嘈如急雨,小弦切切如私语。
嘈嘈切切错杂弹,大珠小珠落玉盘。
间关莺语花底滑,幽咽泉流冰下难。
冰泉冷涩弦凝绝,凝绝不通声渐歇。
别有幽愁暗恨生,此时无声胜有声。
银瓶乍破水浆迸,铁骑突出刀枪鸣。
曲终收拨当心画,四弦一声如裂帛。
东船西舫悄无言,唯见江心秋月白。
沉吟放拨插弦中,整顿衣裳起敛容。
自言本是京城女,家在虾蟆陵下住。
十三学得琵琶成,名属教坊第一部。
曲罢曾教善才伏,妆成每被秋娘妒。

五陵年少争缠头，一曲红绡不知数。
钿头云篦击节碎，血色罗裙翻酒污。
今年欢笑复明年，秋月春风等闲度。
弟走从军阿姨死，暮去朝来颜色故。
门前冷落车马稀，老大嫁作商人妇。
商人重利轻别离，前月浮梁买茶去。
去来江口守空船，绕船月明江水寒。
夜深忽梦少年事，梦啼妆泪红阑干。
我闻琵琶已叹息，又闻此语重唧唧。
同是天涯沦落人，相逢何必曾相识！
我从去年辞帝京，谪居卧病浔阳城。
浔阳地僻无音乐，终岁不闻丝竹声。
住近湓江地低湿，黄芦苦竹绕宅生。
其间旦暮闻何物，杜鹃啼血猿哀鸣。
春江花朝秋月夜，往往取酒还独倾。
岂无山歌与村笛，呕哑嘲哳难为听。
今夜闻君琵琶语，如听仙乐耳暂明。
莫辞更坐弹一曲，为君翻作琵琶行。
感我此言良久立，却坐促弦弦转急。
凄凄不似向前声，满座重闻皆掩泣。
座中泣下谁最多？江州司马青衫湿。

赏　析

　　本题为《琵琶引并序》，"序"里却写作"行"。"行"和"引"，都是乐府歌辞的一体。"序"文如下："元和十年（815），予左迁九江郡司马。明年秋，送客湓浦口。闻舟中夜弹琵琶者，听其音，铮铮然有京都声。问其人，本长安倡女。尝学琵琶于穆、曹二善才,年长色衰,委身为贾人妇。遂命酒使快弹数曲,曲罢悯然。自叙少小时欢乐事,今漂沦憔悴,转徙于江湖间。予出官二年,恬然自安,感斯人言,是夕始觉有迁谪意。因为长句,歌以赠之,凡六百一十二言,命曰《琵琶行》。""一十二"当是传刻之误。宋人戴复古在《琵琶行诗》里已经指出:"一写六百十六字。"

《琵琶行》和《长恨歌》是各有独创性的名作。早在作者生前,已经是"童子解吟《长恨》曲,胡儿能唱《琵琶》篇"。此后,一直传诵国内外,显示了强大的艺术生命力。

如"序"中所说,诗里所写的是作者由长安贬到九江期间在船上听一位长安故倡弹奏琵琶、诉说身世的情景。

宋人洪迈认为夜遇琵琶女事未必可信,作者是通过虚构的情节,抒发他自己的"天涯沦落之恨"(《容斋随笔》卷七),这是抓住了要害的。但那虚构的情节既然真实地反映了琵琶女的不幸遭遇,那么就诗的客观意义说,它也抒发了"长安故倡"的"天涯沦落之恨"。看不到这一点,同样有片面性。

诗人着力塑造了琵琶女的形象。

从开头到"犹抱琵琶半遮面",写琵琶女的出场。

首句"浔阳江头夜送客",只七个字,就把人物(主人和客人)、地点(浔阳江头)、事件(主人送客人)和时间(夜晚)一一作概括的介绍;再用"枫叶荻花秋瑟瑟"一句作环境的烘染,而秋夜送客的萧瑟落寞之感,已曲曲传出。惟其萧瑟落寞,因而反跌出"举酒欲饮无管弦"。"无管弦"三字,既与后面的"终岁不闻丝竹声"相呼应,又为琵琶女的出场和弹奏作铺垫。因"无管弦"而"醉不成欢惨将别",铺垫已十分有力,再用"别时茫茫江浸月"作进一层的环境烘染,就使得"忽闻水上琵琶声"具有浓烈的空谷足音之感,无怪乎"主人忘归客不发",要"寻声暗问弹者谁","移船相近邀相见"了。

从"夜送客"之时的"秋萧瑟""无管弦""惨将别"一转而为"忽闻""寻声""暗问""移船",直到"邀相见",这对于琵琶女的出场来说,已可以说是"千呼万唤"了。但"邀相见"还不那么容易,又要经历一个"千呼万唤"的过程,她才肯"出来"。这并不是她在拿身份。正像"我"渴望听仙乐一般的琵琶声,是"直欲摅写天涯沦落之恨"一样,她"千呼万唤始出来",也是由于有一肚子"天涯沦落之恨",不便明说,也不愿见人。诗人正是抓住这一点,用"琵琶声停欲语迟""犹抱琵琶半遮面"的肖像描写来表现她的难言之痛的。

下面的一大段,通过描写琵琶女弹奏的乐曲来揭示她的内心世界。

先用"转轴拨弦三两声"一句写校弦试音,接着就赞叹"未成曲调先有情",突出了一个"情"字。"弦弦掩抑声声思"以下六句,总写"初为《霓裳》后《六幺》"的弹奏过程,其中既用"低眉信手续续弹""轻拢慢捻抹复挑"描写弹奏的神态,更用"似诉平生不得志""说尽心中无限事"概括了琵琶女借乐曲所抒发的思想情感。此后十四句,在借助语言的音韵摹写音乐的时候,兼用各种生动的比喻以加强其形象性。"大弦嘈嘈如急雨",既用"嘈嘈"这个叠字词摹声,又用"如急雨"使它形象化。"小弦切切如私语"亦然。这还不够,"嘈嘈切切错杂弹",已经再现了"如急雨""如私语"两种旋律的交错出现,再用"大珠小珠落玉盘"一比,视觉形象与听觉形象就同时显露出来,令人耳目应接不暇。旋律继续变化,出现了先"滑"后"涩"的两种意境。"间关"之声,轻快流利,而这种声音又好像"莺语花底",视觉形象的优美强化了听觉形象的优美。"幽咽"之声,悲抑梗塞,而这种声音又好像"泉流冰下",视觉形象的冷涩强化了听觉形象的冷涩。由"冷涩"到"凝绝",是一个"声渐歇"的过程,诗人用"别有幽愁暗恨生,此时无声胜有声"的佳句描绘了余音袅袅、余意无穷的艺术境界,令人拍案叫绝。弹奏至此,满以为已经结束了。谁知那"幽愁暗恨"在"声渐歇"的过程中积聚了无穷的力量,无法压抑,终于如"银瓶乍破",水浆奔进,如"铁骑突出",刀枪轰鸣,把"凝绝"的暗流突然推向高潮。才到高潮,即收拨一画,戛然而止。一曲虽终,而回肠荡气、惊心动魄的音乐魅力,却并没有消失。诗人又用"东船西舫悄无言,唯见江心秋月白"的环境描写作侧面烘托,给读者留下了涵泳回味的广阔空间。

如此绘声绘色地再现千变万化的音乐形象,已不能不使我们惊佩作者的艺术才华。但作者的才华还不仅表现在再现音乐形象,更重要的是通过音乐形象的千变万化,展现了琵琶女起伏回荡的心潮,为下面的诉说身世作了音乐性的渲染。

正像在"邀相见"之后,省掉了请弹琵琶的细节一样;在曲终之后,也略去了关于身世的询问,而用两个描写肖像的句子向"自言"过渡:"沉吟"的神态,显然与询问有关,这反映了她欲说还休的内心矛盾;"放拨""插弦中","整顿衣裳""起""敛容"等一系列动作和表情,则表现了她克服矛盾、一吐为快的心理活动。"自言"以下,用如怨如慕、如泣如诉的抒情笔调,为琵琶女的半生遭遇谱写了一曲扣人心弦的悲歌,与"说尽心中无限事"的乐曲互相补充,完成了女主人公的形象塑造。

女主人公的形象塑造得异常生动真实,并具有高度的典型性。通过这个形象,深刻地反映了封建社会中被侮辱、被损害的乐伎们、艺人们的悲惨命运。面对这个形象,怎能不一洒同情之泪!

作者在被琵琶女的命运激起的情感波涛中袒露了自我形象。"我从去年辞帝京,谪居卧病浔阳城"的那个"我",是作者自己。作者由于要求革除暴政,实行仁政而遭受打击,从长安贬到九江,心情很痛苦。当琵琶女第一次弹出哀怨的乐曲、表达心事的时候,就已经拨动了他的心弦,发出了深长的叹息声。当琵琶女自诉身世,讲到"夜深忽梦少年事,梦啼妆泪红阑干"的时候,就更激起他的情感的共鸣:"同是天涯沦落人,相逢何必曾相识。"同病相怜,同声相应,忍不住说出了自己的遭遇。

写琵琶女自诉身世,详昔而略今;写自己的遭遇,则压根儿不提被贬以前的事。这也许是意味着以彼之详,补此之略吧!比方说,琵琶女昔日在京城里"曲罢曾教善才伏,妆成每被秋娘妒"的情况和作者被贬以前的情况是不是有某些相通之处呢?同样,他被贬以后的处境和琵琶女"老大嫁作商人妇"以后的处境是不是也有某些类似之处呢?看来是有的,要不然,怎么会发出"同是天涯沦落人"的感慨?

"我"的诉说,反转来又拨动了琵琶女的心弦,当她又一次弹琵琶的时候,那声音就更加凄苦感人,因而反转来又激动了"我"的感情,以至热泪直流,湿透青衫。

把处于封建社会底层的琵琶女的遭遇,同被压抑的正直的知识分子的遭遇相提并论,相互映衬,相互补充,作如此细致生动的描写,并寄予无限同情,这在以前的诗歌中还是罕见的。

(霍松林)

赋得古原草送别

白居易

离离原上草，一岁一枯荣。
野火烧不尽，春风吹又生。
远芳侵古道，晴翠接荒城。
又送王孙去，萋萋满别情。

赏　析

此诗作于贞元三年(787)，作者时年十六。诗是应考的习作。按科场考试规矩，凡指定、限定的诗题，题目前须加"赋得"二字；作法与咏物相类，须缴清题意，起承转合要分明，对仗要精工，全篇要空灵浑成，方称得体。束缚如此之严，故此体向少佳作。据载，作者这年始自江南入京，谒名士顾况时投献的诗文中即有此作。起初，顾况看着这年轻士子说："米价方贵，居亦弗易。"虽是拿居易的名字打趣，却也有言外之意，说京城不好混饭吃。及读至"野火烧不尽"二句，不禁大为嗟赏，道："道得个语，居亦易矣。"并广为延誉。(见唐张固《幽闲鼓吹》)可见此诗在当时就为人称道。

命题"古原草送别"颇有意思。草与别情，似从古代的骚人写出"王孙游兮不归，春草生兮萋萋"(《楚辞·招隐士》)的名句以来，就结了缘。但要写出"古原草"的特色而兼关送别之意，尤其是要写出新意，仍是不易的。

首句即破题面"古原草"三字。多么茂盛("离离")的原上草啊！这话看来平常，却抓住"春草"生命力旺盛的特征，可说是从"春草生兮萋萋"脱化而不着迹，为后文开出很好的思路。就"古原草"而言，何尝不可开作"秋来深径里"(僧古怀《原上秋草》)，那通篇也就将为另一种气象了。野草是一年生植物，春

227

荣秋枯,岁岁循环不已。"一岁一枯荣"意思似不过如此。然而写作"枯——荣",与作"荣——枯"就大不一样。如作后者,便是秋草,便不能生发出三、四的好句来。两个"一"字复迭,形成咏叹,又先状出一种生生不已的情味,三、四句就水到渠成了。

"野火烧不尽,春风吹又生。"这是"枯荣"二字的发展,由概念一变而为形象的画面。古原草的特性就是具有顽强的生命力,它是斩不尽、锄不绝的,只要残存一点根须,来年会更青更长,很快蔓延原野。作者抓住这一特点,不说"斩不尽、锄不绝",而写作"野火烧不尽",便造就一种壮烈的意境。野火燎原,烈焰可畏,瞬息间,大片枯草被烧得精光。而强调毁灭的力量,毁灭的痛苦,是为着强调再生的力量,再生的欢乐。烈火是能把野草连茎带叶统统"烧尽"的,然而作者偏说它"烧不尽",大有意味。因为烈火再猛,也无奈那深藏地底的根须,一旦春风化雨,野草的生命便会复苏,以迅猛的长势,重新铺盖大地,回答火的凌虐。看那"离离原上草",不是绿色的胜利的旗帜么!"春风吹又生",语言朴实有力;"又生"二字下语三分而含意十分。宋吴曾《能改斋漫录》说此两句"不若刘长卿'春入烧痕青'语简而意尽",实未见得。此二句不但写出"原上草"的性格,而且写出一种从烈火中再生的理想的典型。一句写枯,一句写荣,"烧不尽"与"吹又生"是何等唱叹有味,对仗亦工致天然,故卓绝千古。而刘句命意虽似,而韵味不足,远不如白句为人乐道。

如果说这两句是承"古原草"而重在写"草",那么五、六句则继续写"古原草"而将重点落到"古原",以引出"送别"题意,故是一转。上一联用流水对,妙在自然;而此联为的对,妙在精工,颇觉变化有致。"远芳""晴翠"都写草,而比"原上草"意象更具体、生动。芳曰"远",古原上清香弥漫可嗅;翠曰"晴",则绿草沐浴着阳光,秀色animation见。"侵""接"二字继"又生",更写出一种蔓延扩展之势,再一次突出那生存竞争之强者野草的形象。"古道""荒城"则扣题面"古原"极切。虽然道古城荒,青草的滋生却使古原恢复了青春。比较"乱蓁鸣古堑,残日照荒台"(僧古怀《原上秋草》)的秋原,该是如何生气勃勃!

作者并非为写"古原"而写古原,同时又安排一个送别的典型环境:大地春回,芳草芊芊的古原景象如此迷人,而送别在这样的背景上发生,该是多么令人惆怅，同时又是多么富于诗意呵。"王孙"二字借自楚辞成句，泛指行者。"王孙游兮不归，春草生兮萋萋"说的是看见萋萋芳草而怀思行游未归的人。而这里却变其意而用之，写的是看见萋萋芳草而增送别的愁情，似乎每一片草叶都饱含别情，那真是："离恨恰如春草，更行更远还生。"（五代南唐李煜《清平乐》）这是多么意味深长的结尾啊！诗到此点明"送别"，结清题意，关合全篇，"古原""草""送别"打成一片，意境极浑成。

全诗措语自然流畅而又工整，虽是命题作诗，却能融入深切的生活感受，故字字含真情，语语有余味；不但得体，而且别具一格，故能在"赋得体"中称为绝唱。

（周啸天）

大林寺桃花

白居易

人间四月芳菲尽，山寺桃花始盛开。
长恨春归无觅处，不知转入此中来。

　　这首诗作于元和十二年(817)初夏，当时白居易在江州(治今江西九江)司马任上。这是一首纪游诗，大林寺在庐山香炉峰顶。关于他写这首诗的一点情况，其本集有《游大林寺序》一文，可参考。

　　全诗短短四句，从内容到语言都似乎没有什么深奥、奇警的地方，只不过是把"山高地深，时节绝晚""与平地聚落不同"的景物节候，做了一番记述和描写。但细读之，就会发现这首平淡自然的小诗，却写得意境深邃，富于情趣。

　　诗的开首"人间四月芳菲尽，山寺桃花始盛开"两句，是写诗人登山时已届孟夏，正属大地春归，芳菲落尽的时候了。但不期在高山古寺之中，又遇上了意想不到的春景——一片始盛的桃花。我们从紧跟后面的"长恨春归无觅处"一句可以得知，诗人在登临之前，就曾为春光的匆匆不驻而怨恨，而恼怒，而失望。因此当这始所未料的一片春景冲入眼帘时，该是使人感到多么地惊异和欣喜！诗中第一句的"芳菲尽"，与第二句的"始盛开"，是在对比中遥相呼应的。它们字面上是记事写景，实际上也是在写感情和思绪上的跳跃——由一种愁绪满怀的叹逝之情，突变到惊异、欣喜，以至心花怒放。而且在首句开头，诗人着意用了"人间"二字，这意味着这一奇遇、这一胜景，给诗人带来一种特殊的感受，即仿佛从人间的现实世界，突然步入到一个什么仙境，置身于非人间的另一世界。

正是在这一感受的触发下，诗人想象的翅膀飞腾起来了。"长恨春归无觅处，不知转入此中来。"他想到，自己曾因为惜春、恋春，以至怨恨春去的无情，但谁知却是错怪了春。原来春并未归去，只不过像小孩子跟人捉迷藏一样，偷偷地躲到这块地方来罢了。

这首诗中，既用桃花代替抽象的春光，把春光写得具体可感，形象美丽；而且还把春光拟人化，把春光写得仿佛真是有脚似的，可以转来躲去。不，岂只是有脚而已？你看它简直还具有顽皮惹人的性格呢！

在这首短诗中，自然界的春光被描写得是如此地生动具体，天真可爱，活灵活现，如果没有对春的无限留恋、热爱，没有诗人的一片童心，是写不出来的。这首小诗的佳处，正在立意新颖，构思灵巧，而戏语雅趣，又复启人神思，惹人喜爱，可谓唐人绝句小诗中的又一珍品。

（褚斌杰）

暮江吟

白居易

一道残阳铺水中，半江瑟瑟①半江红。
可怜九月初三夜，露似真珠②月似弓。

【注】
① 瑟瑟：深碧色。
② 真珠：即珍珠。

赏　析

　　《暮江吟》是白居易"杂律诗"中的一首。这些诗的特点是通过一时一物的吟咏，在一笑一吟中能够真率自然地表现内心深处的情思。

　　诗人选取了红日西沉到新月东升这一段时间里的两组景物进行描写。前两句写夕阳落照中的江水。"一道残阳铺水中"，残阳照射在江面上，不说"照"，却说"铺"，这是因为"残阳"已经接近地平线，几乎是贴着地面照射过来，确像"铺"在江上，很形象；这个"铺"字也显得平缓，写出了秋天夕阳的柔和，给人以亲切、安闲的感觉。"半江瑟瑟半江红"，天气晴朗无风，江水缓缓流动，江面皱起细小的波纹。受光多的部分，呈现一片"红"色；受光少的地方，呈现出深深的碧色。诗人抓住江面上呈现出的两种颜色，却表现出残阳照射下，暮江细波粼粼、光色瞬息变化的景象。诗人沉醉了，把自己的喜悦之情寄寓在景物描写之中了。

　　后两句写新月初升的夜景。诗人流连忘返，直到初月升起，凉露下降的时候，眼前呈现出一片更为美好的境界。诗人俯身一看：呵呵，江边的草地上挂满了晶莹的露珠。这绿草上的滴滴清露,多么像镶嵌在上面的粒粒珍珠!用"真珠"作比喻,不仅写出了露珠的圆润,而且写出了在新月的清辉下,露珠闪烁的光泽。再抬头一看:一弯新月初升,这真如同在碧蓝的天幕上,悬挂了一张精巧的弓!诗人把这天上地下的两种景象,压缩在一句诗里——"露似真珠月似弓"。作者从弓也似的一弯新月,想起此时正是"九月初三夜",不禁脱口赞美它的可爱,直接抒情,把感情推向高潮,给诗歌造成了波澜。

诗人通过"露""月"视觉形象的描写,创造出多么和谐、宁静的意境!用这样新颖巧妙的比喻来精心为大自然敷彩着色,描容绘形,令人叹绝。由描绘暮江,到赞美月露,这中间似少了一个时间上的衔接,而"九月初三夜"的"夜"无形中把时间连接起来,它上与"暮"接,下与"露""月"相连。这就意味着诗人从黄昏时起,一直玩赏到月上露下,蕴含着诗人对大自然的喜悦、热爱之情。

这首诗大约是长庆二年(822)白居易写于赴杭州任刺史途中。当时朝政昏暗,牛李党争激烈,诗人谙尽了朝官的滋味,自求外任。这首诗从侧面反映出诗人离开朝廷后的轻松愉快的心情。途次所见,随口吟成,格调清新,自然可喜,读后给人以美的享受。

(张燕瑾)

钱塘湖春行

白居易

孤山寺北贾亭①西，水面初平云脚低。
几处早莺争暖树，谁家新燕啄春泥。
乱花渐欲迷人眼，浅草才能没马蹄。
最爱湖东行不足，绿杨阴里白沙堤②。

【注】

① 贾亭：一名贾公亭。《唐语林》卷六："贞元中，贾全为杭州（刺史），于西湖造亭，为贾公亭；未五六十年废。"白居易作此诗时，贾亭尚在。

② 白沙堤：即白堤，又称沙堤或断桥堤。（白居易在杭州时，曾修堤蓄水，灌溉民田，其堤在钱塘门之北。后人误以白堤混为白氏所筑之堤。）西湖三面环山，白堤中贯，在湖东一带，总揽全湖之胜。

赏 析

这诗是长庆三或四年（823 或 824）春白居易任杭州刺史时所作。

钱塘湖是西湖的别名。提起西湖，人们就会联想到宋代苏轼诗中的名句："欲把西湖比西子，淡妆浓抹总相宜。"（《饮湖上初晴后雨》）读了白居易这诗，仿佛真的看到了那含睇宜笑的西施的面影，更加感到东坡这比喻的确切。

乐天在杭州时，有关湖光山色的题咏很多。这诗处处扣紧环境和季节的特征，把刚刚披上春天外衣的西湖，描绘得生意盎然，恰到好处。

"孤山寺北贾亭西"。孤山在后湖与外湖之间，峰峦耸立，上有孤山寺，是湖中登览胜地，也是全湖一个特出的标志。贾亭在当时也是西湖名胜。有了第一句的叙述，这第二句的"水面"，自然指的是西湖湖面了。秋冬水落，春水新涨,在水色天光的混茫中,太空里舒卷起重重叠叠的白云,和湖面上荡漾的波澜连成了一片,故曰"云脚低"。"水面初平云脚低"一句,勾勒出湖上早春的轮廓。接下两句,从莺莺燕燕的动态中,把春的活力,大自然从秋冬沉睡中苏醒过来的春意生动地描绘了出来。莺是歌手,它歌唱着江南的旖旎春光;燕是候鸟,春天又从北国飞来。它们富于季节的敏感,成为春天的象征。在这里,诗人对周遭事物的选择是典型的;而他的用笔,则是细致入微的。说"几处",可见不是"处处";说"谁家",可见不是"家家"。因为这还是初春季节。这样,"早莺"的"早"和"新燕"的"新"就在意义上互相生发,把两者联成一幅完整的画面。因为是"早莺",所以抢着向阳的暖树,来试它滴溜的歌喉;因为是"新燕",所以当它啄泥衔草,营建新巢的时候,就会引起人们一种乍见的喜悦。南朝宋谢灵运"池塘生春草,园柳变鸣禽"(《登池上楼》)二句之所以妙绝古今,为人传诵,正由于他写出了季节更换时这种乍见的喜悦。这诗在意境上颇与之相类似。

诗的前四句写湖上春光,范围是宽广的,它从"孤山"一句生发出来;后四句专写"湖东"景色,归结到"白沙堤"。前面先点明环境,然后写景;后面先写景,然后点明环境。诗以"孤山寺"起,以"白沙堤"终,从点到面,又由面回到点,中间的转换,不见痕迹。结构之妙,诚如清薛雪所指出:乐天诗"章法变化,条理井然"(《一瓢诗话》)。这种"章法"上的"变化",往往寓诸浑成的笔意之中;倘不细心体察,是难以看出它的"条理"的。

"乱花""浅草"一联,写的虽也是一般春景,然而它和"白沙堤"却有紧密的联系:春天,西湖哪儿都是绿毯般的嫩草;可是这平坦修长的白沙堤,游人来往最为频繁。唐时,西湖上骑马游春的风俗极盛,连歌姬舞伎也都喜爱骑马。诗用"没马蹄"来形容这嫩绿的浅草,正是眼前现成景色。

"初平""几处""谁家""渐欲""才能"这些词语的运用,在全诗写景句中贯串成一条线索,把早春的西湖点染成半面轻匀的钱塘苏小小。可是这蓬蓬勃勃的春意,正在急剧发展之中。从"乱花渐欲迷人眼"这一联里,透露出另一个消息:很快地就会姹紫嫣红开遍,湖上镜台里即将出现浓妆艳抹的西施。

清方东树说这诗"象中有兴,有人在,不比死句"(《续昭昧詹言》)。这是一首写景诗,它的妙处,不在于穷形尽相的工致刻画,而在于即景寓情,写出了融和骀宕的春意,写出了自然之美所给予诗人的集中而饱满的感受。所谓"象中有兴,有人在",所谓"随物赋形,所在充满"(金王若虚《滹南诗话》),是应该从这个意义去理解的。

(马茂元)

悯农二首

李　绅

春种一粒粟，秋收万颗子。
四海无闲田，农夫犹饿死。

锄禾日当午，汗滴禾下土。
谁知盘中餐，粒粒皆辛苦。

赏　析

李绅(字公垂)不仅是中唐时期新乐府运动的倡导者之一，而且是写新乐府诗的最早实践者。元稹曾说过："予友李公垂，贶予乐府新题二十首。雅有所谓，不虚为文。予取其病时之尤急者，列而和之，盖十二而已。"元稹和了十二首，白居易又写了五十首，并改名《新乐府》。可见李绅创作的《新题乐府》对他们的影响。所谓"不虚为文"，不也就含有"文章合为时而著，歌诗合为事而作"(白居易《与元九书》)的意思吗？可惜的是李绅写的《新乐府》二十首今已不传。不过，他早年所写的《悯农二首》(一称《古风二首》)，亦足以体现"不虚为文"的精神。

诗的第一首一开头，就以"一粒粟"化为"万颗子"具体而形象地描绘了丰收，用"种"和"收"赞美了农民的劳动。第三句再推而广之，描述四海之内，荒地变良田。这和前两句联起来，便构成了到处硕果累累，遍地"黄金"的生动景象。这三句诗人用层层递进的笔法，表现出劳动人民的巨大贡献和无穷的创造力，这就使下文的反结变得更为凝重，更为沉痛。是的，丰收了又怎样呢？"农夫犹饿死"，它不仅使前后的内容连贯起来了，也把问题突出出来了。勤劳的农民以他们的双手获得了丰收，而他们自己呢，还是两手空空，惨遭饿死。诗迫使人们不得不带着沉重的心情去思索：是谁制造了这人间的悲剧？诗人把这一切放在幕后，让读者去寻找，去思索。

第二首诗，一开头就描绘在烈日当空的正午，农民依然在田里劳作，那一滴滴的汗珠，洒在灼热的土地上。这就补叙出由"一粒粟"到"万颗子"，到"四海无闲田"，乃是千千万万个农民用血汗浇灌起来的；这也为下面"粒粒皆辛苦"撷取了最富有典型意义的形象，可谓一以当十。它概括地表现了农民不避严寒酷暑、雨雪风霜，终年辛勤劳动的生活。本来粒粒粮食滴滴汗，谁都应该知道的。但是，现实又是怎样呢？诗人没有明说，然而，读者只要稍加思索，就会发现现实的另一面：那"水陆罗八珍"的"人肉的筵宴"，那无数的粮食"输入官仓化为土"的罪恶和那"船中养犬长食肉"（张籍《野老歌》）的骄奢。可见"谁知盘中餐，粒粒皆辛苦"，不是空洞的说教，不是无病的呻吟；它近似蕴意深远的格言，但又不仅以它的说服力取胜，而且还由于在这一深沉的慨叹之中，凝聚了诗人无限的愤懑和真挚的同情。

《悯农二首》不是通过对个别的人物、事件的描写体现它的主题，而是把整个的农民生活、命运，以及那些不合理的现实作为抒写的对象。这对于两首小诗来说，是很容易走向概念化、一般化的，然而诗篇却没有给人这种感觉。这是因为作者选择了比较典型的生活细节和人们熟知的事实，集中地刻画了那个畸形社会的矛盾，说出了人们想要说的话。所以，它亲切感人，概括而不抽象。诗人还用虚实结合、相互对比、前后映衬的手法，增强了诗的表现力。因此它虽然是那么通俗明白，却无单调浅薄之弊，能使人常读常新。在声韵方面诗人也很讲究，他采用不拘平仄的古绝形式。这一方面便于自由地抒写，另一方面也使诗具有一种和内容相称的简朴厚重的风格。两首诗都选用短促的仄声韵，读来给人一种急切悲愤而又郁结难伸的感觉，更增强了诗的艺术感染力。

（赵其钧）

江 雪

柳宗元

千山鸟飞绝，万径人踪灭。
孤舟蓑笠翁，独钓寒江雪。

赏 析

　　这是一首押仄韵的五言绝句，是柳宗元的代表作之一。大约作于他谪居永州(治今湖南永州)期间。

　　柳宗元被贬到永州之后，精神上受到很大刺激和压抑，于是，他就借描写山水景物，借歌咏隐居在山水之间的渔翁，来寄托自己清高而孤傲的情感，抒发自己在政治上失意的郁闷苦恼。因此，柳宗元笔下的山水诗有个显著的特点，那就是把客观境界写得比较幽僻，而诗人的主观的心情则显得比较寂寞，甚至有时不免过于孤独，过于冷清，不带一点人间烟火气。这显然同他一生的遭遇和他整个的思想感情的发展变化是分不开的。

　　这首《江雪》正是这样。诗人只用了二十个字，就把我们带到一个幽静寒冷的境地。呈现在读者眼前的，是这样一幅图画：在下着大雪的江面上，一叶小舟，一个老渔翁，独自在寒冷的江心垂钓。诗人向读者展示的，是这样一些内容：天地之间是如此纯洁而寂静，一尘不染，万籁无声；渔翁的生活是如此清高，渔翁的性格是如此孤傲。其实，这正是柳宗元由于憎恨当时那个一天天在走下坡路的唐代社会而创造出来的一个幻想境界，比起晋陶渊明《桃花源记》里的人物，恐怕还要显得虚无缥缈，远离尘世。诗人所要具体描写的本极简单，不过是一条小船，一个穿蓑衣戴笠帽的老渔翁，在大雪的江面上钓鱼，如此而已。可是，为了突出主要的描写对象，诗人不惜用一半篇幅去描写它的背景,而且使这个背景尽量广大寥廓,几乎到了浩瀚无边的程度。背景越广大,主要的描写对象就越显得突出。首先,诗人用"千山""万径"这两个词,目的是为了给下面两句的"孤舟"和"独钓"的画面作陪衬。没有"千""万"两字,下面的"孤""独"两字也就平淡无奇,没有什么感染力了。其次,山上的"鸟飞",路上的"人踪",这本来是极平常的事,也是最一般化的形象。可是,诗人却把它们放在"千山""万径"的下面,再加上一个"绝"和一个"灭"字,这就把最常见的、最一般化的动态,一下子给变成极端的寂静、绝对的沉默,形成一种不平常的景象。因此,下面两句原来是属于静态的描写,由于摆在这种绝对幽静、绝对沉寂的背景之下,倒反而显得玲珑剔透,有了生气,在画面上浮动起来,活跃起来了。也可以这样说,前两句本来是陪衬的远景,照一般理解,只要勾勒个轮廓也就可以了,不必费很大气力去精雕细刻。可是,诗人却恰好不这样处理。这好像拍电影,用放大了多少倍的特写镜头,把属于背景范围的每一个角落都交代、反映得一清二楚。写得越具体细致,就越显得概括夸张。而后面的两句,本来是诗人有心要突出描写的对象,结果却使用了远距离的镜头,反而把它缩小了多少倍,给读者一种空灵剔透、可见而不可即的感觉。只有这样写,才能表达作者所迫切希望展示给读者的那种摆脱世俗、超然物外的清高孤傲的思想感情。至于这种远距离感觉的形成,主要是作者把一个"雪"字放在全诗的最末尾,并且同"江"字连起来所产生的效果。

在这首诗里,笼罩一切、包罗一切的东西是雪,山上是雪,路上也是雪,而且"千山""万径"都是雪,才使得"鸟飞绝""人踪灭"。就连船篷上,渔翁的蓑笠上,当然也都是雪。可是作者并没有把这些景物同"雪"明显地联系在一起。相反,在这个画面里,只有江,只有江心。江,当然不会存雪,不会被雪盖住,而且即使雪下到江里,也立刻会变成水。然而作者却偏偏用了"寒江雪"三个字,把"江"和"雪"这两个关系最远的形象联系到一起,这就给人以一种比较空濛、比较遥远、比较缩小了的感觉,这就形成了远距离的镜头。这就使得诗中主要描写的对象更集中、更灵巧、更突出。因为连江里都仿佛下满了雪,连不存雪的地方都充满了雪,这就把雪下得又大又密、又浓又厚的情形完全写出来了,把水天不分、上下苍茫一片的气氛也完全烘托出来了。至于上面再用一个

"寒"字，固然是为了点明气候；但诗人的主观意图却是在想不动声色地写出渔翁的精神世界。试想，在这样一个寒冷寂静的环境里，那个老渔翁竟然不怕天冷，不怕雪大，忘掉了一切，专心地钓鱼，形体虽然孤独，性格却显得清高孤傲，甚至有点凛然不可侵犯似的。这个被幻化了的、美化了的渔翁形象，实际正是柳宗元本人的思想感情的寄托和写照。由此可见，这"寒江雪"三字正是"画龙点睛"之笔，它把全诗前后两部分有机地联系起来，不但形成了一幅凝练概括的图景，也塑造了渔翁完整突出的形象。

用具体而细致的手法来摹写背景，用远距离画面来描写主要形象；精雕细琢和极度的夸张概括，错综地统一在一首诗里，是这首山水小诗独有的艺术特色。

（吴小如）

离思五首

（其四）

元　稹

曾经沧海难为水，除却巫山不是云。
取次花丛懒回顾，半缘修道半缘君。

　　此为悼念亡妻韦丛之作。诗人运用"索物以托情"的比兴手法，以精警的词句，赞美了夫妻之间的恩爱，表达了对韦丛的忠贞与怀念之情。

　　首二句"曾经沧海难为水，除却巫山不是云"，是从《孟子·尽心》篇"观于海者难为水，游于圣人之门者难为言"变化而来的。两处用比相近，但《孟子》是明喻，以"观于海"比喻"游于圣人之门"，喻意显明；而这两句则是暗喻，喻意并不明显。沧海无比深广，因而使别处的水相形见绌。巫山有朝云峰，下临长江，云蒸霞蔚。据战国楚宋玉《高唐赋序》说，其云为神女所化，上属于天，下入于渊，茂如松榯，美若娇姬。因而，相形之下，别处的云就黯然失色了。"沧海""巫山"，是世间至大至美的形象。诗人引以为喻，从字面上看是说经历过"沧海""巫山"，对别处的水和云就难以看上眼了；实则是用来隐喻他们夫妻之间的感情有如沧海之水和巫山之云，其深广和美好是世间无与伦比的，因而除爱妻之外，再没有能使自己动情的女子了。

　　"难为水""不是云"，情语也。这固然是元稹对妻子的偏爱之词，但像他们那样的夫妻感情，也确乎是很少有的。元稹第三句说自己信步经过"花丛"，懒于顾视，表示他对女色绝无眷恋之心了。

　　第四句即承上说明"懒回顾"的原因。既然对亡妻如此情深，这里为什么却说"半缘修道半缘君"呢？元稹生平"身委《逍遥篇》，心付《头陀经》"（白居易《和答诗十首》赞元稹语），是尊佛奉道的。另外，这里的"修道"，也可以理解为专心于品德学问的修养。然而，尊佛奉道也好，修身治学也好，对元稹来说，都不过是心失所爱，悲伤无法解脱的一种感情上的寄托。"半缘修道"和"半缘君"所表达的忧思之情是一致的，而且，说"半缘修道"更觉含义深沉。清代秦朝钎《消寒诗话》以为，悼亡而曰"半缘君"，是薄情的表现，未免太不了解诗人的苦衷了。

元稹这首绝句，不但取譬极高，抒情强烈，而且用笔极妙。前两句以极致的比喻写怀旧悼亡之情，"沧海""巫山"，词意豪壮，有悲歌传响、江河奔腾之势。后面，"懒回顾""半缘君"，顿使语势舒缓下来，转为曲婉深沉的抒情。张弛自如，变化有致，形成一种跌宕起伏的旋律。而就全诗情调而言，它言情而不庸俗，瑰丽而不浮艳，悲壮而不低沉，创造了唐人悼亡绝句中的绝胜境界。"曾经沧海"二句尤其为人称颂。

（阎昭典）

忆江上吴处士①

贾 岛

闽国扬帆去， 蟾蜍②亏复圆。

秋风生渭水③，落叶满长安。

此地聚会夕， 当时雷雨寒。

兰桡殊未返④，消息海云端。

【注】

① 处士：隐居林泉不仕的人。

② 蟾蜍：蛤蟆。此处是月的代称。

③ 这一句又作"秋风吹渭水"。

④ 兰桡(ráo)：用木兰树做的桨，代指船。殊：这里作"犹"字解。

赏 析

这首诗"秋风生渭水，落叶满长安"一联，是贾岛的名句，为后代不少名家引用。如宋代周邦彦《齐天乐》词中的"渭水西风，长安乱叶，空忆诗情宛转"，元代白朴《梧桐雨》杂剧中的"伤心故园，西风渭水，落日长安"，都是化用这两句名句而成的，可见其流传之广，影响之深。

诗是为忆念一位到福建一带去的姓吴的朋友而作。

开头说，朋友坐着船前去福建，很长时间了，却不见他的消息。

接着说自己居住的长安已是深秋时节。强劲的秋风从渭水那边吹来，长安落叶遍地，显出一派萧瑟的景象。

为什么要提到渭水呢？因为渭水就在长安郊外，是送客出发的地方。当日送朋友时，渭水还未有秋风；如今渭水吹着秋风，自然想起分别多时的朋友了。

　　此刻，诗人忆起和朋友在长安聚会的一段往事："此地聚会夕，当时雷雨寒"——他那回在长安和这位姓吴的朋友聚首谈心，一直谈到很晚。外面忽然下了大雨，雷电交加，震耳炫目，使人感到一阵寒意。这情景还历历在目，一转眼就已是落叶满长安的深秋了。

　　结尾是一片忆念想望之情。"兰桡殊未返，消息海云端。"由于朋友坐的船还没见回来，自己也无从知道他的消息，只好遥望远天尽处的海云，希望从那儿得到吴处士的一些消息了。

　　这首诗中间四句言情谋篇都有特色。在感情上，既说出诗人在秋风中怀念朋友的凄冷心情，又忆念两人往昔过从之好；在章法上，既向上挽住了"蟾蜍亏复圆"，又向下引出了"兰桡殊未返"。其中"渭水""长安"两句，是此日长安之秋，是此际诗人之情；又在地域上映衬出"闽国"离长安之远（回应开头），以及"海云端"获得消息之不易（暗藏结尾）。细针密缕，处处见出诗人行文构思的缜密严谨。"秋风"二句先叙述离别处的景象，接着"此地"二句逆挽一笔，再倒叙昔日相会之乐，行文曲折，而且笔势也能提挈全诗。全诗把题目中的"忆"字反复勾勒，笔墨厚重饱满，是一首生动自然而又流畅的抒情佳品。

（刘逸生）

寻隐者不遇

贾 岛

松下问童子，言师采药去。
只在此山中，云深不知处。

赏 析

　　贾岛是以"推敲"两字出名的苦吟诗人。一般认为他只是在用字方面下功夫，其实他的"推敲"不仅着眼于锤字炼句，在谋篇构思方面也是同样煞费苦心的。此诗就是一个例证。

　　这首诗的特点是寓问于答。"松下问童子"，必有所问，而这里把问话省略了，只从童子所答"师采药去"这四个字而可想见当时松下所问是"师往何处去"。接着又把"采药在何处"这一问句省掉，而以"只在此山中"的童子答辞，把问句隐括在内。最后一句"云深不知处"，又是童子答复对方采药究竟在山前、山后、山顶、山脚的问题。明明三番问答，至少须六句方能表达的，贾岛采用了以答句包赅问句的手法，精简为二十字。这种"推敲"就不在一字一句间了。

　　然而，这首诗的成功，不仅在于简练；单言繁简，还不足以说明它的妙处。诗贵善于抒情。这首诗的抒情特色是在平淡中见深沉。一般访友，问知他出，也就自然扫兴而返了。但这首诗中，一问之后并不罢休，又继之以二问三问，其言甚繁，而其笔则简，以简笔写繁情，益见其情深与情切。而且这三番答问，逐层深入，表达感情有起有伏。"松下问童子"时，心情轻快，满怀希望；"言师采药去"，答非所想，一坠而为失望；"只在此山中"，在失望中又萌生了一线希望；及至最后一答——"云深不知处"，就惘然若失，无可奈何了。

然而诗的抒情要凭借艺术形象,要讲究色调。从表面看,这首诗似乎不着一色,白描无华,是淡妆而非浓抹。其实它的造型自然,色彩鲜明,浓淡相宜。郁郁青松,悠悠白云,这青与白,这松与云,它的形象与色调恰和云山深处的隐者身份相符。而且未见隐者先见其画,青翠挺立中隐含无限生机;而后却见茫茫白云,深邃杳霭,捉摸无从,令人起秋水伊人无处可寻的浮想。从造型的递变,色调的先后中也映衬出作者感情的与物转移。

诗中隐者采药为生,济世活人,是一个真隐士。所以贾岛对他有高山仰止的钦慕之情。诗中白云显其高洁,苍松赞其风骨,写景中也含有比兴之义。唯其如此,钦慕而不遇,就更突出其怅惘之情了。

（沈熙乾）

雁门太守行

李 贺

黑云压城城欲摧，甲光向日金鳞开。

角声满天秋色里，塞上燕脂凝夜紫。

半卷红旗临易水，霜重鼓寒声不起。

报君黄金台上意，提携玉龙为君死。

赏 析

"雁门太守行"系乐府旧题。李贺生活的时代藩镇叛乱此伏彼起，发生过重大的战争。如史载，元和四年(809)，王承宗的叛军攻打易州和定州，爱国将领李光颜曾率兵驰救。元和九年，他身先士卒，突出、冲击吴元济叛军的包围，杀得敌人人仰马翻，狼狈逃窜。

从有关《雁门太守行》这首诗的一些传说和材料记载推测，可能是写平定藩镇叛乱的战争。

诗共八句，前四句写日落前的情景。首句既是写景，也是写事，成功地渲染了敌军兵临城下的紧张气氛和危急形势。"黑云压城城欲摧"，一个"压"字，把敌军人马众多，来势凶猛，以及交战双方力量悬殊，守军将士处境艰难等等，淋漓尽致地揭示出来。次句写城内的守军，以与城外的敌军相比。忽然，风云变幻，一缕日光从云缝里透射下来，映照在守城将士的甲衣上，只见金光闪闪，耀人眼目。此刻他们正披坚执锐，严阵以待。这里借日光来显示守军的阵营和士气，情景相生，奇妙无比。据说宋王安石曾批评这句说："方黑云压城，岂有向日之甲光?"明杨慎声称自己确乎见到此类景象，指责王安石说："宋老头巾不知诗。"(《升庵诗话》)其实艺术的真实和生活的真实不能等同起来。敌军围城,未必有黑云出现;守军列阵,也未必就有日光前来映照助威。诗中的黑云和日光,是诗人用来造境造意的手段。三、四句分别从听觉和视觉两方面铺写阴寒惨切的战地气氛。时值深秋,万木摇落,在一片死寂之中,那角声呜呜咽咽地鸣响起来。显然,一场惊心动魄的战斗正在进行。"角声满天",勾画出战争的规模。敌军依仗人多势众,鼓噪而前,步步紧逼。守军并不因势孤力弱而怯阵,在号角声的鼓舞下,他们士气高昂,奋力反击。战斗从白昼持续到黄昏。诗人没有直接描写车毂交错、短兵相接的激烈场面,只对双方收兵后战场上的景象作了粗略然而极富表现力的点染:鏖战从白天进行到夜晚,晚霞映照着战场,那大块大块的胭脂般鲜红的血迹,透过夜雾凝结在大地上,呈现出一片紫色。这种黯然凝重的氛围,衬托出战地的悲壮场面,暗示攻守双方都有大量伤亡,守城将士依然处于不利的地位,为下面写友军的援救作了必要的铺垫。

后四句写驰援部队的活动。"半卷红旗临易水","半卷"二字含义极为丰富。黑夜行军,偃旗息鼓,为的是"出其不意,攻其不备";"临易水"既表明交战的地点,又暗示将士们具有"风萧萧兮易水寒,壮士一去兮不复还"战国荆轲(《易水秋》)那样一种壮怀激烈的豪情。接着描写苦战的场面:驰援部队一迫近敌军的营垒,便击鼓助威,投入战斗。无奈夜寒霜重,连战鼓也擂不响。面对重重困难,将士们毫不气馁。"报君黄金台上意,提携玉龙为君死。"黄金台是战国时燕昭王在易水东南修筑的,传说他曾把大量黄金放在台上,表示不惜以重金招揽天下士。诗人引用这个故事,写出将士们报效朝廷的决心。

一般说来,写悲壮惨烈的战斗场面不宜使用表现秾艳色彩的词语,而李贺这首诗几乎句句都有鲜明的色彩。其中如金色、胭脂色和紫红色,非但鲜明,而且秾艳,它们和黑色、秋色、玉白色等等交织在一起,构成色彩斑斓的画面。诗人就像一个高明的画家,特别善于着色,以色示物,以色感人,不只勾勒轮廓而已。他写诗,绝少运用白描手法,总是借助想象给事物涂上各种各样新奇浓重的色彩,有效地显示了它们的多层次性。有时为了使画面变得更加鲜明,他还把一些性质不同甚至互相矛盾的事物糅合在一起,让它们并行错出,形成强烈的对比。例如用压城的黑云暗喻敌军气焰嚣张,借向日之甲光显示守城将士雄姿英发,两相比照,色彩鲜明,爱憎分明。李贺的诗篇不只奇诡,亦且妥帖。奇诡而又妥帖,是他诗歌创作的基本特色。这首诗,用秾艳斑驳的色彩描绘悲壮惨烈的战斗场面,可算是奇诡的了;而这种色彩斑斓的奇异画面却准确地表现了特定时间、特定地点的边塞风光和瞬息变幻的战争风云,又显得很妥帖。惟其奇诡,愈觉新颖;惟其妥帖,则倍感真切;奇诡而又妥帖,从而构成浑融蕴藉、富有情思的意境。这是李贺创作诗歌的绝招,他的可贵之处,也是他的难学之处。

(朱世英)

马诗二十三首

（其四）

李 贺

此马非凡马，房星本是星。
向前敲瘦骨，犹自带铜声。

赏 析

这首诗写马的素质好，但遭遇不好。用拟物的手法写人，写自己，是一种"借题发挥"的婉曲写法。

首句开门见山，直言本意，肯定并且强调诗歌所表现的是一匹非同寻常的好马。起句平直，实在没有多少诗味。

次句"房星本是星"，乍看起来像是重复第一句的意思。"房星"指马，句谓房星原是天上的星宿，也就是说这匹马本不是尘世间的凡物。如果这句的含义仅限于此，与首句几乎一模一样，那就犯了重沓的毛病。诗只四句，首句平平，次句又作了一次重复，那么这首诗就有一半索然无味，没有价值。但如细细咀嚼，便会发现第二句别有新意，只是意在言外，比较隐晦曲折。《晋书·天文志》中有这样一段话："房四星，亦曰天驷，为天马，主车驾。房星明，则王者明。"它把"房星"和"王者"直接联系起来，就是说马的处境如何与王者的明暗、国家的治乱息息相关。既然马的素质好遭遇不好，那么，王者不明、政事不理的状况就不言而喻了。这是一种"渗透法"，通过曲折引申，使它所表达的实际意义远远超过字面的含义。

三、四句写马的形态和素质。如果说前二句主要是判断和推理，缺乏鲜明生动的形象，那么，后二句恰恰相反，它们绘声绘影，完全借助形象表情达意。

李贺写诗,善于捕捉形象,"状难见之景如在目前",这两句就是突出的例子。"瘦骨"写形,表现马的处境;"铜声"写质,反映马的素质。这匹马瘦骨嶙峋,显然境遇不好。在常人的眼里,它不过是匹筋疲力尽的凡马,只有真正爱马并且善于相马的人,才不把它当作凡马看待。"向前敲瘦骨,犹自带铜声。"尽管它境遇恶劣,被折腾得不成样子,却仍然骨带铜声。"铜声"二字,读来浑厚凝重,有立体感。它所包含的意思也很丰富:铜声悦耳,表明器质精良,从而生动地显示了这匹马骨力坚劲的美好素质,使内在的东西外现为可闻、可见、可感、可知的物象。"素质"原很抽象,"声音"也比较难于捉摸,它们都是"虚"的东西。以虚写虚,而又要化虚为实,的确很不容易,而诗人只用了短短五个字就做到了,形象化技法之高妙,可说已达到炉火纯青的程度。尤其可贵的是,诗歌通过写马,创造出物我两契的深远意境。

诗人怀才不遇,景况凄凉,恰似这匹瘦马。他写马,不过是婉曲地表达出郁积心中的怨愤之情。

(朱世英)

咸阳城西楼晚眺

许　浑

一上高城万里愁，蒹葭杨柳似汀洲。
溪云初起日沉阁，山雨欲来风满楼。
鸟下绿芜秦苑夕，蝉鸣黄叶汉宫秋。
行人莫问当年事，故国东来渭水流。

赏　析

这首诗题目有两种不同文字，今采此题，而弃"咸阳城东楼"的题法。何也？一是醒豁，二是合理。看来"西"字更近乎情理——而且"晚眺"也是全诗一大关目。

同为晚唐诗人的李义山，有一首《安定城楼》，与许丁卯这篇，不但题似，而且体同（七律），韵同（尤部）。这还不算，再看李诗头两句："迢递高城百尺楼，绿杨枝外尽汀洲。"这实在是巧极了，都用"高城"，都用杨柳，都用"汀洲"。然而，一比之下，他们的笔调，他们的情怀，就不一样了。义山一个"迢递"，一个"百尺"，全在神超；而丁卯一个"一上"，一个"万里"，端推意远。神超多见风流，意远兼怀气势。

"一"上高城，就有"万"里之愁怀，这正是巧用了两个不同意义的"数字"而取得了一种独特的艺术效果。万里之愁，其意何在呢？诗人笔下分明逗露——"蒹葭杨柳似汀洲"。一个"似"字，早已道破，此处并无什么真的汀洲，不过是想象之间，似焉而已。然而为何又非要拟之为汀洲不可？须知诗人家在润州丹阳（今属江苏），他此刻登上咸阳城楼，举目一望，见秦中河湄风物，居然略类江南。于是笔锋一点，微微唱叹。万里之愁，正以乡思为始。盖蒹葭秋水，杨柳河桥，本皆与怀人伤别有连。愁怀无际，有由来矣。

以上单说句意。若从诗的韵调丰采而言，如彼一个起句之下，著此"蒹葭杨柳似汀洲"七个字，正是"无意气时添意气，不风流处也风流"。再从笔法看，他起句将笔一纵，出口万里，随后立即将笔一收，回到目前。万里之遥，从何写起？一笔挽回，且写眼中所见，潇潇洒洒，全不呆滞，而笔中又自有万里在。仿批点家一句：此开合擒纵之法也。

话说诗人正在凭栏送目，远想慨然——也不知过了多久，忽见一片云生，暮色顿至；那一轮平西的红日，已然渐薄溪山——不一时，已经隐隐挨近西边的寺阁了——据诗人自己在句下注明："南近磻溪，西对慈福寺阁。"形势了然。却说云生日落，片刻之间，"天地异色"，那境界已然变了，谁知紧接一阵凉风，吹来城上，顿时吹得那城楼越发空空落落，萧然凛然。诗人凭着"生活经验"，知道这风是雨的先导，风已飒然，雨势迫在眉睫了。

景色迁动，心情变改，捕捉在那一联两句中。使后来的读者，都如身在楼城之上，风雨之间，遂为不朽之名作。何必崇高巨丽，要在写境传神。令人心折的是，他把"云""日""雨""风"四个同性同类的"俗"字，连用在一处，而四者的关系是如此地清晰，如此地自然，如此地流动，却又颇极错综辉映之妙，令人并无一丝一毫的"合掌"之感——也并无组织经营、举鼎绝膑之态。云起日沉、雨来风满，在"事实经过"上是一层推进一层，井然不紊；然而在"艺术感觉"上，则又分明像是错错落落，"参差"有致。"起"之与"沉"，当句自为对比，而"满"之一字本身亦兼虚实之趣——曰"风满"，而实空无一物也；曰空空落落，而益显其愁之"满楼"也。"日""风"两处，音调小拗，取其峭拔，此为诗人喜用之句格。

那么，风雨将至，"形势逼人"，诗人是"此境凛乎不可久留"，赶紧下楼匆匆回府了呢？还是怎么？看来，他未被天时之变"吓跑"，依然登临纵目，独倚危栏。

何以知之？你只看它两点自明：前一联，虽然写得声色如新，气势兼备，却要体味那个箭已在弦，"引而不发，跃如也"的意趣。诗人只说"欲"来，笔下精神，全在虚处。而下一联，鸟下平芜，蝉吟高树，其神情意态，何等自在悠闲，哪里是什么"暴风雨"的问题？

讲到此处，不禁想起，那不知名氏（一说李白）的一首千古绝唱《忆秦娥》："……乐游原上清秋节，咸阳古道音尘绝。音尘绝，西风残照，汉家陵阙。"诗人许浑，也正是在西风残照里，因见汉阙秦陵之类而引起了感怀。

咸阳本是秦汉两代的故都，旧时禁苑，当日深宫，而今只绿芜遍地，黄叶满林，惟有虫鸟，不识兴亡，翻如凭吊。"万里"之愁乎？"万古"之愁乎？

行人者谁？过客也。可泛指古往今来是处征人游子，当然也可包括自家在内。其曰莫问，其意却正是欲问，要问，而且"问"了多时了，正是说他所感者深矣！

"故国东来渭水流"，大意是说，我闻咸阳古地名城者久矣，今日东来，至此一览——而所见无几，惟"西风吹渭水"，系人感慨矣。

结句可谓神完气足。气足，不是气尽，当然也不是语尽意尽。此一句，正使全篇有"状难写之景，如在目前；含不尽之意，见于言外"的好处，确有悠悠不尽之味。渭水之流，自西而东也，空间也，其间则有"城""楼""草""木""汀洲"……其所流者，自古及今也，时间也，其间则有"起""沉""下""鸣""夕""秋"……三字实结万里之愁，千载之思，而使后人读之不禁同起无穷之感。如此想来，那么诗人所说的"行人"，也正是空间的过客和时间的过客的统一体了。

（周汝昌）

过华清宫绝句三首
（其一）

杜 牧

长安回望绣成堆，山顶千门次第开。

一骑红尘妃子笑，无人知是荔枝来。

赏　析

　　本题共三首，是杜牧经过骊山华清宫时有感而作。华清宫是唐玄宗开元十一年（723）修建的行宫，玄宗和杨贵妃曾在那里寻欢作乐。后代有许多诗人写过以华清宫为题的咏史诗，而杜牧的这首绝句尤为精妙绝伦，脍炙人口。此诗通过送荔枝这一典型事件，鞭挞了玄宗与杨贵妃骄奢淫逸的生活，有着以微见著的艺术效果。

　　起句描写华清宫所在地骊山的景色。诗人从长安"回望"的角度来写，犹如电影摄影师，在观众面前先展现一个广阔深远的骊山全景：林木葱茏，花草繁茂，宫殿楼阁耸立其间，宛如团团锦绣；"绣成堆"，既指骊山两旁的东绣岭、西绣岭，又是形容骊山的美不胜收，语意双关。

　　接着，镜头向前推进，展现出山顶上那座雄伟壮观的行宫。平日紧闭的宫门忽然一道接着一道缓缓地打开了。接下来，又是两个特写镜头：宫外，一名专使骑着驿马风驰电掣般疾奔而来，身后扬起一团团红尘；宫内，妃子嫣然而笑了。几个镜头貌似互不相关，却都包蕴着诗人精心安排的悬念。"千门"因何而"开"？"一骑"为何而"来"？"妃子"又因何而"笑"？诗人故意不忙说出，直至紧张而神秘的气氛憋得读者非想知道不可时，才含蓄委婉地揭示谜底："无人知是荔枝来。""荔枝"两字，透出事情的原委。《新唐书·杨贵妃传》："妃嗜荔枝,必欲生致之。乃置骑传送,走数千里,味未变,已至京师。"明于此,那么前面的悬念顿然而释,那几个镜头便自然而然地联成一体了。

　　清吴乔《围炉诗话》说:"诗贵有含蓄不尽之意,尤以不著意见声色故事议论者为最上。"杜牧这首诗的艺术魅力就在于含蓄、精深。诗不明白说出玄宗的荒淫好色、贵妃的恃宠而骄,而形象地用"一骑红尘"与"妃子笑"构成鲜明的对比,就收到了比直抒己见强烈得多的艺术效果。"妃子笑"三字颇有深意。春秋时周幽王为博妃子一笑,点燃烽火,导致国破身亡。当我们读到这里时,不是很容易联想到这个尽人皆知的故事吗?"无人知"三字也发人深思。其实"荔枝来"并非绝无人知,至少"妃子"知,"一骑"知,还有一个诗中没有点出的皇帝更是知道的。这样写,意在说明此事重大紧急,外人无由得知。这就不仅揭露了皇帝为讨宠妃欢心无所不为的荒唐,也与前面渲染的不寻常的气氛相呼应。全诗不用难字,不使典故,不事雕琢,朴素自然,寓意精深,含蓄有力,是唐人咏史绝句中的佳作。

（张明非）

江南春

杜 牧

千里莺啼绿映红，水村山郭酒旗风。
南朝四百八十寺，多少楼台烟雨中。

赏 析

　　这首《江南春》，千百年来素负盛誉。四句诗，既写出了江南春景的丰富多彩，也写出了它的广阔、深邃和迷离。

　　"千里莺啼绿映红，水村山郭酒旗风。"诗一开头，就像迅速移动的电影镜头，掠过南国大地：辽阔的千里江南，黄莺在欢乐地歌唱，丛丛绿树映着簇簇红花；傍水的村庄，依山的城郭，迎风招展的酒旗，一一在望。迷人的江南，经过诗人生花妙笔的点染，显得更加令人心旌摇荡了。摇荡的原因，除了景物的繁丽外，恐怕还由于这种繁丽，不同于某处园林名胜，仅仅局限于一个角落，而是由于这种繁丽是铺展在大块土地上的。因此，开头如果没有"千里"二字，这两句就要减色了。但是，明代杨慎在《升庵诗话》中说："千里莺啼，谁人听得？千里绿映红，谁人见得？若作十里，则莺啼绿红之景，村郭、楼台、僧寺、酒旗，皆在其中矣。"对于这种意见，清代何文焕在《历代诗话考索》中曾驳斥道："即作十里，亦未必尽听得着，看得见。题云《江南春》，江南方广千里，千里之中，莺啼而绿映焉，水村山郭无处无酒旗，四百八十寺楼台多在烟雨中也。此诗之意既广，不得专指一处，故总而命曰《江南春》……"何文焕的说法是对的，这是出于文学艺术典型概括的需要。同样的道理也适用于后两句。"南朝四百八十寺，多少楼台烟雨中。"从前两句看，莺鸟啼鸣，红绿相映，酒旗招展，应该是晴天的景象，但这两句明明写到烟雨，是怎么回事呢？这是因为千里范围内，各处阴晴不同,也是完全可以理解的。不过,还需要看到的是,诗人运用了典型化的手法,把握住了江南景物的特征。江南特点是山重水复,柳暗花明,色调错综,层次丰富而有立体感。诗人在缩千里于尺幅的同时,着重表现了江南春天掩映相衬、丰富多彩的美丽景色。诗的前两句,有红绿色彩的映衬,有山水的映衬,村庄和城郭的映衬,有动静的映衬,有声色的映衬。但光是这些,似乎还不够丰富,还只描绘出江南春景明朗的一面。所以诗人又加上精彩的一笔:"南朝四百八十寺,多少楼台烟雨中。"金碧辉煌、屋宇重重的佛寺,本来就给人一种深邃的感觉,现在诗人又特意让它出没掩映于迷濛的烟雨之中,这就更增加了一种朦胧迷离的色彩。这样的画面和色调,与"千里莺啼绿映红,水村山郭酒旗风"的明朗绚丽相映,就使得这幅"江南春"的图画变得更加丰富多彩。"南朝"二字更给这幅画面增添悠远的历史色彩。"四百八十"是唐人强调数量之多的一种说法。诗人先强调建筑宏丽的佛寺非止一处,然后再接以"多少楼台烟雨中"这样的唱叹,就特别引人遐想。

这首诗表现了诗人对江南景物的赞美与神往。但有的研究者提出了"讽刺说",认为南朝皇帝在中国历史上是以佞佛著名的,杜牧的时代佛教也是恶性发展,而杜牧又有反佛思想,因之末二句是讽刺。其实,解诗首先应该从艺术形象出发,而不应该作抽象的推论。杜牧反对佛教,并不等于对历史上遗留下来的佛寺建筑也一定讨厌。他在宣州,常常去开元寺等处游玩。在池州也到过一些寺庙,还和僧人交过朋友。著名的诗句,像"九华山路云遮寺,青弋江边柳拂桥"(《宣州送裴坦判官往舒州时牧欲赴官归京》),"秋山春雨闲吟处,倚遍江南寺寺楼"(《念昔游三首》),都说明他对佛寺楼台还是欣赏、流连的。当然,在欣赏的同时,偶尔浮起那么一点历史感慨也是可能的。

(余恕诚)

赤 壁

杜 牧

折戟沉沙铁未销，自将磨洗认前朝。
东风不与周郎便，铜雀春深锁二乔。

赏 析

　　这首诗是作者经过赤壁(即今湖北武汉赤矶山)这个著名的古战场,有感于三国时代的英雄成败而写下的。诗以地名为题,实则是怀古咏史之作。

　　发生于汉献帝建安十三年(208)十月的赤壁之战,是对三国鼎立的历史形势起着决定性作用的一次重大战役。其结果是孙、刘联军击败了曹军,而三十四岁的孙吴军统帅周瑜,乃是这次战役中的头号风云人物。

　　诗篇开头借一件古物来兴起对前朝人物和事迹的慨叹。在那一次大战中遗留下来的一支折断了的铁戟,沉没在水底沙中,经过了六百多年,还没有被时光销蚀掉,现在被人发现了。经过自己一番磨洗,鉴定了它的确是赤壁战役的遗物,不禁引起了"怀古之幽情"。由这件小小的东西,诗人想到了汉末那个分裂动乱的时代,想到那次重大意义的战役,想到那一次生死搏斗中的主要人物。这前两句是写其兴感之由。

　　后两句是议论。在赤壁战役中,周瑜主要是用火攻战胜了数量上远远超过己方的敌人,而其能用火攻则是因为在决战的时刻,恰好刮起了强劲的东风,所以诗人评论这次战争成败的原因,只选择当时的胜利者——周郎和他倚以致胜的因素——东风来写,而且因为这次胜利的关键,最后不能不归到东风,所以又将东风放在更主要的地位上。但他并不从正面来描摹东风如何帮助周郎取得了胜利,却从反面落笔:假使这次东风不给周郎以方便,那么,胜败双方就要易位，历史形势将完全改观。因此，接着就写出假想中曹军胜利，孙、刘失败之后的局面。但又不直接铺叙政治军事情势的变迁，而只间接地描绘两个东吴著名美女将要承受的命运。如果曹操成了胜利者，那么，大乔和小乔就必然要被抢去，关在铜雀台上，以供他享受了。（铜雀台在邺县，邺是曹操封魏王时魏国的都城，故地在今河北临漳西。）

后来的诗论家对于杜牧在这首诗中所发表的议论，也有一番议论。宋人许顗《彦周诗话》云："杜牧之作《赤壁》诗，……意谓赤壁不能纵火，为曹公夺二乔置之铜雀台上也。孙氏霸业，系此一战。社稷存亡，生灵涂炭都不问，只恐被捉了二乔，可见措大不识好恶。"这一既浅薄而又粗暴的批评，曾经引起许多人的反对。如《四库提要》云："（许顗）讥杜牧《赤壁》诗为不说社稷存亡，惟说二乔。不知大乔乃孙策妇，小乔为周瑜妇，二人入魏，即吴亡可知。此诗人不欲质言，故变其词耳。"这话说得很对。正因为这两位女子，并不是平常的人物，而是属于东吴统治阶级中最高阶层的贵妇人。大乔是东吴前国主孙策的夫人，当时国主孙权的亲嫂，小乔则是正在带领东吴全部水陆兵马和曹操决一死战的军事统帅周瑜的夫人。她们虽与这次战役并无关系，但她们的身份和地位，代表着东吴作为一个独立政治实体的尊严。东吴不亡，她们决不可能归于曹操；连她们都受到凌辱，则东吴社稷和生灵的遭遇也就可想而知了。所以诗人用"铜雀春深锁二乔"这样一句诗来描写在"东风不与周郎便"的情况之下，曹操胜利后的骄恣和东吴失败后的屈辱，正是极其有力的反跌，不独以美人衬托英雄，与上句周郎互相辉映，显得更有情致而已。

诗的创作必须用形象思维，而形象性的语言则是形象思维的直接现实。如果按照许顗那种意见，我们也可以将"铜雀春深锁二乔"改写成"国破人亡在此朝"，平仄、韵脚虽然无一不合，但一点诗味也没有了。用形象思维观察生活，别出心裁地反映生活，乃是诗的生命。杜牧在此诗里，通过"铜雀春深"这一富于形象性的诗句，即小见大，这正是他在艺术处理上独特的成功之处。

另外，有的诗论家也注意到了此诗过分强调东风的作用，又不从正面歌颂周瑜的胜利，却从反面假想其失败，如清何文焕《历代诗话考索》云："牧之意，正谓幸而成功，几乎家国不保。"清王尧衢《古唐诗合解》也说："杜牧精于兵法,此诗似有不足周郎处。"这些看法,都是值得加以考虑的。杜牧有经邦济世之才,通晓政治军事,对当时中央与藩镇、汉族与吐蕃的斗争形势,有相当清楚的了解,并曾经向朝廷提出过一些有益的建议。如果说,孟轲在战国时代就已经知道"天时不如地利,地利不如人和"的原则,而杜牧却还把周瑜在赤壁战役中的巨大胜利,完全归之于偶然的东风,这是很难想象的。他之所以这样地写,恐怕用意还在于自负知兵,借史事以吐其胸中抑郁不平之气。其中也暗含有阮籍登广武战场时所发出的"时无英雄,使竖子成名"那种慨叹在内,不过出语非常隐约,不容易看出来罢了。

(沈祖棻)

泊秦淮

杜　牧

烟笼寒水月笼沙，　夜泊秦淮近酒家。
商女①不知亡国恨，隔江犹唱《后庭花》。

【注】

① 商女：歌女，一说是商人的妻女。

　　建康(今江苏南京)是六朝都城，秦淮河穿过城中流入长江，两岸酒家林立，是当时豪门贵族、官僚士大夫享乐游宴的场所。唐王朝的都城虽不在建康，然而秦淮河两岸的景象却一如既往。

　　有人说作诗"发句好尤难得"(宋严羽《沧浪诗话》)。这首诗中的第一句就是不同凡响的，那两个"笼"字就很引人注目。"烟""水""月""沙"四者，被两个"笼"字和谐地融合在一起，绘成一幅极其淡雅的水边夜色。它是那么柔和幽静，而又隐含着微微浮动流走的意态；笔墨是那样轻淡，可那迷濛冷寂的气氛又是那么浓。首句中的"月""水"，和第二句的"夜泊秦淮"是相关联的，所以读完第一句，再读"夜泊秦淮近酒家"，就显得很自然。但如果就诗人的活动来讲，该是先有"夜泊秦淮"，方能见到"烟笼寒水月笼沙"的景色，不过要真的掉过来一读，反而会觉得平板无味了。现在这种写法的好处是：首先它创造出一个很具有特色的环境气氛，给人以强烈的吸引力，造成先声夺人的艺术效果，这是很符合艺术表现的要求的。其次，一、二句这么处理，就很像一幅画的画面和题字的关系。平常人们欣赏一幅画，往往是先注目于那精彩的画面(这就犹如"烟笼寒水月笼沙"），然后再去看那边角的题字（这便是"夜泊秦淮"）。所以诗人这样写也是颇合人们艺术欣赏的习惯。

"夜泊秦淮近酒家"，看似平平，却很值得玩味。这句诗内里的逻辑关系是很强的。由于"夜泊秦淮"才"近酒家"。然而，前四个字又为上一句的景色点出时间、地点，使之更具有个性，更具有典型意义，同时也照应了诗题；后三个字又为下文打开了道路，由于"近酒家"，才引出"商女""亡国恨""后庭花"，也由此才触动了诗人的情怀。因此，从诗的发展和情感的抒发看，这"近酒家"三个字，就像启动了闸门，那江河之水便汩汩而出，滔滔不绝。这七个字承上启下，网络全篇，诗人构思的细密、精巧，于此可见。

商女，是侍候他人的歌女。她们唱什么是由听者的趣味而定，可见诗说"商女不知亡国恨"，乃是一种曲笔，真正"不知亡国恨"的是那座中的欣赏者——封建贵族、官僚、豪绅。《后庭花》，即《玉树后庭花》，据说是南朝荒淫误国的陈后主所制的乐曲。这靡靡之音，早已使陈朝寿终正寝了。可是，如今又有人在这衰世之年，不以国事为怀，反用这种亡国之音来寻欢作乐，这怎能不使诗人产生历史又将重演的隐忧呢！"隔江"二字，承上"亡国恨"故事而来，指当年隋兵陈师江北，一江之隔的南朝小朝廷危在旦夕，而陈后主依然沉湎声色。"犹唱"二字，微妙而自然地把历史、现实和想象中的未来串成一线，意味深长。"商女不知亡国恨，隔江犹唱《后庭花》"，于婉曲轻利的风调之中，表现出辛辣的讽刺、深沉的悲痛、无限的感慨，堪称"绝唱"。这两句表达了较为清醒的封建知识分子对国事怀抱隐忧的心境，又反映了官僚贵族正以声色歌舞、纸醉金迷的生活来填补他们腐朽而空虚的灵魂，而这正是衰败的晚唐现实生活中两个不同侧面的写照。

（赵其钧）

寄扬州韩绰判官

杜 牧

青山隐隐水迢迢，秋尽江南草未凋①。
二十四桥明月夜，玉人何处教吹箫？

【注】

① 江南：南北朝时，南朝与北朝隔江对峙，因称南朝及其统治下的地区为江南。扬州地属南朝，故称"江南"。唐时仍沿用其称。"草未凋"一作"草木凋"。

赏 析

扬州之盛，唐世艳称，历代诗人为它留下了多少脍炙人口的诗篇。这首诗风调悠扬，意境优美，千百年来为人们传诵不衰。韩绰不知何人，杜牧集中赠他的诗共有两首，另一首是《哭韩绰》，看来两人友情甚笃。杜牧于大和七年至九年间(833—835)曾在淮南节度使牛僧孺幕中作推官，后来转为掌书记。这首诗当作于他离开扬州以后。

此诗首句从大处落墨，化出远景：青山逶迤，隐于天际；绿水如带，迢递不断。"隐隐"和"迢迢"这一对叠字，不但画出了山清水秀、绰约多姿的维扬风貌，而且隐约暗示着诗人与友人之间山遥水长的空间距离，那抑扬的声调中仿佛还荡漾着诗人思念旧游之地的似水柔情。宋代欧阳修的《踏莎行》"离愁渐远渐无穷，迢迢不断如春水""平芜尽处是青山，行人更在青山外"，正道出了杜牧这句诗的言外之意。此时虽然时令已过了深秋，江南的草木却还未凋落，风光依旧旖旎秀媚。正由于诗人不堪晚秋的萧条冷落，因而格外眷恋江南的青山绿水，越发怀念远在热闹繁华之乡的故人了。

　　江南佳景无数，诗人记忆中最美的印象则是在扬州"月明桥上看神仙"（张祜《纵游淮南》）的景致。岂不闻"天下三分明月夜，二分无赖是扬州"（徐凝《忆扬州》），更何况当地名胜二十四桥上还有神仙般的美人可看呢？二十四桥，一说扬州城里原有二十四座桥，一说即吴家砖桥，因古时有二十四位美人吹箫于桥上而得名。"玉人"，既可借以形容美丽洁白的女子，又可比喻风流俊美的才郎。从寄赠诗的作法及末句中的"教"字看来，此处玉人当指韩绰。元稹《莺莺传》"疑是玉人来"句可证中晚唐有以玉人喻才子的用法。诗人本是问候友人近况，却故意用玩笑的口吻与韩绰调侃，问他当此秋尽之时，每夜在何处教妓女歌吹取乐。这样，不但韩绰风流倜傥的才貌依稀可见，两人亲昵深厚的友情得以重温，而且调笑之中还微微流露了诗人对自己"十年一觉扬州梦，赢得青楼薄倖名"（《遣怀》）的感喟，从而使此诗平添了许多风韵。杜牧又长于将这类调笑寄寓在风调悠扬、清丽俊爽的画面之中，所以虽写艳情却并不流于轻薄。

　　这首诗巧妙地把二十四美人吹箫于桥上的美丽传说与"月明桥上看神仙"的现实生活融合在一起，因而在客观上造成了"玉人"又是指歌妓舞女的恍惚印象，读之令人如见月光笼罩的二十四桥上，吹箫的美人披着银辉，宛若洁白光润的玉人，仿佛听到呜咽悠扬的箫声飘散在已凉未寒的江南秋夜，回荡在青山绿水之间。这样优美的境界早已远远超出了与朋友调笑的本意，它所唤起的联想不是风流才子的放荡生活，而是对江南风光的无限向往：秋尽之后尚且如此美丽，当其春意方浓之时又将如何迷人？这种内蕴的情趣，微妙的思绪，"可言不可言之间"的寄托，"可解不可解之会"的指归（见清叶燮《原诗》），正是这首诗成功的奥秘。

（葛晓音）

山　行

杜　牧

远上寒山石径斜，　白云生处有人家。
停车坐爱枫林晚①，霜叶红于二月花。

【注】

① 坐：因为。

赏　析

　　这首诗描绘的是秋之色，展现出一幅动人的山林秋色图。诗里写了山路、人家、白云、红叶，构成一幅和谐统一的画面。这些景物不是并列地处于同等地位，而是有机地联系在一起，有主有从，有的处于画面的中心，有的则处于陪衬地位。简单来说，前三句是宾，第四句是主，前三句是为第四句描绘背景、创造气氛，起铺垫和烘托作用的。

　　"远上寒山石径斜"，写山，写山路。一条弯弯曲曲的小路蜿蜒伸向山头。"远"字写出了山路的绵长，"斜"字与"上"字呼应，写出了高而缓的山势。

　　"白云生处有人家"，写云，写人家。诗人的目光顺着这条山路一直向上望去，在白云飘浮的地方，有几处山石砌成的石屋石墙。这里的"人家"照应了上句的"石径"。——这一条山间小路，就是那几户人家上上下下的通道吧？这就把两种景物有机地联系在一起了。有白云缭绕，说明山很高。诗人用横云断岭的手法，让这片片白云遮住读者的视线，却给人留下了想象的余地：在那白云之上，云外有山，定会有另一种景色吧？

　　对这些景物，诗人只是在作客观的描述。虽然用了一个"寒"字，也只是为

267

了逗出下文的"晚"字和"霜"字,并不表现诗人的感情倾向。它毕竟还只是在为后面的描写蓄势——勾勒枫林所在的环境。

"停车坐爱枫林晚"便不同了,倾向性已经很鲜明,很强烈了。那山路、白云、人家都没有使诗人动心,这枫林晚景却使得他惊喜之情难以抑制。为了领略这山林风光,竟然顾不得驱车赶路,停下车来欣赏。前两句所写的景物已经很美,但诗人爱的却是枫林。通过前后映衬,已经为描写枫林铺平垫稳,蓄势已足,于是水到渠成,引出了第四句,点明喜爱枫林的原因。

"霜叶红于二月花",把第三句补足,一片深秋枫林美景具体展现在我们面前了。诗人惊喜地发现在夕晖晚照下,枫叶流丹,层林如染,真是满山云锦,如烁彩霞,它比江南二月的春花还要火红,还要艳丽呢!难能可贵的是,诗人通过这一片红色,看到了秋天像春天一样的生命力,使秋天的山林呈现一种热烈的、生机勃勃的景象。

诗人没有像一般封建文人那样,在秋季到来的时候,哀伤叹息;他歌颂的是大自然的秋色美,体现出了豪爽向上的精神,有一种英爽俊拔之气拂拂笔端,表现了诗人的才气,也表现了诗人的见地。这是一首秋色的赞歌。

第四句是全诗的中心,是诗人浓墨重彩、凝聚笔力写出来的。不仅前两句疏淡的景致成了这艳丽秋色的衬托,即使"停车坐爱枫林晚"一句,看似抒情叙事,实际上也起着写景衬托的作用:那停车而望、陶然而醉的诗人,也成了景色的一部分,有了这种景象,才更显出秋色的迷人。而一笔重写之后,戛然便止,又显得情韵悠扬,余味无穷。

(张燕瑾)

秋 夕

杜 牧

银烛秋光冷画屏，轻罗小扇扑流萤。
天阶夜色凉如水，坐看牵牛织女星①。

【注】
① 坐看：一作"卧看"。

赏 析

这诗写一个失意宫女的孤独生活和凄凉心情。

前两句已经描绘出一幅深宫生活的图景。在一个秋天的晚上，白色的蜡烛发出微弱的光，给屏风上的图画添了几分暗淡而幽冷的色调。这时，一个孤单的宫女正用小扇扑打着飞来飞去的萤火虫。"轻罗小扇扑流萤"，这一句十分含蓄，其中含有三层意思：第一，古人说腐草化萤，虽然是不科学的，但萤总是生在草丛冢间那些荒凉的地方。如今，在宫女居住的庭院里竟然有流萤飞动，宫女生活的凄凉也就可想而知了。第二，从宫女扑萤的动作可以想见她的寂寞与无聊。她无事可做，只好以扑萤来消遣她那孤独的岁月。她用小扇扑打着流萤，一下一下地，似乎想驱赶包围着她的阴冷与索寞，但这又有什么用呢？第三，宫女手中拿的轻罗小扇具有象征意义。扇子本是夏天用来挥风取凉的，秋天就没用了，所以古诗里常以秋扇比喻弃妇。相传汉成帝妃班婕妤为赵飞燕所谮，失宠后住在长信宫，写了一首《怨歌行》："新裂齐纨素，皎洁如霜雪。裁为合欢扇，团团似明月。出入君怀袖，动摇微风发。常恐秋节至，凉飙夺炎热。弃捐箧笥中，恩情中道绝。"此说未必可信，但后来诗词中出现团扇、秋扇,便常常和失宠的女子联系在一起了。如王昌龄的《长信秋词》"奉帚平明金殿开,且将团扇共徘徊",王建的《宫中调笑》"团扇,团扇,美人病来遮面",都是如此。杜牧这首诗中的"轻罗小扇",也象征着持扇宫女被遗弃的命运。

第三句,"天阶夜色凉如水"。"天阶"指皇宫中的石阶。"夜色凉如水"暗示夜已深沉,寒意袭人,该进屋去睡了。可是宫女依旧坐在石阶上,仰视着天河两旁的牵牛星和织女星。民间传说,织女是天帝的孙女,嫁与牵牛,每年七夕渡河与他相会一次,有鹊为桥。汉代《古诗十九首》中的"迢迢牵牛星",就是写他们的故事。宫女久久地眺望着牵牛织女,夜深了还不想睡,这是因为牵牛织女的故事触动了她的心,使她想起自己不幸的身世,也使她产生了对于真挚爱情的向往。可以说,满怀心事都在这举首仰望之中了。

宋代梅圣俞说:"必能状难写之景如在目前,含不尽之意见于言外,然后为至矣。"(见《六一诗话》)这两句话恰好可以说明此诗在艺术上的特点。一、三句写景,把深宫秋夜的景物十分逼真地呈现在读者眼前。"冷"字,形容词当动词用,很有气氛。"凉如水"的比喻不仅有色感,而且有温度感。二、四两句写宫女,含蓄蕴藉,很耐人寻味。诗中虽没有一句抒情的话,但宫女那种哀怨与期望相交织的复杂感情见于言外,从一个侧面反映了封建时代妇女的悲惨命运。

(袁行霈)

清 明①

杜 牧

清明时节雨纷纷，路上行人欲断魂。
借问酒家何处有，牧童遥指杏花村。

【注】

① 此诗由于《樊川集》不收，仅首见于《后村千家诗》，《千家诗》继之，故近人多疑其伪。但宋初乐史《太平寰宇记》卷九十《昇州（治今江苏南京）》，已有"杏花村在（江宁）县理西，相传为杜牧之沽酒处"之记，可见至少在五代时就已将此诗的作者定为杜牧了。伪诗之说尚无确凿的根据。

赏 析

这一天正是清明佳节。诗人小杜，在行路中间，可巧遇上了雨。清明，虽然是柳绿花红、春光明媚的时节，可也是气候容易发生变化的时期，甚至时有"疾风甚雨"。但这日的细雨纷纷，是那种"天街小雨润如酥"（韩愈《早春呈水部张十八员外》）样的雨。——这也正是春雨的特色。这"雨纷纷"，传达了那种"做冷欺花，将烟困柳"（宋史达祖《绮罗香》）的凄迷而又美丽的境界。

这"纷纷"在此自然毫无疑问是形容那春雨的意境的；可是它又不止是如此而已，它还有一层特殊的作用，那就是，它实际上还在形容着那位雨中行路者的心情。

且看下面一句："路上行人欲断魂"。"行人"，是出门在外的行旅之人。那么什么是"断魂"呢？ 在诗歌里，"魂"指的多半是精神、情绪方面的事情。"断魂"，是竭力形容那种十分强烈，可是又并非明白表现在外面的很深隐的感情。在古代风俗中，清明节是个色彩情调都很浓郁的大节日，本该是家人团聚，或游玩观赏,或上坟扫墓;而今行人孤身赶路,触景伤怀,心头的滋味是复杂的。偏偏又赶上细雨纷纷,春衫尽湿,这又平添了一层愁绪。因而诗人用了"断魂"二字;否则,下了一点小雨,就值得"断魂",那不太没来由了吗?——这样,我们就又可回到"纷纷"二字上来了。本来,佳节行路之人,已经有不少心事,再加上身在雨丝风片之中,纷纷洒洒,冒雨趱行,那心境更是加倍的凄迷纷乱了。所以说,"纷纷"是形容春雨,可也形容情绪——甚至不妨说,形容春雨,也就是为了形容情绪。这正是我国古典诗歌里情在景中、景即是情的一种绝艺,一种胜境。

前二句交代了情景,接着写行人这时涌上心头的一个想法:往哪里找个小酒店才好。事情很明白:寻到一个小酒店,一来歇歇脚,避避雨,二来小饮三杯,解解料峭中人的春寒,暖暖被雨淋湿的衣服——最要紧的是,借此也就能散散心头的愁绪。于是,向人问路了。

是向谁问路的呢? 诗人在第三句里并没有告诉我们,妙莫妙于第四句:"牧童遥指杏花村"。在语法上讲,"牧童"是这一句的主语,可它实在又是上句"借问"的宾词——它补足了上句宾主问答的双方。牧童答话了吗? 我们不得而知,但是以"行动"为答复,比答话还要鲜明有力。我们看《小放牛》这出戏,当有人向牧童哥问路时,他将手一指,说:"您顺着我的手儿瞧!"是连答话带行动——也就是连"音乐"带"画面",两者同时都使观者获得了美的享受。如今诗人手法却更简捷,更高超:他只将"画面"给予读者,而省去了"音乐"——不,不如说是包括了"音乐"。读者欣赏了那一指路的优美"画面",同时也就隐隐听到了答话的"音乐"。

"遥",字面意义是远。然而这里不可拘守此义。这一指,已经使我们如同看到,隐约红杏梢头,分明挑出一个酒帘——"酒望子"来了。若真的距离遥远,就难以发生艺术联系;若真的就在眼前,那又失去了含蓄无尽的兴味:妙就妙在不远不近之间。《红楼梦》里大观园中有一处景子题作"杏帘在望",那"在望"的神情,正是由这里体会脱化而来,正好为杜郎此句作注脚。"杏花村"不一定是真村名,也不一定即指酒家。这只需要说明指往这个美丽的杏花深处的村庄就够了,不言而喻,那里是有一家小小的酒店在等候接待雨中行路的客人的。

诗只写到"遥指杏花村"就戛然而止，再不多费一句话。剩下的，行人怎样地闻讯而喜，怎样地加把劲儿趱上前去，怎样地兴奋地找着了酒店，怎样地欣慰地获得了避雨、消愁两方面的满足和快意……这些，诗人就都"不管"了。他把这些都付与读者的想象，为读者开拓了一处远比诗篇语文字句所显示的更为广阔得多的想象余地。这就是艺术的"有余不尽"。

这首小诗，一个难字也没有，一个典故也不用，整篇是十分通俗的语言，写得自如之极，毫无经营造作之痕。音节十分和谐圆满，景象非常清新、生动，而又境界优美，兴味隐跃。诗由篇法讲也很自然，是顺序的写法。第一句交代情景、环境、气氛，是"起"；第二句是"承"，写出了人物，显示了人物的凄迷纷乱的心境；第三句是一"转"，然而也就提出了如何摆脱这种心境的办法；而这就直接逼出了第四句，成为整篇的精彩所在——"合"。在艺术上，这是由低而高，逐步上升，高潮顶点放在最后的手法。所谓高潮顶点，却又不是一览无余，索然兴尽，而是余韵邈然，耐人寻味。这些，都是诗人的高明之处，也就是值得我们学习继承的地方吧！

（周汝昌）

商山早行

温庭筠

晨起动征铎，客行悲故乡。
鸡声茅店月，人迹板桥霜。
槲叶落山路，枳花明驿墙。
因思杜陵梦，凫雁满回塘。

这首诗之所以为人们所传诵，是因为它通过鲜明的艺术形象，真切地反映了封建社会里一般旅人的某些共同感受。商山，也叫楚山，在今陕西商洛商州区东南。作者曾于唐宣宗大中末年离开长安，经过这里。

首句表现"早行"的典型情景，概括性很强。清晨起床，旅店里外已经叮叮当当响起了车马的铃铎声，旅客们套马、驾车之类的许多活动已暗含其中。第二句固然是作者讲自己，但也适用于一般旅客。"在家千日好，出外一时难。"在封建社会里，一般人由于交通困难、人情浇薄等许多原因，往往安土重迁，怯于远行。"客行悲故乡"这句诗，很能够引起读者情感上的共鸣。

三、四两句，历来脍炙人口。宋代梅尧臣曾经对欧阳修说：最好的诗，应该"状难写之景如在目前，含不尽之意见于言外"。欧阳修请他举例说明，他便举出这两句和贾岛的"怪禽啼旷野，落日恐行人"，并反问道："道路辛苦，羁旅愁思，岂不见于言外乎？"(《六一诗话》)明李东阳在《怀麓堂诗话》中进一步分析说："'鸡声茅店月，人迹板桥霜'，人但知其能道羁愁野况于言意之表，不知二句中不用一二闲字，止提掇出紧关物色字样，而音韵铿锵，意象具足，始为难得。若强排硬叠，不论其字面之清浊，音韵之谐舛，而云我能写景用事，岂可哉！""音韵铿锵","意象具足",是一切好诗的必备条件。李东阳把这两点作为"不用一二闲字,止提掇紧关物色字样"的从属条件提出,很可以说明这两句诗的艺术特色。所谓"闲字",指的是名词以外的各种词;所谓"提掇紧关物色字样",指的是代表典型景物的名词的选择和组合。这两句诗可分解为代表十种景物的十个名词:"鸡""声""茅""店""月","人""迹""板""桥""霜"。虽然在诗句里,"鸡声""茅店""人迹""板桥"都结合为"定语加中心词"的"偏正词组",但由于作定语的都是名词,所以仍然保留了名词的具体感。例如"鸡声"一词,"鸡"和"声"结合在一起,不是可以唤起引颈长鸣的视觉形象吗?"茅店""人迹""板桥",也与此相类似。

古时旅客为了安全,一般都是"未晚先投宿,鸡鸣早看天"。诗人既然写的是早行,那么鸡声和月,就是有特征性的景物。而茅店又是山区有特征性的景物。"鸡声茅店月",把旅人住在茅店里,听见鸡声就爬起来看天色,看见天上有月,就收拾行装,起身赶路等许多内容,都有声有色地表现出来了。

同样,对于早行者来说,"板桥""霜"和霜上的"人迹"也都是有特征性的景物。作者于雄鸡报晓、残月未落之时上路,也算得上"早行"了;然而已经是"人迹板桥霜",这真是"莫道君行早,更有早行人"啊!

这两句纯用名词组成的诗句,写早行情景宛然在目,确实称得上"意象具足"的佳句。

"槲叶落山路,枳花明驿墙"两句,写的是刚上路的景色。商县、洛南一带,枳树、槲树很多。槲树的叶片很大,冬天虽干枯,却存留枝上;直到第二年早春树枝将发嫩芽的时候,才纷纷脱落。而这时候,枳树的白花已在开放。因为天还没有大亮,驿墙旁边的白色枳花,就比较显眼,所以用了个"明"字。可以看出,诗人始终没有忘记"早行"二字。

旅途早行的景色,使诗人想起了昨夜在梦中出现的故乡景色:"凫雁满回塘"。春天来了,故乡杜陵,回塘水暖,凫雁自得其乐;而自己,却离家日远,在茅店里歇脚,在山路上奔波呢!"杜陵梦",补出了夜间在茅店里思家的心情,与"客行悲故乡"首尾照应,互相补充;而梦中的故乡景色与旅途上的景色又形成鲜明的对照。眼里看的是"槲叶落山路",心里想的是"凫雁满回塘"。"早行"之景与"早行"之情,都得到了完美的表现。

（霍松林）

锦 瑟

李商隐

锦瑟无端五十弦①，一弦一柱思②华年。

庄生晓梦迷蝴蝶， 望帝春心托杜鹃。

沧海月明珠有泪， 蓝田日暖玉生烟。

此情可待成追忆， 只是当时已惘然。

【注】

① 五十弦：一般说法，古瑟是五十条弦，后来有二十五弦或十七弦等不同的瑟。

② 柱：是调整弦的音调高低的"支柱"，用来把弦"架"住。它是可以移动的"活"柱，把它都用胶粘住了，瑟也就"死"了。有人把"柱"注成"系弦"的柱，误。"思"字应变读去声（sì）。律诗中不许有一连三个平声的出现。

赏 析

这首《锦瑟》，是李商隐的代表作，爱诗的无不乐道喜吟，堪称最享盛名；然而它又是最不易讲解的一篇难诗，自宋元以来，揣测纷纷，莫衷一是。

诗题"锦瑟"，是用了起句的头二个字。旧说中，原有认为这是咏物诗的，但近来注解家似乎都主张：这首诗与瑟事无关，实是一篇借瑟以隐题的"无题"之作。我以为，它确是不同于一般的咏物体，可也并非只是单纯"截取首二字"以发端比兴而与字面毫无交涉的无题诗。它所写的情事分明是与瑟相关的。

起联两句，从来的注家也多有误会，以为据此可以判明此篇作时，诗人已"行年五十"，或"年近五十"，故尔云云。其实不然。"无端"，犹言"没来由地""平白无故地"。此诗人之痴语也。锦瑟本来就有那么多弦，这并无"不是"或

"过错";诗人却硬来埋怨它:锦瑟呀,你干什么要有这么多条弦?瑟,到底原有多少条弦,到李商隐时代又实有多少条弦,其实都不必"考证",诗人不过借以遣词见意而已。据记载,古瑟五十弦,所以玉谿写瑟,常用"五十"之数。此在诗人原无特殊用意。

"一弦一柱思华年",关键在于"华年"二字。"一弦一柱"犹言一音一节。瑟具弦五十,音节最为繁富可知;其繁音促节,常令听者难以为怀。诗人绝没有让人去死抠"数字"的意思。他是说:聆锦瑟之繁弦,思华年之往事;音繁而绪乱,怅惘以难言。所设"五十弦",正为"制造气氛",以见往事之千重,情肠之九曲。要想欣赏玉谿此诗,先宜领会斯旨,正不可胶柱而鼓瑟。宋词人贺铸说:"锦瑟华年谁与度?"(《青玉案》)金诗人元好问说:"佳人锦瑟怨华年!"(《论诗绝句三十首》)"华年",正今语所谓美丽的青春。玉谿此诗最要紧的"主眼"端在华年盛景,所以"行年五十"这才追忆"四十九年"之说,实在不过是一种迂见罢了。

起联用意既明,且看他下文如何承接。

颔联的上句,用了《庄子》的一则寓言典故,说的是庄周梦见自己身化为蝶,栩栩然而飞……浑忘自家是"庄周"其人了;后来梦醒,自家仍然是庄周,不知蝴蝶已经何往。玉谿此句是写:佳人锦瑟,一曲繁弦,惊醒了诗人的梦景,不复成寐。"迷"含迷失、离去、不至等义。晓梦蝴蝶,虽出庄生,但一经玉谿运用,已经不止是一个"栩栩然"的问题了,这里面隐约包涵着美好的情境,却又是虚缈的梦境。本联下句中的望帝,是传说中周朝末年蜀地的君主,名叫杜宇。他后来禅位退隐,不幸国亡身死,死后魂化为鸟,暮春啼苦,至于口中流血,其声哀怨凄悲,动人心腑,名为杜鹃。杜宇啼春,这与锦瑟又有什么关联呢?原来,锦瑟繁弦,哀音怨曲,引起诗人无限的悲感,难言的冤愤,如闻杜鹃之凄音,送春归去。一个"托"字,不但写了杜宇之托春心于杜鹃,也写了佳人之托春心于锦瑟,手挥目送之间,花落水流之趣,诗人妙笔奇情,于此已然达到一个高潮。

看来,玉谿的"春心托杜鹃",以冤禽托写恨怀,而"佳人锦瑟怨华年"提出一个"怨"字,正是恰得其真实。玉谿之题咏锦瑟,非同一般闲情琐绪,其中自有一段奇情深恨在。

律诗一过颔联,"起""承"之后,已到"转"笔之时。笔到此间,大抵前面文情已然达到小小一顿之处,似结非结,含意待申。在此下面,点笔落墨,好像重新再"起"似的。其笔势或如奇峰突起,或如藕断丝连,或者推笔宕开,或者明缓暗紧……手法可以不尽相同,而神理脉络,是有转折而又始终贯注的。当此之际,玉谿就写出了"沧海月明珠有泪"这一名句来。

珠生于蚌,蚌在于海,每当月明宵静,蚌则向月张开,以养其珠,珠得月华,始极光莹……这是美好的民间传统之说。月本天上明珠,珠似水中明月;泪以珠喻,自古为然,鲛人泣泪,颗颗成珠,亦是海中的奇情异景。如此,皎月落于沧海之间,明珠浴于泪波之界,月也,珠也,泪也,三耶一耶? 一化三耶? 三即一耶? 在诗人笔下,已然形成一个难以分辨的妙境。我们读唐人诗,一笔而能有如此丰富的内涵、奇丽的联想的,舍玉谿生实不多觐。

那么,海月、泪珠和锦瑟是否也有什么关联可以寻味呢? 钱起的咏瑟名句不是早就说"二十五弦弹夜月,不胜清怨却飞来"(《归雁》)吗? 所以,瑟宜月夜,清怨尤深。如此,沧海月明之境,与瑟之关联,不是可以窥探的吗?

对于诗人玉谿来说,沧海月明这个境界,尤有特殊的深厚感情。他对此境,一方面于其高旷皓净十分爱赏,一方面于其凄寒孤寂又十分感伤:一种复杂的难言的怅惘之怀,溢于言表。

晚唐诗人司空图,引过比他早的戴叔伦的一段话:"诗家之景,如蓝田日暖,良玉生烟,可望而不可置于眉睫之前也。"(《与极浦书》)这里用来比喻的八个字,简直和此诗颈联下句的七个字一模一样,足见此一比喻,另有根源,可惜后来古籍失传,竟难重觅出处。今天解此句的,别无参考,引戴语作解说,是否贴切,亦难断言。晋代文学家陆机在他的《文赋》里有一联名句:"石韫玉而山辉,水怀珠而川媚。"蓝田,山名,在今陕西蓝田东南,是有名的产玉之地。此山为日光煦照,蕴藏其中的玉气(古人认为宝物都有一种一般目力所不能见的光气),冉冉上腾,但美玉的精气远察如在,近观却无,所以可望而不可置诸眉睫之下。——这代表了一种异常美好的理想景色,然而它是不能把握和无法亲近的。玉谿此处,正是在"韫玉山辉,怀珠川媚"的启示和联想下,用"蓝田日暖"给上句"沧海月明"作出了对仗,造成了异样鲜明强烈的对比。而就字面讲,"蓝田"对"沧海",也是非常工整的,因为"沧"字本义是青色。玉谿在辞藻上的考究,也可以看出他的才华和工力。

颈联两句所表现的,是阴阳冷暖,美玉明珠,境界虽殊,而怅恨则一。诗人对于这一高洁的感情,是爱慕的,执著的,然而又是不敢亵渎,哀思叹惋的。

尾联拢束全篇,明白提出"此情"二字,与开端的"华年"相为呼应,笔势未尝闪遁。诗句是说:如此情怀,岂待今朝回忆始感无穷怅恨,即在当时早已是令人不胜惘惘了。——话是说的"岂待回忆",意思正在:那么今朝追忆,其为怅恨,又当如何!诗人用两句话表出了几层曲折,而几层曲折又只是为了说明那种怅惘的苦痛心情。诗之所以为诗者在于此,玉谿诗之所以为玉谿诗者,尤在于此。

玉谿一生经历,有难言之痛,至苦之情,郁结中怀,发为诗句,幽伤要眇,往复低回,感染于人者至深。他的一首送别诗中说:"庾信生多感,杨朱死有情;弦危中妇瑟,甲冷想夫筝!……"(《送千牛李将军赴阙五十韵》)则筝瑟为曲,常系乎生死哀怨之深情苦意,可想而知。循此以求,我觉得如谓锦瑟之诗中有生离死别之恨,恐怕也不能说是全出臆断。

(周汝昌)

乐游原

李商隐

向晚意不适，驱车登古原；
夕阳无限好，只是近黄昏。

诗人玉谿，另有一首七言绝句，写道是："万树鸣蝉隔断虹，乐游原上有西风；羲和自趁虞泉〔渊〕宿，不放斜阳更向东！"（《乐游原》）那也是登上古原，触景萦怀，抒写情志之作。看来，乐游原是他素所深喜、不时来赏之地。这一天的傍晚，不知由于何故，玉谿意绪不佳，难以排遣，他就又决意游观消散，命驾驱车，前往乐游原而去。

乐游原之名，我们并不陌生，原因之一是有一篇千古绝唱《忆秦娥》深深印在我们的"诗的摄像"宝库中，那就是："……乐游原上清秋节，咸阳古道音尘绝。——音尘绝，西风残照，汉家陵阙。"玉谿恰恰也说是"乐游原上有西风"。何其若笙磬之同音也！那乐游原，创建于汉宣帝时，本是一处庙苑——应称"乐游苑"才是，只因地势轩敞，人们遂以"原"呼之了。此苑地处长安的东南方，一登古原，全城在览。

自古诗人词客，善感多思，而每当登高望远，送目临风，更易引动无穷的思绪：家国之悲，身世之感，古今之情，人天之思，往往错综交织，所怅万千，殆难名状。陈子昂一经登上幽州古台，便发出了"念天地之悠悠"（《登幽州台歌》）的感叹，恐怕是最有代表性的例子了。如若罗列，那真是如同晋陆士衡所说"若中原之有菽"（《文赋》）了吧。至于玉谿，又何莫不然。可是，这次他驱车登古原，却不是为了去寻求感慨，而是为了排遣他此际的"向晚意不适"的情怀。知此前提,则可知"夕阳"两句乃是他出游而得到的满足,至少是一种慰藉——这就和历来的纵目感怀之作是有所不同的了。所以他接着说的是:你看,这无边无际,灿烂辉煌,把大地照耀得如同黄金世界的斜阳,才是真的伟大的美;而这种美,是以将近黄昏这一时刻尤为令人惊叹和陶醉!

我想不出哪一首诗也有此境界。或者,宋苏东坡的"曲栏幽树终寒窘,一看郊原浩荡春"(《正月二十一日病后述古邀往城外寻春》)庶乎有神似之处吧?

可惜,玉谿此诗却久被前人误解,他们把"只是"解成了后世的"只不过""但是"之义,以为玉谿是感伤哀叹,好景无多,是一种"没落消极的心境的反映",云云。殊不知,古代"只是",原无此义,它本来写作"秖是",意即"止是""仅是",因而乃有"就是""正是"之意了。别家之例,且置不举,单是玉谿自己,就有好例。他在《锦瑟》篇中写道:"此情可待(义即何待)成追忆,只是当时已惘然!"其意正谓:就是(正是)在那当时之下,已然是怅惘难名了。有将这个"只是当时"解为"即使是在当时"的,此乃成为假设语词了,而"只是"是从无此义的,恐难相混。

细味"万树鸣蝉隔断虹",既有断虹见于碧树鸣蝉之外,则当是雨霁新晴的景色。玉谿固曾有言曰:"天意怜幽草,人间重晚晴。"(《晚晴》)大约此二语乃玉谿一生心境之写照,故屡于登高怀远之际,情见乎词。那另一次在乐游原上感而赋诗,指羲和日御而表达了感逝波,惜景光,绿鬓不居,朱颜难再之情——这正是诗人的一腔热爱生活,执著人间,坚持理想而心光不灭的一种深情苦志。若将这种情怀意绪,只简单地理解为是他一味嗟老伤穷,残光末路的作品,未知其果能获玉谿之诗心句意乎?毫厘易失,而赏析难公,事所常有,焉敢固必。愿共探讨,以期近是。

(周汝昌)

夜雨寄北

李商隐

君问归期未有期，巴山夜雨涨秋池。
何当共剪西窗烛，却话巴山夜雨时。

这首诗，宋洪迈《万首唐人绝句》题作《夜雨寄内》，"内"就是"内人"——妻子；今传李诗各本题作《夜雨寄北》，"北"就是北方的人，可以指妻子，也可以指朋友。有人经过考证，认为它作于作者的妻子王氏去世之后，因而不是"寄内"诗，而是写赠长安友人的。但从诗的内容看，按"寄内"理解，似乎更确切一些。

第一句一问一答，先停顿，后转折，跌宕有致，极富表现力。翻译一下，那就是："你问我回家的日期；唉，回家的日期嘛，还没个准儿啊！"其羁旅之愁与不得归之苦，已跃然纸上。接下去，写了此时的眼前景："巴山夜雨涨秋池"。那已经跃然纸上的羁旅之愁与不得归之苦，便与夜雨交织，绵绵密密，淅淅沥沥，涨满秋池，弥漫于巴山的夜空。然而此愁此苦，只是借眼前景而自然显现；作者并没有说什么愁，诉什么苦，却从这眼前景生发开去，驰骋想象，另辟新境，表达了"何当共剪西窗烛，却话巴山夜雨时"的愿望。其构思之奇，真有点出人意外。然而设身处地，又觉得情真意切，字字如从肺腑中自然流出。"何当"（何时能够）这个表示愿望的词儿，是从"君问归期未有期"的现实中迸发出来的；"共剪……""却话……"，乃是由当前苦况所激发的对于未来欢乐的憧憬。盼望归后"共剪西窗烛"，则此时思归之切，不言可知。盼望他日与妻子团聚，"却话巴山夜雨时"，则此时"独听巴山夜雨"而无人共语，也不言可知。独剪残烛，夜深不寐，在淅淅沥沥的巴山秋雨声中阅读妻子询问归期的信，而归期无准,其心境之郁闷、孤寂,是不难想见的。作者却跨越这一切去写未来,盼望在重聚的欢乐中追话今夜的一切。于是,未来的乐,自然反衬出今夜的苦;而今夜的苦,又成了未来剪烛夜话的材料,增添了重聚时的乐。四句诗,明白如话,却何等曲折,何等深婉,何等含蓄隽永,余味无穷!

清姚培谦在《李义山诗集笺》中评《夜雨寄北》说:"'料得闺中夜深坐,多应说着远行人'(白居易《邯郸冬至夜思家》),是魂飞到家里去。此诗则又预飞到归家后也,奇绝!"这看法是不错的,但只说了一半。实际上是:那"魂""预飞到归家后",又飞回归家前的羁旅之地,打了个来回。而这个来回,既包含空间的往复对照,又体现时间的回环对比。清桂馥在《札朴》卷六中说:"眼前景反作后日怀想,此意更深。"这着重空间方面而言,指的是此地(巴山)——彼地(西窗)——此地(巴山)的往复对照。清徐德泓在《李义山诗疏》中说:"翻从他日而话今宵,则此时羁情,不写而自深矣。"这着重时间方面而言,指的是今宵——他日——今宵的回环对比。在前人的诗作中,写身在此地而想彼地之思此地者,不乏其例;写时当今日而想他日之忆今日者,为数更多。但把二者统一起来,虚实相生,情景交融,构成如此完美的意境,却不能不归功于李商隐既善于借鉴前人的艺术经验,又勇于进行新的探索,发挥独创精神。

上述艺术构思的独创性又体现于章法结构的独创性。"期"字两见,而一为妻问,一为己答;妻问促其早归,己答叹其归期无准。"巴山夜雨"重出,而一为客中实景,紧承己答;一为归后谈助,遥应妻问。而以"何当"介乎其间,承前启后,化实为虚,开拓出一片想象境界,使时间与空间的回环对照融合无间。近体诗,一般是要避免字面重复的,这首诗却有意打破常规,"期"字的两见,特别是"巴山夜雨"的重出,正好构成了音调与章法的回环往复之妙,恰切地表现了时间与空间回环往复的意境之美,达到了内容与形式的完美结合。宋人王安石《与宝觉宿龙华院》云:"与公京口水云间,问月'何时照我还?'邂逅我还(回还之还)还(还又之还)问月:'何时照我宿钟山?'"宋人杨万里《听雨》云:"归舟昔岁宿严陵,雨打疏篷听到明。昨夜茅檐疏雨作,梦中唤作打篷声。"这两首诗俊爽明快,各有新意,但在构思谋篇方面受《夜雨寄北》的启发,也是显而易见的。

(霍松林)

无 题

李商隐

相见时难别亦难，东风无力百花残。
春蚕到死丝方尽，蜡炬成灰泪始干。
晓镜但愁云鬓改，夜吟应觉月光寒。
蓬山此去无多路，青鸟殷勤为探看。

赏 析

　　玉谿生的这首《无题》，全以首句"别"字为通篇主眼。南朝梁江淹《别赋》说："黯然销魂者，唯别而已矣！"他以此句领起一篇惊心动魄而又美丽的赋；而"黯然"二字，也正是玉谿此诗所表达的整个情怀与气氛。

　　乐聚恨别，人之常情；离亭分首，河桥洒泪。——这是古代所常见描叙的情景。离别之怀，非可易当；但如相逢未远，重会不难，那么分别自然也就无所用其魂销凄黯了。玉谿一句点破说：惟其相见之不易，故而离别之尤难。——惟其暂会之已是罕逢，更觉长别之实难分舍。

　　古有成语，"别易会难"，意即会少离多。细解起来，人生聚会一下，常要费很大的经营安排，周章曲折，故为甚难；而临到必须分手之时，只说得一声"珍重"，从此就要海角天涯，风烟万里了——别易之意，正谓匆促片刻之间，哽咽一言之际，便成长别，是其易可知矣。玉谿此句，实将古语加以变化运用，在含意上翻进了一层，感情绵邈深沉，语言巧妙多姿。两个"难"字表面似同，义实有别，而其艺术效果却着重加强了"别难"的沉重的力量。

　　下接一句，"东风无力百花残"。好一个"东风无力"，只此一句，已令人置身于"闲愁万种""如花美眷，似水流年"的痛苦而又美丽的境界中了。

说者多谓此句接承上句，伤别之人，偏值春暮，倍加感怀。如此讲诗，不能说是讲错了。但是诗人笔致，两句关系，正在有意无意之间。必定将它扣死，终觉未免呆相。其实，诗是不好只讲"逻辑""因果"的，还要向神韵丰姿去多作体会。盖玉谿于首句之中已然是巧运了"逻辑性"，换言之，即是诗以"意"胜了。我国古体诗歌，既忌"词障"，也忌"意障"，所以宋代杨万里说诗必"去意"而后可。对于此旨，宜善于领会。就本篇而言，如果玉谿作诗，一味使用的是"逻辑""道理"，那玉谿诗的魅力就绝不会如此之迥异常流了。

百花如何才得盛开的？东风之有力也。及至东风力尽，则百卉群芳，韶华同逝。花固如是，人又何尝不然。此句所咏者，固非伤别适逢春晚的这一层浅意，而实为身世遭逢、人生命运的深深叹惋。得此一句，乃见笔调风流，神情燕婉，令诵者不禁为之击节嗟赏。

一到颔联，笔力所聚，精彩愈显。春蚕自缚，满腹情丝，生为尽吐；吐之既尽，命亦随亡。绛蜡自煎，一腔热泪，蒸而长流；流之既干，身亦成烬。有此痴情苦意，几于九死未悔，方能出此惊人奇语，否则岂能道得只字？所以，好诗是才，也是情，才情交会，方可感人。这一联两句，看似重叠，实则各有侧重之点：上句情在缠绵，下句语归沉痛，合则两美，不觉其复，恳恻精诚，生死以之。老杜尝说："笔落惊风雨，诗成泣鬼神。"（《寄李十二白二十韵》）惊风雨的境界，不在玉谿；至于泣鬼神的力量，本篇此联亦可以当之无愧了。

晓妆对镜，抚鬓自伤，女为谁容，膏沐不废——所望于一见也。一个"改"字，从诗的工巧而言是千锤百炼而后成，从情的深挚而看是千回百转而后得。青春不再，逝水常东，怎能不悄然心惊，而惟恐容华有丝毫之退减？留命以待沧桑，保容以俟悦己，其苦情密意，全从一个"改"字传出。此一字，千金不易。

"晓镜"句犹是自计，"夜吟"句乃以计人，如我夜来独对蜡泪荧荧，不知你又如何排遣？想来清词丽句，又添几多。——如此良夜，独自苦吟，月已转廊，人犹敲韵，须防为风露所侵，还宜多加保重……夫当春暮，百花已残，岂有月光觉"寒"之理？此"寒"，如谓为"心境"所造，犹落纤曲，盖正见其自葆青春，即欲所念者亦善加护惜，勿自摧残也。若以"常理"论之，玉谿下一"寒"字可谓无理已甚；若以"诗理"论之，玉谿下此"寒"字，亦千锤百炼、千回百转而后得之者矣。

　　本篇的结联,意致婉曲。"蓬山",海上三神山也,自来以为可望而不可即之地,从无异词,即玉谿自己亦言:"刘郎已恨蓬山远"矣。而此处偏偏却说:"蓬山此去无多路"。真耶? 假耶? 其答案在下一句已然自献分明:试遣青鸟,前往一探如何? 若果真是"无多路",又何用劳烦青鸟之仙翼神翔乎? 玉谿之笔,正是反面落墨,蓬山去此不远乎? 曰:不远。——而此不远者实远甚矣!

　　"青鸟",是西王母跟前的"信使",专为她传递音讯。只此即可证明:有青鸟可供遣使的,当然是一位女性。玉谿的这首诗,通篇的词意,都是为她而设身代言的。理解了这一点之后,再重读各句——特别是"东风无力"一句和颔、颈两联,字字皆是她的情怀口吻、精神意态,而不是诗人自己在"讲话",便更加清楚了。

　　末句"为探看",三字恰巧都各有不同音调的"异读",如读不对,就破坏了律诗的音节之美。在此,"为"是去声,"探"也是去声(因为在诗词中它读平声时更多,故须一加说明),而"看"是平声。"探看"不是俗语白话中的连词,"探"为主字,"看"是"试试看"的那个"看"字的意思。蓬山万里,青鸟难凭——毕竟是否能找到他面前而且带回音信呢? 抱着无限的希望——可是也知道这只是一种愿望和祝祷罢了。只有这,是春蚕和绛蜡的终生的期待。

　　　　　　　　　　　　　　　　　　　　　　　　　　　　(周汝昌)

代赠二首

（其一）

李商隐

楼上黄昏欲望休，玉梯横绝月如钩。

芭蕉不展丁香结，同向春风各自愁。

《代赠》，代拟的赠人之作。此题诗二首，这是第一首。诗以一女子的口吻，写她不能与情人相会的愁思。

诗中所写的时间是春日的黄昏。诗人用以景托情的手法，从诗的主人公所见到的缺月、芭蕉、丁香等景物中，衬托出她的思想感情。

诗的开头四字，就点明了时间、地点："楼上黄昏"。后面"欲望休"三字则惟妙逼肖地描摹出女子的行动：她举步走到楼头，想去望望远处，却又废然而止。这里，不仅使我们看到了女子的姿态，而且也透露出她那无奈作罢的神情。"欲望休"一本作"望欲休"。"休"作"停止""罢休"之意。"欲望"，是想去望她的情人。但为何又欲望还休呢？

对此，诗人并不作正面说明，因为那样容易流于显露，没有诗意；他用描绘周围景物，来表现女子的情思。

南朝梁诗人江淹《倡妇自悲赋》写汉宫佳人失宠独居，有"青苔积兮银阁涩，网罗生兮玉梯虚"之句。"玉梯虚"是说玉梯虚设，无人来登。此诗的"玉梯横绝"，是说玉梯横断，无由得上，喻指情人被阻，不能来此相会。此连上句，是说女子渴望见到情人，因此想去眺望；但又蓦然想到他必定来不了，只得止步。欲望还休，把女子复杂矛盾的心理活动和孤寂无聊的失望情态，写得细微逼真。"月如钩"一本作"月中钩",意同。它不仅烘托了环境的寂寞与凄清,还有象征意义:月儿的缺而不圆,就像是一对情人的不得会合。

三、四句仍然通过写景来进一步揭示女子的内心感情。第二句缺月如钩是女子抬头所见远处天上之景;这两句则是女子低头所见近处地上景物。高下远近,错落有致。这里的芭蕉,是蕉心还未展开的芭蕉,稍晚于诗人的钱珝《未展芭蕉》诗中的"芳心犹卷怯春寒",写的就是这种景象;这里的丁香,也不是花瓣盛开的丁香,而是缄结不开的花蕾。它们共同对着黄昏时清冷的春风,哀愁无限。这既是女子眼前实景的真实描绘,同时又是借物写人,以芭蕉喻情人,以丁香喻女子自己,隐喻二人异地同心,都在为不得与对方相会而愁苦。物之愁,兴起、加深了人之愁,是"兴";物之愁,亦即人之愁,又是"比"。芭蕉丁香,既是诗人的精心安排,同时又是即目所见,随手拈来,显得那么自然。

景与情、物与人融为一体,"比"与"兴"融为一体,精心结撰而又毫无造作雕琢之迹,是此诗的极为成功之处。特别是最后两句,意境很美,含蕴无穷,历来为人所称道,明王昌会《诗话类编》就把它特别标举出来,非常赞赏。

(王思宇)

嫦 娥

李商隐

云母屏风烛影深，长河渐落晓星沉。
嫦娥应悔偷灵药，碧海青天夜夜心。

这首诗题为"嫦娥"，实际上抒写的是处境孤寂的主人公对于环境的感受和心灵独白。

前两句描绘主人公的环境和永夜不寐的情景。室内，烛光越来越黯淡，云母屏风上笼罩着一层深深的暗影，越发显出居室的空寂清冷，透露出主人公在长夜独坐中黯然的心境。室外，银河逐渐西移垂地，牛郎、织女隔河遥望，本来也许可以给独处孤室的不寐者带来一些遐想，而现在这一派银河即将消失。那点缀着空旷天宇的寥落晨星，仿佛默默无言地陪伴着一轮孤月，也陪伴着永夜不寐者，现在连这最后的伴侣也行将隐没。"沉"字正逼真地描绘出晨星低垂、欲落未落的动态，主人公的心也似乎正在逐渐沉下去。"烛影深""长河落""晓星沉"，表明时间已到将晓未晓之际；着一"渐"字，暗示了时间的推移流逝。索寞中的主人公，面对冷屏残烛、青天孤月，又度过了一个不眠之夜。尽管这里没有对主人公的心理作任何直接的抒写、刻画，但借助于环境氛围的渲染，主人公的孤清凄冷情怀和不堪忍受寂寞包围的意绪却几乎可以触摸到。

在寂寥的长夜，天空中最引人注目、引人遐想的自然是一轮明月。看到明月，也自然会联想起神话传说中的月宫仙子——嫦娥。据说她原是后羿的妻子，因为偷吃了西王母送给后羿的不死药，飞奔到月宫，成了仙子。"嫦娥孤栖与谁邻？"（李白《把酒问月》）在孤寂的主人公眼里，这孤居广寒宫殿、寂寞无伴

289

的嫦娥,其处境和心情不正和自己相似吗? 于是,不禁从心底涌出这样的意念:嫦娥想必也懊悔当初偷吃了不死药,以致年年夜夜,幽居月宫,下穷碧海,上彻青天,寂寥清冷之情难以排遣吧。"应悔"是揣度之词,这揣度正表现出一种同病相怜、同心相应的感情。由于有前两句的描绘渲染,这"应"字就显得水到渠成,自然合理。因此,后两句与其说是对嫦娥处境心情的深情体贴,不如说是主人公寂寞的心灵独白。

这位寂处幽居、永夜不寐的主人公究竟是谁? 诗中并无明确交待。诗人在《送宫人入道》诗中,曾把女冠比作"月娥孀独",在《月夜重寄宋华阳姊妹》诗中,又以"窃药"喻指女子学道求仙。因此,说这首诗是代困守宫观的女冠抒写凄清寂寞之情,也许不是无稽之谈。唐代道教盛行,女子入道成为风气,入道后方体验到宗教清规对正常爱情生活的束缚而产生精神苦闷。三、四两句,正是对她们处境与心情的真实写照。

但是,诗中所抒写的孤寂感以及由此引起的"悔偷灵药"式的情绪,却融入了诗人独特的现实人生感受,而含有更丰富深刻的意蕴。在黑暗污浊的现实包围中,诗人精神上力图摆脱尘俗,追求高洁的境界,而追求的结果往往使自己陷于更孤独的境地。清高与孤独的孪生,以及由此引起的既自赏又自伤,既不甘变心从俗,又难以忍受孤孑寂寞的煎熬这种微妙复杂的心理,在这里被诗人用精微而富于含蕴的语言成功地表现出来了。这是一种含有浓重伤感的美,在旧时代的清高文士中容易引起广泛的共鸣。诗的典型意义也正在这里。

孤栖无伴的嫦娥,寂处道观的女冠,清高而孤独的诗人,尽管仙凡悬隔,同在人间者又境遇差殊,但在高洁而寂寞这一点上却灵犀暗通。诗人把握住了这一点,塑造了三位一体的艺术形象。这种艺术概括的技巧,是李商隐的特长。

(刘学锴)

贾 生

李商隐

宣室求贤访逐臣，贾生才调更无伦。
可怜夜半虚前席，不问苍生问鬼神。

赏　析

　　贾谊贬长沙，久已成为诗人们抒写不遇之感的熟滥题材。作者独辟蹊径，特意选取贾谊自长沙召回，宣室夜对的情节作为诗材。《史记·屈贾列传》载：

　　　　贾生征见。孝文帝方受厘（刚举行过祭祀，接受神的福祐），坐宣室（未央宫前殿正室）。上因感鬼神事，而问鬼神之本。贾生因具道所以然之状。至夜半，文帝前席（在坐席上移膝靠近对方）。既罢，曰："吾久不见贾生，自以为过之，今不及也。"

在一般封建文人心目中，这大概是值得大加渲染的君臣遇合盛事。但诗人却独具只眼，抓住不为人们所注意的"问鬼神"之事，翻出了一段新警透辟、发人深省的诗的议论。

　　"宣室求贤访逐臣，贾生才调更无伦。"前幅纯从正面着笔，丝毫不露贬义。首句特标"求"、"访"（咨询），仿佛热烈颂扬文帝求贤意愿之切、之殷，待贤态度之诚、之谦，所谓求贤若渴，虚怀若谷。"求贤"而至"访逐臣"，更可见其网罗贤才已达到"野无遗贤"的程度。次句隐括文帝对贾谊的推服赞叹之词。"才调"，兼包才能风调，与"更无伦"的赞叹配合，令人宛见贾生少年才俊、议论风发、华彩照人的精神风貌，诗的形象感和咏叹的情调也就自然地显示出来。这两句，由"求"而"访"而赞，层层递进，表现了文帝对贾生的推服器重。如果不看下文，几乎会误认为这是一篇圣主求贤颂。其实，这正是作者故弄狡狯之处。

第三句承、转交错，是全诗枢纽。承，即所谓"夜半前席"，把文帝当时那种虚心垂询，凝神倾听，以至于"不自知膝之前于席"的情状描绘得惟妙惟肖，使历史陈迹变成了充满生活气息、鲜明可触的画面。这种善于选取典型细节，善于"从小物寄慨"的艺术手段，正是李商隐咏史诗的绝招。通过这个生动的细节的渲染，才把由"求"而"访"而赞的那架"重贤"的云梯升到了最高处；而"转"，也就在这戏剧高潮中同时开始。不过，它并不露筋突骨，硬转逆折，而是用咏叹之笔轻轻拨转——在"夜半虚前席"前加上"可怜"两字。"可怜"，即可惜。不用感情色彩强烈的"可悲""可叹"一类词语，只说"可怜"，一方面是为末句——篇之警策预留地步；另一方面也是因为在这里貌似轻描淡写的"可怜"，比剑拔弩张的"可悲""可叹"更为含蕴，更耐人寻味。仿佛给文帝留有余地，其实却隐含着冷隽的嘲讽，可谓似轻而实重。"虚"者，空自、徒然之谓。虽只轻轻一点，却使读者对文帝"夜半前席"的重贤姿态从根本上产生了怀疑，可谓举重而若轻。如此推重贤者，何以竟然成"虚"？诗人引而不发，给读者留下了悬念，诗也就显出跌宕波折的情致，而不是一泻无余。这一句承转交错的艺术处理，精练，自然，和谐，浑然无迹。

末句方引满而发，紧承"可怜"与"虚"，射出直中鹄的的一箭——"不问苍生问鬼神"。郑重求贤，虚心垂询，推重叹服，乃至"夜半前席"，不是为了询求治国安民之道，却是为了"问鬼神"的本原问题！这究竟是什么样的求贤，对贤者又究竟意味着什么啊！诗人仍只点破而不说尽——通过"问"与"不问"的对照，让读者自己对此得出应有的结论。辞锋极犀利，讽刺极辛辣，感慨极深沉，却又极抑扬吞吐之妙。由于前几句围绕"重贤"逐步升级，节节上扬，第三句又盘马弯弓，引而不发，末句由强烈对照而形成的贬抑便显得特别有力。这正是通常所谓"抬得高，摔得重"。整首诗在正反、扬抑、轻重、隐显、承转等方面的艺术处理上，都蕴含着艺术的辩证法；而其新警含蕴、唱叹有情的艺术风格也就通过这一系列成功的艺术处理，逐步显示出来。

点破而不说尽，有论而无断，并非由于内容贫弱而故弄玄虚，而是由于含蕴丰富，片言不足以尽意。诗有讽有慨，寓慨于讽，旨意并不单纯。从讽的方面看，表面上似刺文帝，实际上诗人的主要用意并不在此。晚唐许多皇帝，大都崇佛媚道，服药求仙，不顾民生，不任贤才，诗人矛头所指，显然是当时现实中那些"不问苍生问鬼神"的封建统治者。在寓讽时主的同时，诗中又寓有诗人自己怀才不遇的深沉感慨。诗人夙怀"欲回天地"（《安定城楼》）的壮志，但偏遭衰世，沉沦下僚，诗中每发"贾生年少虚垂涕"（《安定城楼》）、"贾生兼事鬼"（《异俗二首》）之慨。这首诗中的贾谊，正有诗人自己的影子。概而言之，讽汉文实刺唐帝，怜贾生实亦自悯。

（刘学锴）

蜂

罗　隐

不论平地与山尖，无限风光尽被占。
采得百花成蜜后，为谁辛苦为谁甜？

赏　析

　　蜂与蝶在诗人词客笔下，成为风韵的象征。然而小蜜蜂毕竟与花蝴蝶不同，它是为酿蜜而劳苦一生，积累甚多而享受甚少。诗人罗隐着眼于这一点，写出这样一则寄慨遥深的诗的"动物故事"。仅其命意就令人耳目一新。此诗艺术表现上值得注意的有三点：

　　一、欲夺故予，反跌有力。此诗寄意集中在末二句的感喟上，慨蜜蜂一生经营，除"辛苦"而外并无所有。然而前两句却用几乎是矜夸的口吻，说无论是平原田野还是崇山峻岭，凡是鲜花盛开的地方，都是蜜蜂的领地。这里作者运用极度的副词、形容词——"不论""无限""尽"等等，和无条件句式，极称蜜蜂"占尽风光"，似与题旨矛盾。其实这只是正言欲反、欲夺故予的手法，为末二句作势。俗话说：抬得高，跌得重。所以末二句对前二句反跌一笔，说蜂采花成蜜，不知究属谁有，将"尽占"二字一扫而空，表达效果就更强。如一开始就正面落笔，必不如此有力。

　　二、叙述反诘，唱叹有情。此诗采用了夹叙夹议的手法，但议论并未明确发出，而运用反诘语气道之。前二句主叙，后二句主议。后二句中又是三句主叙，四句主议。"采得百花"已示"辛苦"之意，"成蜜"二字已具"甜"意。但由于主叙主议不同，末二句有反复之意而无重复之感。本来反诘句的意思只是：为谁甜蜜而自甘辛苦呢？却分成两问："为谁辛苦"？"为谁甜"？亦反复而不重复。言下辛苦归自己、甜蜜属别人之意甚显。而反复咏叹，使人觉感慨无穷。诗人矜惜怜悯之意可掬。

三、寓意遥深，可以两解。此诗抓住蜜蜂特点，不做作，不雕绘，不尚辞藻，虽平淡而有思致，使读者能从这则"动物故事"中若有所悟，觉得其中寄有人生感喟。有人说此诗实乃叹世人之劳心于利禄者；有人则认为是借蜜蜂歌颂辛勤的劳动者，而对那些不劳而获的剥削者以无情讽刺。两种解会似相龃龉，其实皆允。因为"寓言"诗有两种情况：一种是作者为某种说教而设喻，寓意较浅显而确定；另一种是作者怀着浓厚感情观物，使物著上人的色彩，其中也能引出教训，但"寓意"就不那么浅显和确定。如此诗，大抵作者从蜂的"故事"看到那时苦辛人生的影子，但他只把"故事"写下来，不直接说教或具体比附，创造的形象也就具有较大灵活性。而现实生活中存在着不同意义的苦辛人生，与蜂相似的主要有两种：一种是所谓"终朝聚敛苦无多，及到多时眼闭了"（《红楼梦》"好了歌"）；一种是"运锄耕劚侵星起"而"到头禾黍属他人"（张碧《农父》）。这就使得读者可以在两种意义上作不同的理解了。但是，随着时代的前进，劳动光荣成为普遍观念，"蜂"越来越成为一种美德的象征，人们在读罗隐这诗的时候，自然更多地倾向于后一种解会了。可见，"寓言"的寓意并非一成不变，古老的"寓言"也会与日俱新。

（周啸天）

金缕衣

无名氏

劝君莫惜金缕衣，劝君须惜少年时。
有花堪折直须折，莫待无花空折枝。

这是中唐时的一首流行歌词。据说元和时镇海节度使李锜酷爱此词，常命侍妾杜秋娘在酒宴上演唱（见杜牧《杜秋娘诗》及自注）。歌词的作者已不可考。有的唐诗选本径题为杜秋娘作或李锜作，是不确的。

此诗含意很单纯，可以用"莫负好时光"一言以蔽之。这原是一种人所共有的思想感情。可是，它使读者感到其情感虽单纯却强烈，能长久在人心中缭绕，有一种不可思议的魅力。它每个诗句似乎都在重复那单一的意思："莫负好时光！"而每句又都寓有微妙变化，重复而不单调，回环而有缓急，形成优美的旋律。

一、二句式相同，都以"劝君"开始，"惜"字也两次出现，这是二句重复的因素。但第一句说的是"劝君莫惜"，第二句说的是"劝君须惜"，"莫"与"须"意正相反，又形成重复中的变化。这两句诗意又是贯通的。"金缕衣"是华丽贵重之物，却"劝君莫惜"，可见还有远比它更为珍贵的东西，这就是"劝君须惜"的"少年时"了。何以如此？诗句未直说，那本是不言而喻的："一寸光阴一寸金，寸金难买寸光阴"，贵如黄金也有再得的时候，"千金散尽还复来"；然而青春对任何人也只有一次，它一旦逝去是永不复返的。可是，世人多惑于此，爱金如命、虚掷光阴的真不少呢。一再"劝君"，用对白语气，致意殷勤，有很浓的歌味和娓娓动人的风韵。两句一否定，一肯定，否定前者乃是为肯定后者，似分实合,构成诗中第一次反复和咏叹,其旋律节奏是纡回徐缓的。

三、四句则构成第二次反复和咏叹。单就诗意看,这两句与一、二句差不多,还是"莫负好时光"那个意思。这样,除了句与句之间的反复,又有上联与下联之间的较大的回旋反复。但两联表现手法就不一样,上联直抒胸臆,是赋法;下联却用了譬喻方式,是比义。于是重复中仍有变化。三、四句没有一、二句那样整饬的句式,但意义上彼此是对称得铢两悉称的。上句说"有花"应怎样,下句说"无花"会怎样;上句说"须"怎样,下句说"莫"怎样,也有肯定、否定的对立。二句意义又紧紧关联:"有花堪折直须折"是从正面说"行乐须及春"意,"莫待无花空折枝"是从反面说"行乐须及春"意,似分实合,反复倾诉同一情愫,是"劝君"的继续,但语调节奏由徐缓变得峻急、热烈。"堪折——直须折"这句中节奏短促,力度极强,"直须"比前面的"须"更加强调。这是对青春与欢爱的放胆歌唱。这里的热情奔放,不但真率、大胆,而且形象、优美。"花"字两见,"折"字竟三见;"须——莫"云云与上联"莫——须"云云,又自然构成回文式的复迭美。这一系列天然工妙的字与字的反复,句与句的反复,联与联的反复,使诗句朗朗上口,语语可歌。除了形式美,其情绪由徐缓的回环到热烈的动荡,又构成此诗内在的韵律,诵读起来就更使人感到回肠荡气了。

有一种歌词,简单到一两句话,经高明作曲家配上优美的旋律,反复重唱,尚可获得动人的风韵;而《金缕衣》,其诗意单纯而不单调,有往复,有变化,一中有多,多中见一,作为独立的诗篇已摇曳多姿,更何况它在唐代是配乐演唱,难怪它那样使人心醉而被广泛流传了。

此诗另一显著特色在于修辞的别致新颖。一般情况下,旧诗中比兴手法往往合一,用在诗的发端;而绝句往往先景语后情语。此诗一反常例,它赋中有兴,先赋后比,先情语后景语,殊属别致。"劝君莫惜金缕衣"一句是赋,而以物起情,又有兴的作用。诗的下联是比喻,也是对上句"须惜少年时"诗意的继续生发。不用"人生几何"式直截的感慨,用花(青春、欢爱的象征)来比少年好时光,用折花来比莫负大好青春,既形象又优美,因此远远大于"及时行乐"这一庸俗思想本身,创造出一个意象世界。这就是艺术的表现,形象思维。错过青春便会导致无穷悔恨,这层意思,此诗本来可以用但却没有用"老大徒伤悲"

一类成语来表达,而紧紧朝着折花的比喻伸展,继而造出"无花空折枝"这样闻所未闻的奇语。没有沾一个"悔"字、"恨"字,而"空折枝"三字多耐人寻味,多有艺术说服力!

（周啸天）

图书在版编目(CIP)数据

诗词文曲鉴赏.唐诗/上海辞书出版社文学鉴赏辞
典编纂中心编.—上海:上海辞书出版社,2020
ISBN 978 - 7 - 5326 - 5682 - 0

Ⅰ.①诗… Ⅱ.①上… Ⅲ.①唐诗-鉴赏 Ⅳ.
①I207.2

中国版本图书馆 CIP 数据核字(2020)第 218385 号

诗词文曲鉴赏·唐诗

上海辞书出版社文学鉴赏辞典编纂中心 编

责任编辑 吕荣莉
装帧设计 王轶颀

出版发行 上海世纪出版集团
上海辞书出版社(www.cishu.com.cn)
地 址 上海市陕西北路 457 号(邮编 200040)
印 刷 苏州越洋印刷有限公司
开 本 890×1240 毫米 1/32
印 张 9.625
字 数 280 000
版 次 2020 年 12 月第 1 版 2020 年 12 月第 1 次印刷
书 号 ISBN 978 - 7 - 5326 - 5682 - 0/I·472
定 价 25.00 元

本书如有质量问题,请与承印厂联系。电话:0512-68180638